Anne D
dec 2011

Louis-Bernard Robitaille

Ces impossibles Français

Denoël

Ouvrage publié sous la direction de Renaud de Rochebrune

Louis-Bernard Robitaille est le correspondant à Paris du quotidien canadien *La Presse*. Parmi ses nombreux ouvrages, citons, du côté des essais, *Le salon des immortels. Une académie très française* (2002) et, du côté des romans, *Le zoo de Berlin* (2000) et *Long Beach* (2006).

INTRODUCTION

Pas sérieux

Les Français ne sont pas sérieux. Qualité suprême pour les uns ou vice congénital pour les autres, peu importe : ils ne sont pas sérieux, ça ne se discute même pas. Tout le monde est d'accord là-dessus à l'exception des principaux intéressés. Car ces frivoles, chacun le sait, ont cette particularité de se prendre eux-mêmes au sérieux. Et insistent pour que le monde entier fasse pareil à leur égard. Ils sont célèbres pour ça.

Consultons nos classiques.

Par exemple le Britannique Theodore Zeldin, auteur des *Passions françaises*, et aussi d'un curieux essai intitulé *Les Français* d'où l'on peut extraire cette phrase, l'une des rares à la fois significative et catégorique : « Au xviiie siècle, l'*Encyclopédie* posait que chaque nation a son caractère propre, et que celui des Français était d'être "léger"... Un siècle plus tard, des professeurs continuaient à voir le trait dominant des Français dans leur faculté de s'amuser, à la fois intellectuellement et sensuellement, de jouer avec les idées, de mener une conversation brillante, élégante et spirituelle, de recourir à l'art pour chasser la tristesse, de le mettre au service de la vie sous toutes ses formes, de la sexualité aux jardins, car être français c'était avant tout être artificiel[1]. »

Quelques années avant lui, en 1941, époque pourtant bien peu légère, Émile Cioran écrivait : « Le siècle le plus français est le XVIIIe. C'est le salon devenu univers, c'est le siècle de l'intelligence en dentelles, de la finesse pure, de l'artificiel agréable et beau. [...] Qu'a-t-elle aimé, la France ? Les styles, les plaisirs de l'intelligence, les salons, la raison, les petites perfections[2]. »

Les Français sont « légers » : affaire classée. Mais ils ont en même temps la prétention de boxer dans la catégorie des poids lourds. S'ils se voient aériens comme Watteau, ils souhaitent inspirer autant de respect qu'une Panzer Division. C'est ce que nous dit le sociologue Gérard Mermet, dans l'édition 1997 de sa *Francoscopie*, lorsqu'il recense les sondages menés en Europe à propos des Français. Parmi les principaux défauts que les autres Européens leur attribuent, explique-t-il, on trouve leur « arrogance », leur « propension à parler et leur incapacité à écouter », leur « désintérêt pour le reste du monde »[3].

Ils exaspèrent les Italiens, qui trouvent à ces Méditerranéens revêches un air de supériorité chronique totalement infondé, ils horripilent les

  1. *Les Français*, Points Actuels, 1984, p. 39.
  2. *De la France*, L'Herne, 2009.
  3. Larousse, 1997, p. 39.

Allemands ou les Anglais qui n'en peuvent plus de les voir pérorer sur tous sujets, dans les salons ou sur les tribunes, les Européens du Nord et les Nord-Américains qui les jugent trop tirés à quatre épingles, trop parfumés et bien sûr très Ancien Régime. Voici au passage la version du journaliste italien Alberto Toscano : « Les Belges disent qu'un Français se suicide en mettant le revolver plus haut que sa tête, car c'est son complexe de supériorité qu'il doit viser[1]. »

Au plus fort des retrouvailles franco-québécoises qui avaient suivi le fameux « Vive le Québec libre ! » du général de Gaulle en 1967, la France n'en finissait pas de recevoir somptueusement les cousins francophones d'Amérique du Nord sous les lambris dorés de ses palais nationaux. Il en était né une série de légendes urbaines, qui avaient trait généralement aux impairs commis par les visiteurs de la vallée du Saint-Laurent, qui se prenaient volontiers les pieds dans le protocole. Comment un vice-Premier ministre avait gardé ses couvre-chaussures pour un office solennel à l'église de la Madeleine où on avait déroulé pour lui le tapis rouge. Comment des invités québécois de haut rang avaient fait la queue, à la fin d'une réception, pour serrer la main aux huissiers. Mieux : on raconte encore aujourd'hui dans les chaumières que lors d'une de ces réceptions de ministres, notables et autres grands commis, un ministère (de la Coopération ?) avait eu la déli-

---

1. *Critique amoureuse des Français,* Hachette littérature, 2009, p. 8.

catesse de prévoir le renfort de jeunes et charmantes recrues de chez Madame Claude, question
d'égayer un tableau masculin tristement mono-
colore. Mais, si l'on en croit la même légende,
aucun de ces notables débarqués de leurs arpents
de neige — pourtant habitués aux call-girls des
conventions politiques d'outre-Atlantique — n'avait
osé conter fleurette aux distinguées intermittentes
de l'amour, car ils croyaient avoir affaire à des
dames de la haute société parisienne. Car, disons-
le crûment pour gagner du temps, une pute nord-
américaine a la gueule de l'emploi, de même
d'ailleurs que son homologue allemande ou britannique. Tandis que la française, surtout à ce
haut niveau de la prostitution, peut fort bien
tromper son monde. Jugée à l'aune de la simplicité légendaire des Nord-Américains, presque
toute manifestation publique et officielle de
Français prend des allures de *Voulez-vous danser
marquise*, on rejoue le XVIIIe siècle, et le nom à
particule menace.

Il n'y a pas qu'en France que le problème du
vouvoiement et du tutoiement reste matière à
s'angoisser. Mais à Paris comme à Limoges, et pas
seulement dans les milieux huppés, tout manquement aux bonnes manières[1] vous condamne au
ridicule, c'est-à-dire au déshonneur et à l'exclu-
sion sociale — alors qu'ailleurs on manifeste de
l'indulgence à ce chapitre.

---

1. Voir à ce sujet l'indispensable *Guide du protocole et des
usages* du préfet Jacques Gandouin, Stock, 1991. Il en sera
question longuement au chapitre 11.

À elle seule la lancinante question de la poignée de main — la serrer ou pas, et la serrer à qui ? — tourne facilement au cauchemar. Cela rappelle, dans son *Journal d'une jeune fille russe à Berlin*, cette note de la jeune princesse Vassiltchikov prise en 1944 le lendemain d'une attaque aérienne qui l'avait forcée à se réfugier au sous-sol de l'hôtel Adlon : « J'avais eu tellement peur que lorsque finalement nous sommes sortis de l'abri, dans la confusion j'ai serré la main du maître d'hôtel[1] ! » Elle avait jusqu'au bord du gouffre un souci du protocole et du chacun à sa place assez peu allemand en somme — sauf dans les familles comme la sienne, ruinée mais proche des Bismarck, Metternich et autres Hohenzollern — mais que l'on constate volontiers, même les jours de semaine, au sein de la bonne société française, réelle ou autoproclamée. Déterminer la bonne conduite à tenir est d'autant plus délicat que, de l'avis du préfet Gandouin en personne, l'autorité en la matière, « en France il y a un abus de la poignée de main qu'ignorent les autres peuples[2] ». Ce qui multiplie les risques d'impair. Comment éviter en un lieu public de serrer cinquante mains sous prétexte qu'on en a serré une ou deux ? Par ailleurs vaut-il mieux faire attendre votre vis-à-vis et sa main tendue le temps de retirer votre gant — ce qu'enjoignent les bonnes manières — ou au contraire y aller franco et lui offrir votre main gantée, à la guerre comme à la guerre ! La poignée

1. « Missie » Vassiltchikov, Phébus, 2007.
2. J. Gandouin, *op. cit.*, p. 47.

de main française est à elle seule un art qui exige à la fois science et capacité d'improvisation. Les Français en héritent à la naissance dans leur ADN.

Par la suite ils ont inventé et raffiné à l'extrême la redoutable mathématique de la bise : de deux au minimum, elle passe à quatre en région parisienne et à trois en bord de Méditerranée. Tout manquement à ce code fluctuant mais rigide est sévèrement jugé. Ajoutons, difficulté supplémentaire, qu'il faut déterminer à qui faire la bise et à qui il est inconvenant de la faire. S'abstenir systématiquement vous vaudra une réputation de coincé ou de pestiféré. La faire à tout le monde passera pour de la grossièreté. L'historien Alain Decaux[1] citait à ce propos un candidat à l'Académie française, pourtant savant et prestigieux, mais qui fut recalé *in extremis* : « Au cours de ses visites académiques, il voulait embrasser tout le monde ! » La France est, entre le laisser-aller fantaisiste et le cérémonial empesé, un pays du juste milieu, dont elle est seule à savoir où celui-ci se situe précisément[2].

Que ce soit au Conseil de sécurité de l'ONU, dans des ambassades à Prague, Tachkent ou Buenos Aires, dans les colloques universitaires,

1. Entretien avec l'auteur, novembre 2001.
2. « Le Gaulois, écrit à ce sujet Alain Schifres, se tient à égale distance du Barbare qui boit dans des crânes et du Romain qui mange des couilles de perruche. Il campe entre les origines et la décadence. Ni partouzeur ni puritain, il met au point la gauloiserie. Ni glabre ni hirsute, il invente la moustache. Déjà, il incarne le juste milieu. » *Les Hexagons*, Robert Laffont, 1994, p. 22.

le Français apparaît volontiers sous la forme du petit marquis à costume cintré, badine et bouche pincée, du M. Je-sais-tout, du péroreur qui fait la leçon au monde entier. Jusque dans les foires agricoles ou commerciales de Chicago, le même Français, dans une version certes plus basse sur pattes que celle du diplomate ou de l'universitaire, se reconnaît au fait qu'il se veut omniscient, qu'il tient le crachoir sans discontinuer et qu'il explique à son collègue du Middle West comment faire pousser le blé. Quant au camarade de la CGT d'Aubervilliers, ou de Force ouvrière d'Ivry, il réussira tout naturellement l'exploit de prendre de haut ses interlocuteurs américains de l'AFL-CIO. Le Français ne se laisse pas facilement oublier. Et partout où il va, il souhaite, par une agitation soutenue, qu'on le prenne au sérieux. Il se réclame de Napoléon.

Mais justement, sérieux il ne l'est pas. D'une certaine manière, c'est une formidable qualité. Les gens sérieux sont tristes. Ils ne pensent qu'à travailler et à amasser de l'argent pour leurs enfants, tiennent des comptes rigoureux, ne dépensent rien en futilités, vont au temple le dimanche, pensent qu'il faut manger pour vivre et non l'inverse et ne se saoulent que dans les grandes occasions, ou alors à intervalles réguliers, comme on fait la vidange de sa voiture. Sauf rarissimes exceptions, ils respectent scrupuleusement la loi et paient non moins scrupuleusement leurs impôts. Ils sont durs à l'ouvrage, fiables et ponctuels. On peut compter sur eux. Ils sont à périr d'ennui.

Alain Peyrefitte, jeune homme en début de carrière, s'était retrouvé à Londres dans l'immédiat après-guerre et, longtemps après, se souvenait d'avoir eu très froid dans son appartement pendant l'hiver. Il avait été surtout estomaqué par ce qu'on lui avait dit : si les particuliers maintenaient une température très basse dans leur appartement, c'était parce que le gouvernement *recommandait* aux Britanniques d'économiser le charbon qui restait rare. En France, il aurait fallu déployer l'armée ou installer des concierges délatrices à tous les étages comme à la belle époque de l'URSS pour espérer arriver à un tel résultat[1].

Le Français est donc frivole, dépensier rien que pour la beauté du geste, grand seigneur dans le traitement de l'addition au restaurant, brillant dans l'exploit, inconstant dans l'effort, essentiellement préoccupé par son apparence vestimentaire et sa ligne. Il accorde une importance phénoménale aux vins et à la nourriture et partage une grande partie de sa journée entre le comptoir de bistrot (ou la terrasse chic) pour l'apéritif, et la table où le déjeuner à lui seul dure plus de deux heures. Avant d'attaquer les réjouissances dînatoires de la soirée. Il reluque toutes les jolies femmes et s'attribue un palmarès de séducteur. Comme le disait fort justement Michel de Saint-Pierre dans son roman *Les Aristocrates*, il a beau

---

1. Cité par Theodore Zeldin in *Les Français*, *op. cit.*, p. 162-163.

être de noble extraction, maurrassien, catholique de stricte observance, prôner l'usage du latin à l'église et préférer les curés en soutane, il exclut la fornication de la liste des sept péchés capitaux. Et, bien entendu, contourne les lois embêtantes et fraude le fisc chaque fois que c'est possible. Le civisme est une bêtise incompréhensible, juste bonne pour les Britanniques ou les Allemands.

Dans l'imagerie populaire occidentale — largement forgée par les Anglo-Saxons au travers du cinéma et de la télé —, le Français n'apparaît qu'épisodiquement. Mais il ne passe jamais inaperçu. Dans la série britannique — et donc malveillante — des *Hercule Poirot*, située dans les années trente, un certain inspecteur Fournier fait une brève apparition dans un épisode qui se déroule à Paris. Il est chauve, moustachu, morose et revenu de tout, se fout de savoir si on trouvera l'assassin car un meurtrier chasse l'autre et, le mégot pendouillant, passe sa journée assis derrière un bureau où traîne une bouteille de bordeaux entamée. Dans un autre épisode, le Français est un mince quadragénaire à fume-cigarette et à l'élégance trop voyante, et bien entendu c'est un escroc professionnel qui trafique les faux billets. Nettement mieux disposés vis-à-vis de leurs cousins français, les Allemands — dans la série policière *Un cas pour deux* — ont une autre idée du Français, mais également bizarre : il est grand, d'une beauté étrange qui évoque le Répliquant albinos dans *Blade Runner*, c'est un tueur élégant à l'allure de séducteur sadien. Ce Français-là impressionne et inquiète et, par comparaison, tous les personnages allemands de l'épisode sont évidemment balourds, appliqués, honnêtes et besogneux, car ils restent perpétuellement complexés face à la légèreté française. Dans *La Porte du paradis* de Michael Cimino, Isabelle Huppert incarne l'un des rares personnages français du cinéma américain de ces dernières décennies, et tout naturellement elle tient le rôle d'une jolie prostituée au cœur tendre dans un bordel de l'Amérique profonde du milieu du xixe siècle. Quant aux frères Wachovski, ils mettent en scène dans le dernier volet de leur trilogie *Matrix* un autre fin de race, snob et cynique, baptisé Mérovingien, interprété par un Lambert Wilson qui ponctue toutes ses phrases de *Putain de bordel de merde*. Pour les étrangers, le Français n'est jamais un solide travailleur, un entrepreneur ambitieux et appliqué, un chef naturel qui s'emploierait à redresser les torts et à rétablir la morale dans la cité, une mère de famille exemplaire et dévouée. C'est un rigolo qui roule en calèche et joue de la canne-épée, un fils de famille qui passe son temps au casino, une jeune femme à la cuisse légère. C'est Irma la douce ou une variante de Raymond Radiguet. Quand il atteint l'âge mûr, il se transforme en Maurice Chevalier. Jamais il ne ressemble à Louis Pasteur.

Le Français est voué au plaisir sous toutes ses formes. Et donc à l'amour. Paris est la capitale mondiale des plaisirs : quand le Français ne conte pas fleurette à une jolie voisine, c'est qu'il est déjà en galante compagnie, attablé devant un plateau de fruits de mer. Ou vautré dans les canapés du

One Two Two, le plus célèbre bordel du temps de l'Occupation, en train de vider des coupes de champagne. Ce qui ne laisse pas d'épater les Allemands, Britanniques et autres Américains, gens travailleurs et matérialistes. Mais, plus étonnant, les Espagnols et les Latino-Américains aussi. On trouve des Argentins et des Chiliens pour qui Paris reste le théâtre par excellence de la romance, et c'est tout juste si Venise parvient à lui faire concurrence dans l'imagerie occidentale. Mais Venise est-elle vraiment une ville?

Quand Woody Allen tourne à Paris, le film s'intitule *Everybody Says I Love You*, et c'est une comédie musicale. Comment faire autrement? Dans toutes les langues du monde, France rime avec *L'Amour toujours l'amour*. À juste titre. Dès que les guerres, les occupations, les épidémies et les bains de sang s'interrompent, l'amour reprend ses droits. Pendant la Fronde, si l'on en croit son mémorialiste le plus fiable, Alexandre Dumas, on profita du désordre général pour faire la fête — et des bons mots en quantité — au faubourg Saint-Germain et dans les hautes sphères de la société. Mme de Longueville avait des bontés pour son Condé de frère. La duchesse de Chevreuse en avait pour tous les gentilshommes bien constitués. Le cardinal de Retz avait un peu usé des charmes de la susdite duchesse avant de goûter à ceux de sa fille. On le voit dans ses *Mémoires* accueillir des émissaires du Parlement encore au lit avec deux créatures.

Paris est une fête, comme chacun sait. Dès qu'on eut réglé son compte au sinistre Robes-

pierre, le Directoire marqua le retour en force
des salons et des boudoirs. Essaie-t-on de faire
passer le Second Empire pour un horrible régime
dictatorial et sanguinaire ? Le monde n'en a
retenu que *La Vie parisienne* d'Offenbach, les soirées au champagne et les cocottes, *Le Voyage de
Monsieur Perrichon* et les amants dans le placard.
La Régence avait fait de même dès la mise en
bière de Louis XIV. En France, l'amusement est
une ardente obligation. La patrie reconnaissante
a tenu à accorder l'une des belles avenues de Paris
à Félix Faure, célèbre pour avoir succombé aux
plaisirs de l'amour pendant ses heures de bureau
à l'Élysée. Ce qui fournit à Clemenceau l'occasion
de ce bon mot : Il se croyait César, hélas il ne fut
que « pompé ». Plus tard on rendit hommage aux
talents de séducteur de Mitterrand, qui rognait
au besoin sur ses obligations officielles pour
passer un bon moment avec une inconnue croisée
la veille, puis trouvait suffisamment d'énergie
pour rentrer le soir dans sa deuxième famille sans
oublier le repas du dimanche soir au sein de la
première. C'est un pays où, jusque dans les années
soixante-dix, les cardinaux les mieux considérés — nous ne dirons pas ici qu'il s'agissait de
Mgr Daniélou — allaient mourir chez des dames de
petite vertu, sans se soucier du qu'en-dira-t-on.

Ce n'est donc pas un hasard si la France est
d'abord et avant tout pour les Européens — et
quelques autres — le pays de l'art de vivre. Le
résultat d'un sondage réalisé dans les années
quatre-vingt-dix au sein de quatorze pays européens (l'Europe des Quinze moins le Luxem-

bourg) le confirme[1]. Jugée sur quinze critères
« subjectifs », la France remporte une victoire
écrasante sur tous les autres pays, car elle arrive
en première position dans maints domaines et,
pays harmonieux par excellence, n'a pas de points
faibles rédhibitoires. Certes l'Italie lui ravit la première place au chapitre des « femmes les plus
séduisantes », des « hommes les plus séduisants »
et de la faculté à être « sympathiques et gais ».
Mais les Italiens arrivent au quatorzième rang
pour ce qui est d'être des « gens de confiance »
ou de « respecter l'environnement » : leur habi-
leté légendaire et leur incivisme hors pair les
plombent au classement général.

Certes, il est dur pour les Français d'apprendre
que les mâles italiens sont plus séduisants qu'eux,
et que les Françaises sont doublées à cet égard,
d'abord par les Italiennes, ensuite par les Espa-
gnoles, mais ils restent en tête. Bien entendu,
ils remportent la palme pour la « gastronomie »,
ce qui n'est pas une surprise, et la « qualité de
la vie » en général. Plus raisonnable que l'Italie,
la France apparaît comme un pays qui n'a pas
de défauts majeurs — même pour ce qui est de
l'économie, des services publics ou du niveau de
vie, où elle conserve d'honorables quatrième ou
cinquième places. Et c'est donc sans conteste
pour les Britanniques, les Allemands et les autres
le pays idéal où « travailler » et « prendre sa
retraite », car le cadre de vie y est en moyenne
plus agréable et raffiné qu'ailleurs. L'Allemagne

1. Gérard Mermet, *op. cit.*

arrive en deuxième position au classement général — très loin derrière la France, — mais pour
des qualités exactement inverses : devant tous les
autres Européens, les Allemands sont « des gens
de confiance », ils ont une « économie forte », un
« niveau de vie élevé », des « équipements industriels de qualité ». Si l'on aime le sérieux, on va
chez eux — mais qui aime à ce point le sérieux ?
Si l'on préfère la « douceur de vivre », la gamme
infinie des vins et des fromages, la diversité des
paysages et les ruines sublimes, le choix est vite
fait. La France est le pays par excellence des plaisirs et de l'hédonisme. Moins le côté erratique
de l'Italie. Un pays de jouisseurs, indéniablement.
De jouisseurs pas très sérieux sans doute, mais
quand même à peu près raisonnables. Pas par
modération mais par calcul. Car pour jouir longtemps il faut se ménager, comble du vice. La
France n'est pas suicidaire. C'est le pays des plaisirs, mais aussi celui de la mesure.

I

FRIVOLITÉS

1

La liturgie culinaire

Les Français accordent beaucoup d'importance à la nourriture. Ils passent une bonne partie de leur vie à manger et, quand ils ne sont pas à table, ils sont en train de cuisiner des plats extrêmement riches et compliqués ou de s'interroger sur ceux qu'ils vont servir le lendemain soir à leurs invités. Exportez un Français aux États-Unis, vous le retrouverez à la tête d'un restaurant réputé à Manhattan ou en train de vendre des crêpes bretonnes. L'irrésistible attirance du Français pour la table fait partie des clichés tenaces, lesquels sont confortés par les travaux des plus hautes autorités scientifiques. Selon une étude menée par l'OCDE auprès de dix-huit pays membres : « Les Français sont en tête pour le temps consacré aux repas. Ils passeraient plus de deux heures par jour à manger et à boire, soit presque deux fois plus que les Américains, les Mexicains et les Canadiens, la moyenne (pour les 18 pays concernés) étant de une heure et 37 minutes[1]... »

Émile Cioran, dans son texte déjà mentionné écrit en 1941, avait été frappé par le fait qu'en France « l'estomac [est devenu] finalité ». Comme il avait — déjà — l'esprit chagrin, il y voyait alors un signe irréfutable de décadence et de déprime : « Quand on ne croit plus à rien, les sens deviennent religion. Le phénomène de la décadence est inséparable de la gastronomie. [...] Depuis que la France a renié sa vocation [de donner un sens au monde] la manducation s'est élevée au rang de rituel. Ce qui est révélateur, ce n'est pas le fait de manger, mais de méditer, de spéculer, de s'entretenir pendant des heures à ce sujet. [...] Du dernier paysan à l'intellectuel le plus raffiné, l'heure du repas est la liturgie quotidienne du vide spirituel[2]. »

Ne s'agirait-il pas plutôt d'un signe de civilisation et de savoir-vivre ? Cela se discute, malgré tout le respect que l'on doit au maître roumain de l'aphorisme, et l'on peut mettre ces propos sévères sur le compte d'une mauvaise foi jubilatoire assez fréquente chez lui. Les Français avaient certes des raisons bien particulières d'être obsédés par l'alimentation en 1941. Mais, sur un mode évidemment bien différent du *vous-auriez-pas-autre-chose-que-des-rutabagas ?*, le sujet les avait mobilisés tout autant avant la guerre et ça

---

1. *Le Monde*, 6 mai 2009, « Les Français sont les plus gros mangeurs ».
2. *De la France, op. cit.*, p. 60-61.

allait recommencer dès la fin des *restrictions*. Sur la matérialité des faits, Cioran n'avait donc pas tort.

Cette affaire n'a jamais cessé d'occuper leur esprit. C'était déjà vrai en 1900, ce l'est encore aujourd'hui. Même si, bien entendu, la situation n'a cessé de se dégrader au fil des ans, sous les coups de boutoir de la vie moderne, notamment à Paris à mesure que s'affolait le prix du mètre carré.

La cote d'alerte fut atteinte vers 1990 lorsqu'on apprit que le Fouquet's allait être vendu à une enseigne de fast-food. Sur « la plus belle avenue au monde », une brasserie mondaine et chère comme le Fouquet's n'était plus rentable, disait-on, en raison des frais de personnel, et un McDo de deux étages, employant une quinzaine de jeunes smicards et débitant quelques milliers de hamburgers dans la journée, rapporterait beaucoup plus d'argent au propriétaire des murs que des dîners au champagne avec Eddy Barclay. Même avec de modestes additions à cinq cents ou mille francs par personne, le Fouquet's était menacé de mort et il fallut l'intervention du preux Jack Lang pour empêcher cette abomination. L'immeuble fut classé, ce qui bloqua définitivement la transaction. Mais on constata du même coup qu'aux Champs-Élysées strictement dits — car le Plazza Athénée ou Ledoyen sont en retrait, dans le *off* —, il ne restait pratiquement plus un seul restaurant digne de ce nom, qu'il s'agisse d'un bistrot de quartier, d'une brasserie de luxe ou d'un restaurant étoilé. Seulement de

grands cafés anonymes, véritables usines à touristes, et des fast-foods. Le drugstore Publicis
étant sans doute le dernier lieu abordable, décent
et bien fréquenté à l'heure du déjeuner. Un
comble !

Chaque année, les puissantes fédérations de
la limonade entonnent le requiem des bistrots
et autres petits restaurants de quartier, dont le
nombre a diminué de moitié depuis l'après-
guerre. À raison, même si les bistrotiers ont leur
part de responsabilité dans ce déclin. Place de
la Bastille et dans ses environs immédiats, par
exemple, l'hécatombe est générale. On y trouvait
à la fin des années soixante-dix un vieux restaurant aux banquettes de velours rouge, qui donnait l'impression d'avoir servi de QG aux trafi-
quants du marché noir sous l'Occupation. Chez
Victor est maintenant un Paradis du fruit. La
vieille brasserie alsacienne à deux étages à l'angle
du boulevard Richard-Lenoir est devenue un
Tex-Mex. L'antique Dupont-Bastille a laissé sa
place à un Hippopotamus. L'Enclos de Ninon,
vieux restaurant au style provincial, a été racheté
par la chaîne Chez Clément. Un Bistrot romain
s'est installé au début de la rue de la Roquette.
Les traiteurs chinois, et maintenant japonais, se
sont multipliés. Dans la plupart des quartiers du
centre de Paris, le bistrot de quartier est devenu
un produit de luxe.

Malgré cette hécatombe, la hausse des tarifs et
la baisse générale de la qualité, le mode de vie traditionnel a pourtant survécu. Le rituel n'est pas
mort. Comme par le passé, un déjeuner parisien

qui commence à 13 heures se termine rarement avant 15 heures. Si l'on s'attarde un peu, on dépasse les 15 h 30. Et quand, pour une raison ou pour une autre, vous avez décidé d'avaler une omelette au comptoir en quinze minutes ou, comble de l'abomination, de vous contenter d'un sandwich et d'une bière, le garçon vous regarde avec effarement comme si votre comportement annonçait le retour de la grande barbarie : « Vous ne prenez pas le temps de déjeuner ? »

Les Espagnols et les Italiens pratiquent sans conteste l'art de la convivialité, mais cela ne se passe pas automatiquement autour de la table et de la célébration en grande pompe de la gastronomie. On multiplie les apéritifs au café du coin avant de se contenter d'un seul plat de pâtes au restaurant voisin puis de retourner au bistrot. À Barcelone, on se concentre sur les tapas. En France, l'esprit de système enjoint de se mettre autour d'une table dûment montée, avec son déploiement de plats, assiettes et couverts, et de pratiquer le rite dans les règles de l'art. Il y a une trentaine d'années à peine, dans une terrible bourgade de Picardie, Saint-Just-en-Chaussée — dix mille habitants et vue sur les camions en route pour Beauvais —, on pouvait encore aller dîner dans un restaurant pour VRP et routiers où l'on vous proposait tout le cérémonial. Le menu, typiquement provincial et déjà introuvable à Paris, se composait d'une entrée, d'un plat de poisson, d'un plat de viande, d'une salade, d'un fromage et d'un dessert. Tout cela pour la somme royale de dix francs. Le restaurant le plus populaire qui soit avait droit lui aussi à sa grand-messe. À peu près à la même époque, on pou-vait apercevoir dans un faubourg de Chartres cette enseigne qui valait à elle seule tout un pro-gramme politique : « Restaurant ouvrier — Cui-sine bourgeoise ».

Et si toutes les révolutions héroïques des deux siècles passés n'avaient eu pour objectif inavoué — et résultat majeur — que de permettre aussi à l'ouvrier de se mettre à table et de déjeu-ner comme un bourgeois ? On se souviendra que la seule promesse électorale, si l'on ose dire, d'Henri IV fut la poule au pot. Ailleurs, divers monarques ou dictateurs se contentaient de pro-mettre du pain à leurs sujets. C'est-à-dire juste de quoi ne pas mourir de faim. Henri IV, alors qu'on n'était même pas tout à fait au XVIIe siècle, pro-mettait à tous, au moins une fois par semaine, les délices de la table. La Chine a beau avoir, de l'avis général, la seule gastronomie aussi riche et complexe que la française, il n'est pas du tout cer-tain que les empereurs qui se sont succédé à la tête du pays aient eu les mêmes préoccupations d'ordre culinaire s'agissant de leurs populations. Le rituel et l'art de la table constituent depuis un siècle ou davantage une donnée incontournable de l'identité française. Car bien sûr cette obses-sion transcende la sacro-sainte lutte des classes. Voir à ce sujet un film danois qui eut énormément de succès en son temps, *Le Festin de Babette*, où l'on voit une communarde non repentie exilée au Danemark enseigner à ses voisins calvinistes purs et durs sa manière à elle de faire la révolution : un dîner somptueux et raffiné où peu à peu tombent les préventions de ces puritains austères et « coincés ».

D'où viendrait cette curieuse exception nationale ? Les historiens se perdent en conjectures. Je consulte un ami qui, cumulant une naissance à Neuilly, des attaches en Normandie et dans le Périgord, est manifestement beaucoup plus qualifié que moi en matière de gastronomie. Où et comment tout cela a-t-il commencé ? De quand précisément daterait le *big bang* ? « C'est une très vieille histoire, me dit-il. On trouve déjà des descriptions hallucinantes de grande bouffe chez Rabelais. Mais bon, à la réflexion, cette culture de la table remonte de toute évidence à l'Empire romain, à cette civilisation qui privilégiait le plaisir. » Va pour l'Empire romain. D'ailleurs on retrouve cet art convivial de la table dans les autres pays méditerranéens limitrophes de la Méditerranée. Mais pourquoi en France ce travers a-t-il pris de telles proportions ?

Pour divers auteurs, cette affaire a directement à voir avec la Révolution française qui, ayant dissous la monarchie, a chassé vers Paris les grands chefs qui officiaient à Versailles. On a du mal à saisir la pertinence du propos. D'abord il faudrait déterminer pourquoi à Versailles — plutôt que dans les cours allemandes ou italiennes — on cultivait à un tel degré l'art de la table, son raffinement et ses fastes. Ensuite, cela pourrait à la limite expliquer l'apparition de quelques établissements haut de gamme, ancêtres des trois étoiles d'aujourd'hui. Le Grand Véfour en étant l'exemple

le plus illustre. Mais en quoi cela expliquerait-
il cette tradition populaire — pas tout à fait
morte — qui a accouché d'une infinité de bistrots
populaires, de bouillons Chartier, de bouchons
lyonnais, de relais routiers en Dordogne, en
Aquitaine ou en Auvergne? De ces endroits convi-
viaux où l'on sert du vin de pays, et où l'on a la
patience infinie et le savoir-faire pour apprêter
des morceaux de viande coriaces qui n'ont pas
coûté cher : ah! le bourguignon! ah! le bœuf
carottes, et la blanquette de veau, et la langue de
bœuf sauce piquante, et les endives au jambon! Il
faudrait déterminer avec une certaine précision à
quel moment au xixe siècle, à Paris par exemple,
on a commencé à ouvrir ces estaminets qui se
faisaient un point d'honneur de servir des plats
succulents et pas seulement bourratifs à leur
clientèle populaire.

L'historien britannique Theodore Zeldin avait
une hypothèse concernant cette affaire. Ou plutôt
il avait une explication *a contrario* concernant
l'envers de ce mystère français, sa face téné-
breuse : la mauvaise qualité terrifiante de la cuisine publique et ordinaire en Grande-Bretagne, la
sauce brune omniprésente de l'entrée au dessert,
ces pâtés douteux et avariés où dans les pubs sen-
tant le rance les mouches viennent faire la sieste,
les viandes grisâtres à force d'être bouillies, les
pommes de terre gorgées d'eau. Une amie d'origine tchèque, installée à South Kensington après
avoir beaucoup voyagé, n'avait pour ainsi dire
jamais tâté de cette nourriture anglaise publique
et ordinaire. Forcée un jour de faire un intermi-

nable trajet en autocar d'Édimbourg à Londres, elle avait découvert dans les relais autoroutiers une bouffe si immangeable qu'elle avait trompé sa faim avec des chips. Momentanément exilée de South Kensington et des maisons bourgeoises où l'on pratique l'art culinaire à son plus haut niveau, elle venait de découvrir la *vraie* nourriture britannique.

« La Grande-Bretagne, disait donc Zeldin, a produit cette cuisine populaire bas de gamme pour nourrir la classe ouvrière des villes pendant la révolution industrielle. » Si on le suit dans cette voie, la Grande-Bretagne aurait du jour au lendemain inventé une bouffe monstrueuse, alors que jusque-là sa cuisine se comparait à celle de la France ! Une hypothèse qui s'autodétruit en même temps qu'on la formule. Car si la révolution industrielle a été en France moins précoce et moins massive qu'en Angleterre, elle a tout de même eu lieu, et il s'est constitué dans les grandes villes un prolétariat nombreux qui n'avait pas plus d'argent à dépenser que les « rosbifs » dans des cantines populaires. Mais il y eut les « bouillons » et autres petites tables bon marché où l'on prenait le temps nécessaire pour transformer des bas morceaux en plats goûteux. À situation comparable, comportement diamétralement opposé.

La France a donc des habitudes culinaires uniques en Occident, et ce trait national ancré dans l'Histoire n'est pas sans influencer son mode de vie. À moins qu'il ne résulte de sa vraie nature. D'est en ouest et du nord au sud, la France consacre un temps infini aux plaisirs de la table.

Et pas seulement pour le rituel du repas de la mi-journée. Le soir, les petits, les bons, les grands restaurants et autres brasseries sont pleins à ras bord, et ça se prolonge pendant des heures. On ne constate le même phénomène, du moins à ce niveau, dans aucun autre pays européen ou occidental : il y a des restaurants sympas ou de qualité à Rome ou à Milan, mais en nombre infiniment moins important qu'à Paris. Il n'y a pas dans les villes italiennes cette habitude machinale d'aller dîner au restaurant, même en semaine et plusieurs fois, sans raison particulière. On déjeune en ville sur le pouce, à côté de son lieu de travail, parce qu'on n'a pas le choix, et on réserve le restaurant pour le déjeuner familial du dimanche et les grandes occasions. Avis au voyageur qui se retrouve, l'automne ou l'hiver, à Berlin, Amsterdam ou Copenhague. Bien sûr, s'il consulte les guides ou la réception de l'hôtel il trouvera des restaurants ouverts le soir. Mais ils sont peu nombreux, peu variés, de faible qualité, souvent déserts et lugubres, et on finit par dîner à l'hôtel. À Copenhague, il y a quelques mauvaises pizzerias ou des bars servant à la sauvette des plats peu attrayants. À Amsterdam ou à Berlin, des restaurants « ethniques », indonésiens dans le premier cas, turcs dans le second. Mais le plus étranger des étrangers voit à l'œil nu que *la cérémonie* du restaurant ne fait pas partie des grandes traditions nationales. À Berlin, sauf curiosité touristique, personne ne sait exactement ce que voudrait dire un restaurant allemand. Qui pourrait jurer d'avoir un jour aperçu un restaurant hollandais à Amsterdam ? À moins de considérer que les innombrables restaurants indonésiens *sont* des restaurants hollandais.

En Europe, il n'y a sans doute qu'à Bruxelles — prolongement culturel de la France, n'en déplaise aux nationalistes flamands — qu'on trouve autant d'établissements de qualité et de grandes brasseries ouvertes et animées jusqu'à minuit.

Cette tradition culinaire publique et privée doit bien avoir un rapport avec une certaine philosophie hédoniste. Où l'on considère légitime et sain de s'attarder à table deux fois par jour pour y faire « un vrai repas », quels que soient les horaires de travail, les difficultés financières, les contraintes familiales et professionnelles. Cela va de pair, on suppose, avec le culte de la beauté et de l'élégance, avec les parfums, la haute couture, les bouteilles de romanée-conti et de champagne Roederer. Sans qu'on sache en fin de compte avec précision où, quand et pourquoi la France a pris cette direction, c'est ainsi. Faut-il s'en plaindre ?

2

Le démon de la littérature

En France, et singulièrement à Paris, c'est peu de dire qu'on prend la littérature au sérieux. Selon une estimation terrifiante parue, il y a quelques années, dans un certain *Guide de l'écrivain*[1], un million de Français se disent « capables d'écrire un roman » et 300 000 d'entre eux auraient un manuscrit dans le tiroir. Un chiffre pas tellement étonnant quand on voit les sacs postaux qu'on déverse tous les jours à la porte des principales maisons d'édition. À raison de trois à quatre mille par an pour les « petites » maisons, et jusqu'à dix mille pour les plus importantes. Quand ils n'écrivent pas eux-mêmes des romans (généralement autobiographiques), les Français sont en train de parler de littérature dans les salons. Cela ne leur laisse pas beaucoup de temps pour lire. Comme cela se dit tous les jours dans les milieux parisiens de l'édition, il y a davantage de Français qui écri-

1. Michel Friedman, *Le Guide de l'écrivain*, Éd. Roche-vignes, 1984.

vent ou disent écrire des romans que de gens qui en achètent.

En effet, dans ce pays où la littérature est reine, on ne lit pas tellement. En Europe du Nord, on se pavane moins en évoquant ses dernières lectures, réelles ou imaginaires, mais on ouvre bien davantage de livres[1]. Il paraît que cela vient de la fréquentation assidue de la Bible, qui a donné aux protestants de toutes latitudes le goût pour la lecture — mais dans la discrétion, la crainte de Dieu et la modestie. En France, l'important n'est pas de lire, mais d'être « dans le coup », de pouvoir disserter de littérature avec aisance, même et surtout si l'on a un métier sans rapport avec la culture et si l'on vous soupçonne de n'avoir pas ouvert un ouvrage depuis le bac, mis à part les *SAS* de Gérard de Villiers, les sommes philosophiques de François de Closets ou *Le Da Vinci Code*. Malheur au dentiste des beaux quartiers qui dans un dîner en ville ne saurait pas dire deux ou trois phrases sur Michel Houellebecq, Bernard-Henri Lévy, Catherine Millet ou Alain Minc. Si l'on veut permettre à sa femme de faire bonne figure devant ses copines et garder l'espoir d'être réinvité dans les maisons cultivées, il faut impérativement pouvoir commenter « le » dernier Le Clézio, connaître

1. Une étude de la Publishers Association (GB) du 5 octobre 1992 indiquait que 67 % des Allemands de l'Ouest lisaient au moins un livre par mois, contre 55 % des Britanniques et seulement 32 % des Français. Les Allemands dépensaient 57 livres sterling par année en librairie, les Britanniques 43 et les Français 37. On suppose que cet ordre de grandeur n'a pas changé depuis.

si possible l'existence de Jim Harrison, et affirmer d'un ton péremptoire que « Philip Roth est le plus grand romancier vivant ». Ne dites pas : « J'ai dévoré tous les Marc Lévy depuis le premier », mais : « Marc Lévy, c'est lamentable, ce n'est même pas relu par l'éditeur. » Chez des gens qui se piquent d'être de gauche, ayez de l'audace : « J'ai feuilleté *Les Bienveillantes*, mais je ne le lirai jamais, c'est abject, ce livre *est* une mauvaise action ! » Vous vous serez épargné la lecture de 920 pages bien tassées, et vous aurez l'air de celui qui a non seulement des idées péremptoires, qualité hautement respectée à Paris, mais encore des principes moraux. Personne ne vous demandera d'expliciter votre réponse, parce que justement vous aurez refusé d'ouvrir le pavé de Jonathan Littell. C'est du gagnant-gagnant, comme on dit si joliment ces jours-ci à Paris, en oubliant l'origine anglo-saxonne de l'expression.

Cette obligation de causer littérature qu'on observe sur les bords de Seine — et partout en France — explique sans doute le succès inattendu du petit texte de Pierre Bayard intitulé *Comment parler des livres qu'on n'a pas lus*[1]. De l'avis même de l'auteur, coutumier de ces essais ironiques sur la lecture, « il est probable qu'au départ il y ait eu un malentendu[2] ». Beaucoup de gens espéraient y trouver une recette pour briller en société à peu de frais : car, après tout, qui a *vraiment* lu Proust, c'est-à-dire plus que des extraits ou dans

---

1. Éditions de Minuit, 2007.
2. Entretien avec l'auteur, mars 2009.

le meilleur des cas *Un amour de Swann*? Pas grand monde. On peut donc sans risque majeur dire qu'on a lu Proust, « mais pas en totalité, bien sûr[1] », même si on n'en connaît pour l'essentiel que trois passages tirés de son vieux Lagarde et Michard. Le livre de Bayard semblait fournir à des professionnels harassés de la médecine ou de la finance une méthode pour légitimer et masquer à la fois leur propre inculture. Car, répétons-le, le devoir de paraître cultivé est un prérequis pour être admis dans les arrondissements nobles de la capitale et s'y maintenir sans raser les murs.

La France est ainsi un merveilleux pays où, à Paris notamment, les patrons de bistrot qui n'ont jamais ouvert un livre depuis leur sortie du lycée — « mais ma femme lit beaucoup! » — se rengorgent en vous indiquant parmi la clientèle un habitué « qui est un écrivain! », croient que celui-ci roule sur l'or de ses droits d'auteur, mène une vie de pacha et de débauché, parle d'égal à égal avec des gens aussi importants que Patrick Poivre d'Arvor ou Jean-Pierre Foucault. Dans *La Bataille d'Alger* de Pontecorvo, on voyait un général non identifié mais qui ressemblait fort à Massu lancer aux journalistes d'un ton désinvolte : « Et à Paris,

1. Pierre Bayard avait déjà publié — en 1996 — *Le Hors sujet*, où il expliquait avec le plus grand sérieux comment l'œuvre de Proust serait améliorée si l'on en supprimait les digressions. De simples lecteurs pressés mordirent à l'hameçon, et une revue proustienne officielle dénonça cet outrage fait à *La Recherche*.

que dit Sartre ? » La scène, qui aurait été risible dans un contexte anglo-saxon, paraissait à peine exagérée, pas invraisemblable. Après tout il n'était pas absolument impensable qu'un haut gradé de l'armée française, entre deux déclarations outrées sur le non-usage de la gégène, se pensât obligé de faire savoir à l'opinion qu'il se souciait de l'existence de Jean-Paul Sartre.

En France, même ceux qui ont peu de culture manifestent de la considération pour la culture. On ne lit pas, mais on pense qu'on devrait le faire, ce qui est le principal, et on essaie de se tenir au courant des derniers ragots littéraires pour épater une collègue de bureau. N'est-ce pas un bel hommage que le vice contemporain rend aux vertus ancestrales ?

« Le respect porté à la littérature n'est plus ce qu'il était il y a cinquante ans, avant le triomphe de la télévision, ironisait un jour Jean d'Ormesson à la matinale d'Europe 1[1], mais il reste considérable : on interroge tout écrivain un peu connu sur l'actualité politique, sur la drogue, le sport, sur tous les sujets de société, on le traite parfois comme une vedette... »

En Amérique du Nord, la célébrité se mesure au temps de présence à la télévision et au compte bancaire. Ça ne concerne donc jamais les écrivains, à moins qu'ils n'aient eu une liaison avec Marilyn Monroe. Philip Roth, désormais statufié pour l'éternité dans certains médias français comme « le plus grand romancier vivant », conti-

---

1. 19 mars 2009.

nue à se promener incognito à New York, sauf
dans quelques restaurants branchés. Même les
Britanniques s'émerveillent volontiers de la notoriété des écrivains en France : « Un romancier
anglais, fût-il célèbre, ne risque pas d'être reconnu
dans la rue », me dit avec une pointe d'envie un
journaliste londonien, ancien conseiller de presse
de Tony Blair et lui-même auteur de romans à clef
satiriques publiés avec quelque succès. Dans un
article publié à l'époque dans *Newsweek* à propos
des Nouveaux philosophes, Janet Kramer écrivait :
« La France est le seul pays où de jeunes essayistes
sont traités comme des rock stars. » Le seul pays,
également, où une émission littéraire hebdomadaire à la télévision, « Apostrophes » puis « Bouillon de culture », diffusée à une heure de grande
audience, a pu faire à ce point l'événement. On
exagérait un peu : « Bouillon de culture », contrairement à ce qu'affirmait dans l'euphorie James
Lipton, le besogneux intervieweur de l'Actor's
Studio, n'a jamais été « *the most popular show
on french television* », et même au sommet de sa
gloire Bernard Pivot avait des chiffres d'audience
relativement modestes. Mais à cette époque — et
à un moindre degré encore aujourd'hui —, les
chaînes de télé se sentaient obligées de diffuser une émission littéraire. Et quatre ou cinq millions de téléspectateurs se sentaient obligés de
dire qu'ils regardaient Bernard Pivot, même s'ils
n'étaient en fait qu'un million et demi.

Aux États-Unis, un président qui aurait la
fantaisie de consacrer ses soirées à la lecture
de romans serait à brève échéance menacé d'*im-*

peachment. Comme dans la plupart des pays protestants, le puissant est tenu de citer à bon escient
la Bible ou, le cas échéant, quelques vers célèbres
du grand poète national. Les prérequis littéraires
ne dépassent pas le cycle de l'école primaire. Au-
delà on suspecterait des tendances perverses et
on songerait peut-être à créer une commission
d'enquête.

En France, et jusque dans les plus hautes
sphères, une personnalité publique se fait bien
voir de ses concitoyens en proclamant son amour
de la littérature. Cela vaut même pour les grands
patrons de l'industrie ou de la finance, qui affichent volontiers leurs penchants culturels sans
que personne ne s'en alarme : vous pouvez diriger Renault ou la BNP et afficher vos prétentions à discuter les éditions critiques de Pascal ou
des inédits de Louis-Ferdinand Céline. Personne
ne vous traitera de frivole ou de fou dangereux,
bien au contraire. Avec une pointe de coquetterie,
le banquier Michel Pébereau fait des critiques
de romans de science-fiction dans le *Journal du
dimanche*, et tout le monde trouve ça très chic.
Personne ne s'est non plus jamais inquiété de voir
le président Mitterrand plongé dans la lecture
d'un Chardonne ou d'un recueil de poésie entre
deux meetings politiques ou pendant quelques
triviales crises mondiales. Cela ne l'empêchait
nullement de se faire réélire, et lui assurait au
contraire une stature d'homme d'État, d'impe-
rator lettré façon Hadrien.

Tout naturellement, François Mitterrand fut le
premier grand homme politique à se faire inviter

chez Pivot pour disserter de ses goûts littéraires.
Ils étaient parfois surannés, tout comme le style
de ses chroniques politiques, lui aussi brocardé
par le célèbre critique Angelo Rinaldi : « Chez lui,
écrivait-il dans *L'Express*, le style est tellement
travaillé qu'à la fin il savonne... » Mais on le cré-
ditait à juste titre d'un véritable amour des livres.
Vieux de préférence, mais de qualité.

Après lui, tout le monde s'est précipité chez
le même Bernard Pivot pour faire étalage de sa
culture. C'est ainsi qu'on vit, peu après son élection, le président Giscard d'Estaing venir expliquer son amour pour Maupassant. Et comment,
bien entendu, il aurait renoncé illico à la politique
pour l'écriture s'il avait eu l'assurance d'être un
nouveau Flaubert. Lors de son débat télévisé avec
Lionel Jospin, en mai 1995, Jacques Chirac eut
la curieuse idée, à propos de la Tchétchénie, de
citer *in extenso* deux vers de Lermontov. C'était
passablement hors contexte. Ce que Jospin lui fit
remarquer, mais sans insister : il est mal vu en
France d'ironiser sur les (in)capacités littéraires
de son concurrent. En novembre 2006, le candidat Nicolas Sarkozy insista pour être invité à
l'émission littéraire de Franz Olivier Giesbert,
« Du côté de chez F.O.G. », question de faire
savoir à la population qu'il était un ardent supporter de Louis-Ferdinand Céline et un fin connaisseur de Hemingway. Qui pouvait croire qu'un
homme aussi agité et ambitieux ait pu un jour
s'arrêter de courir pour lire au complet le *Voyage
au bout de la nuit*? Personne, bien entendu,
mais on s'abstint de ricaner sur le plateau. On

constatait avec respect que l'homme à la Rolex et aux Ray-Ban rendait hommage à la littérature. Comme à d'autres époques où il fallait pour accéder au pouvoir temporel faire la génuflexion devant le pouvoir spirituel. Nicolas Sarkozy, à l'échelle française, était au départ un homme qui avait presque tendance à se vanter de son inculture. Ou de sa relative inculture. Après une année au pouvoir, il a semblé urgent à ses conseillers en communication et sans doute à lui-même de corriger l'image. Et, le 6 juin 2008, on a eu droit à une longue enquête dans *L'Express*, annoncée à la une sous le titre « Sarkozy : la métamorphose », où l'on expliquait avec enthousiasme que le président, aiguillonné par Carla Bruni, s'intéressait maintenant à Visconti, Houellebecq et quelques autres créateurs qui ont peu à voir avec Didier Barbelivien ou Mireille Mathieu. On pensait certainement dans son entourage qu'une forte dose de culture « noble » était un argument politique incontournable.

Même aux États-Unis, il arrive que des puissants de la politique fassent paraître un (gros) livre portant leur signature. L'exercice est généralement réservé à quelques rares poids lourds de la politique nationale, aux présidentiables. Cela relève de la communication politique et certainement pas de l'exploit littéraire, et personne ne fait même semblant de croire que le signataire du livre ait quelque chose à voir avec la rédaction du texte. Un jeune ou moins jeune sénateur viset-il la prochaine élection présidentielle ? Qu'il s'appelle John Kennedy, Michael Dukakis ou John Kerry, il s'empresse de faire publier un livre de réflexions ou un ouvrage vaguement autobiographique : mais cette publication ne constitue qu'un élément parmi d'autres de sa stratégie de campagne. Plus tard, s'il est élu président et au terme de son mandat, il vendra — très cher — ses mémoires à un grand éditeur new-yorkais. Mais on imagine mal un occupant de la Maison-Blanche — encore moins un ministre ou un sénateur de premier plan ou le maire de New York — consacrer ses soirées et ses vacances à la rédaction d'un essai philosophique ou d'une biographie d'Edgar Allan Poe. Et le faire savoir.

En France, le prestige de la littérature est tel que tout homme d'affaires un peu médiatique, le dernier chirurgien à la mode et toutes les vedettes de la télé se doivent impérativement non seulement d'avoir lu de grands ou moins grands auteurs, mais d'avoir signé « leur livre ». Cela leur a coûté si cher en rémunération de nègre(s) qu'ils finissent par s'imaginer l'avoir vraiment écrit. Quant aux innombrables membres de l'Éducation nationale, actifs ou retraités, ils ont tous un roman sous le coude, dont la vingtaine de photocopies encombrent à tour de rôle les boîtes aux lettres des maisons d'édition. La remarque vaut d'ailleurs pour la totalité des journalistes de la presse écrite, qui sont encore plus qu'ailleurs des écrivains frustrés. Un mardi soir du mois de février à Millau, alors que la ville est déjà profondément endormie à vingt heures trente et qu'on éteint les feux, un journaliste local barbu finit par vous avouer qu'il a « quelques projets d'écriture ». Quant à votre voisin du dessus, représentant de haut vol en Europe d'une société multinationale, il vous explique comment le soir, dans des hôtels de Moscou ou de Stockholm, il est en train de terminer un « roman noir ».

Le tout-venant de la classe politique est forcément travaillé par le démon de la littérature. Des ministres de l'Agriculture, des secrétaires d'État en charge des Anciens Combattants font coucher sur papier leurs souvenirs d'enfance ou leurs pensées profondes par des plumes grassement rémunérées. Dan Franck[1], romancier talentueux et à succès à ses heures, mais aussi l'un des nègres les plus prolifiques des deux dernières décennies, revendique à lui seul soixante-deux ouvrages impérissables attribués à diverses personnalités publiques, dont pas mal de politiques.

Pour nous en tenir à un passé récent, on constatait pendant le seul mois d'octobre 2008 que les ténors socialistes Pierre Moscovici, Jean-Christophe Cambadélis, Julien Dray et Manuel Valls venaient d'accoucher d'un nouveau livre. En vue d'un certain futur congrès de Reims au mois de novembre. Ségolène Royal, elle aussi alors en librairie, en était à son troisième ouvrage. Et Jack Lang à son énième. Pour nous en tenir au seul Parti socialiste, on pourrait d'ailleurs remplir des rayons de bibliothèque rien qu'avec les œuvres de Pierre Mauroy, Édith Cresson, Jean-Pierre Chevè-

---

1. Entretien avec l'auteur, mai 2008.

nement, François Hollande, Marilyse Lebranchu, Jean Poperen, Georgina Dufoix, Élisabeth Guigou, André Labarrère, Michel Vauzelle, Michel Delebarre, Martine Aubry, Arnaud Montebourg et autres Georges Sarre ou Paul Quilès. Et quelques autres plus obscurs. Vivants, morts, survivants, morts vivants, ils ont tous écrit, sont tous écrivains. La plupart ont réussi à se faire inviter à diverses émissions de radio et de télé pour parler de leur œuvre capitale. Ce travers n'est pas, loin s'en faut, un travers exclusif à la gauche : on tient à disposition, une liste presque aussi impressionnante des écrivains et penseurs de l'UMP ou de l'ex-UDF, ministres, sénateurs, simples députés. Des penseurs aussi indispensables que Jean-François Copé (six titres, dont *Promis, demain j'arrête la langue de bois*) ou Yves Jégo (quatre titres), en passant par Françoise de Panafieu (deux), Dominique Paillé (trois) ou Nicolas Dupont-Aignan (neuf), ont été emportés par une inspiration irrésistible. Avant eux, Michèle Alliot-Marie avait publié sept ouvrages, et Charles Pasqua neuf. Tous ont produit la preuve irréfutable de leur amour de la littérature. Ils finissent d'ailleurs par croire à l'importance et à la qualité de leur livre. Aux européennes de mai 2009, le leader centriste François Bayrou était convaincu de son triomphe électoral pour cette raison même que son dernier opuscule se vendait bien et que ses séances de signature attiraient deux cents personnes dans les FNAC de province. Le résultat ne confirma guère son pronostic imprudent.

Même si les ventes en librairie ne suivent pas

pour tous, loin de là, c'est la beauté du geste qui compte. Et, après tout, il y aura bien assez de meetings politiques dans leur circonscription pour écouler le gros du tirage. Gratis au besoin.

Cette fascination des politiques pour la littérature est finalement attendrissante. Ailleurs on leur demande de savoir jouer au base-ball. Ici on apprécie qu'ils fassent semblant de lire et d'écrire. Et généralement l'exercice n'a rien de répréhensible. En 2005, dans une tentative désespérée pour revenir sur le devant de la scène, un certain Laurent Fabius avait consacré deux ou trois semaines de son existence à concocter un livre où, nègre ou non à l'appui, il se répandait en pensées profondes et en anecdotes savoureuses concernant son goût immodéré des balades à moto et des carottes râpées. Comme il était — et demeure — un député d'opposition, donc passablement désœuvré, il pouvait bien s'autoriser cette fantaisie, et la république n'y a rien perdu. La remarque vaut pour tous ses collègues, mais aussi pour une infinité de ministres de deuxième rang ou d'obscurs secrétaires d'État sans affectation réelle.

Au mois de mars 2009, Alain Juppé, autre brillant mal-aimé de la politique française, revenait sur le devant de la scène avec un livre aux prétentions nettement plus littéraires que la moyenne. Après *La Tentation de Venise*, publié quelques années auparavant, voilà qu'il avait intitulé son ouvrage *Je ne mangerai plus de cerises en hiver* et que celui-ci se retrouvait dans les listes des meilleures ventes. Circonstance aggravante, Juppé est soupçonné d'écrire lui-même ses livres, pour l'essentiel en tout cas. Ce qui supposerait des semaines et des mois d'écriture. Est-ce bien raisonnable pour un leader politique visant les toutes premières places ? Il est vrai, à sa décharge, qu'Alain Juppé, depuis juin 2007, n'est plus que maire de Bordeaux, ce qui est bien peu de chose dans ce pays béni des dieux où, il n'y a pas longtemps encore, on pouvait être à la fois Premier ministre, maire de Paris à plein temps et député intermittent de Corrèze. Avec un seul malheureux mandat électif, Alain Juppé fait partie de ces candidats aux plus hautes fonctions qui ont pour l'instant bien trop de loisirs, alors pourquoi ne pas taquiner la muse ? Le microcosme parisien a semblé trouver cela tout à fait normal et légitime, et les médias nationaux ont accueilli le nouvel ouvrage avec le plus grand sérieux, faisant mine d'accorder à Juppé l'une des plus hautes notes, celle d'un grand ambitieux de la politique doublé d'un authentique littéraire vraiment « tenté par Venise ».

Le cas de Dominique de Villepin apparaît plus inquiétant, du moins pour ce qui est de la bonne gouvernance qu'on souhaite à la France. Voilà un homme qui, depuis l'élection de Jacques Chirac en 1995 jusqu'à celle de Nicolas Sarkozy en 2007, était extrêmement affairé. En tant que secrétaire général de l'Élysée, il avait la charge de la cuisine électorale, un plat mijoté qu'il ne faut pas perdre de vue même quand il n'y a pas d'échéance à court terme. Il devait garder en permanence un œil sur les nominations clés de la république. Recevait

beaucoup le patron des Renseignements généraux, pour le meilleur et pour le pire. Se penchait
sur les grands dossiers économiques à l'heure
des bouleversements technologiques. Donnait à
Chirac de judicieux (!) conseils sur la manière
de dissoudre une Assemblée nationale. Ayant de
grandes ambitions politiques, il aurait pu — et
dû — songer à se trouver ici ou là un siège de
député, question d'assurer ses arrières, de se
constituer un fief électoral. Mais une candidature
aux législatives de 2002 avait pour lui quelque
chose de trivial. Il passa donc directement au
ministère des Affaires étrangères, puis de l'Intérieur, puis au poste de Premier ministre, sans
jamais chercher l'onction du suffrage universel. Il
était tellement occupé ! Mais quand il lui restait
un peu de loisir après ses longues journées au
service de l'État, et avant de s'accorder quelques
heures de sommeil, le flamboyant Dominique de
Villepin se remettait à l'écriture d'un ouvrage sur
Napoléon, d'une somme de réflexions de haut vol,
ou d'une anthologie de la poésie — 822 pages bien
tassées — sous le titre *Éloge des voleurs de feu*[1].
Depuis le moment où les médias ont commencé à
parler de lui, Villepin a publié une bonne demi-
douzaine de livres. Il était encore le plus célèbre
inconnu de la politique française, mais également
l'éminence grise la plus puissante du pays, lorsqu'il vint chez Bernard Pivot faire l'éloge de Napoléon et promouvoir l'ouvrage qu'il venait de
consacrer aux Cent Jours. Plus étonnant, il était

1. Gallimard, 2003.

déjà ministre des Affaires étrangères lorsqu'il récidiva, en juin 2003, avec la publication de sa modeste anthologie fraîchement sortie de chez l'imprimeur. La France est le seul pays où l'on porte aux nues l'un des grands responsables de la république justement parce qu'il néglige ses dossiers pour se plonger dans Joachim Du Bellay, Verlaine ou Louise Labé.

Villepin avait été précédé sur cette voie par Valéry Giscard d'Estaing. Un homme si profondément travaillé par le démon de la littérature — on l'a vu — qu'au beau milieu de son mandat présidentiel, et tandis que la saison politique battait son plein, il s'était retiré deux semaines en Afrique pour peaufiner un petit chef-d'œuvre baptisé *Démocratie française*. Personne ne lui en tint rigueur. Bien au contraire. Au moins cette fois-là il n'était pas revenu de Centrafrique avec d'autres présents, aussi précieux que compromettants.

À mettre à son crédit cependant : Giscard attendit d'être véritablement en fin de parcours pour faire paraître l'œuvre littéraire qui devait lui permettre de se rapprocher de l'objet de sa vénération, Maupassant. C'était en 1994 et le roman s'intitulait *Le Passage*. Laure Adler se crut obligée de l'inviter au « Cercle de minuit », l'émission culturelle nocturne qu'elle animait sur France 2, et on sentit un léger embarras sur le plateau de télévision. Certains des ennemis les plus irréductibles de Giscard pleurèrent discrètement de honte dans leur chapeau. Chacun s'efforça d'oublier au plus vite ce fâcheux épisode. Et le roman à l'eau de rose, que certains rebaptisèrent *Le Dérapage*.

3

La culture et le sacré

Déjeuner littéraire dans un élégant et discret restaurant du faubourg Saint-Germain en l'honneur d'un ténébreux romancier norvégien, Dag Solstadt. Une attachée culturelle de l'ambassade de Norvège est de la partie. On finit par évoquer le traumatisme inouï qui, de longs mois après, continue à provoquer la consternation dans les milieux cultivés de la France entière : la publication par *Time Magazine* le 3 décembre 2007 d'un long dossier, signé par un certain Donald Morrison, et qui annonçait en lettres de feu « La mort de la culture française ».

« Tout cela paraît bien exagéré, soupire dans un excellent français la diplomate norvégienne, la France reste le pays de la culture par excellence. »

Face à elle, un journaliste littéraire revenu de tout.

« Il est vrai, dit-il, que les grands romans publiés aujourd'hui sont presque tous étrangers. Les grands artistes ne sont plus à Paris et le marché de l'art s'est déplacé à Londres, New York et même Shanghai. Et la France n'a jamais été le pays de la musique...

— Il ne reste donc rien de la culture française ?

— Bof, il reste quand même Paris. »

Paris, capitale des jolies choses et des frivolités.

« Le cinéma français actuel ? » me disait un jour sur un ton désabusé un critique cinématographique du *Monde*. « Vous savez, c'est de l'article de Paris... »

Qu'il s'agisse de grandeur militaire, d'efficacité économique ou de rayonnement culturel, les Français passent volontiers de l'exaltation au défaitisme, parfois à l'intérieur d'une même phrase. Ou bien leur pays est le plus grand, le plus brillant que le monde ait jamais connu, ou alors c'est une mer de boue, un pays irrémédiablement atteint par le déclin, culturellement stérile, vaincu par l'Histoire, désormais incapable de produire autre chose que des sacs Vuitton. La France est maniaco-dépressive, incapable de se concevoir autrement qu'à la toute première place ou à la dernière. Ou bien elle éclaire et domine l'univers, ne tolère d'autres interlocuteurs que les autres maîtres du monde, la Chine, les États-Unis, jadis l'URSS. Ou bien elle se voit comme un paillasson sur lequel le monde entier a bien raison de s'essuyer les pieds. Les Français excellent dans l'auto-dénigrement : la diplomatie française, qui fut jadis glorieuse, est devenue ridicule, disent-ils, on n'entretient même plus les toits percés et les

dorures des ambassades et on n'a plus de budget
pour inviter les copains journalistes dans un bon
restaurant une étoile du septième arrondissement ; l'industrie française ne produit que des
Twingo qui font rigoler les Allemands et leurs
Mercedes[1] ; le cinéma français est « complètement
nul », et disparaîtrait dans la semaine si on ces-
sait de le subventionner de manière éhontée, etc.
Trois armagnacs plus tard, les mêmes dépressifs
profonds sont de nouveau convaincus d'être les
meilleurs au monde. Ils ont fait Airbus, ils ont
fait Ariane, ils ont fait le TGV, les Gipsy Kings
triomphent aux États-Unis, oui monsieur, je vous
le dis, les Français n'ont pas fini d'étonner la
planète !

Le 3 décembre 2007, on vient de le dire, une
petite déflagration avait secoué deux ou trois
arrondissements parisiens.

Émoi dans les rédactions. *Libération*, *Le Monde*,
Le Nouvel Observateur et quelques follicules
tiennent des réunions de crise, Bernard-Henri
Lévy médite une riposte cinglante, on fait donner
la ministre de la Culture. *Les Inrocks* parlent de
prendre le maquis. La raison de cette panique :
dans un article fleuve de quatre mille mots, format
inhabituel pour un magazine américain qui a
érigé le bref en dogme, le célèbre *Time Magazine*
venait de décréter « The Death of French

---

1. Un chroniqueur économique de LCI, Éric Revel, avait
en février 2009 cette réflexion désabusée et tout de même
excessive lors d'un débat sur la crise de l'industrie automobile : « Dites-moi pourquoi les constructeurs français font
des voitures aussi moches ? »

Culture ». Le titre barrait la une du numéro, illus-
trée par une photo du mime Marceau. Pourquoi
un personnage au final aussi peu représentatif
— en tout cas central — de la culture française
que le mime Marceau ? Sans doute parce qu'il est
l'un des rares artistes français un peu connu aux
États-Unis... car on n'a pas besoin de le doubler
pour comprendre ce qu'il veut dire.

L'accablement de Saint-Germain-des-Prés se
double d'une forme de jubilation désespérée.
Ils parlent de nous, c'est donc que nous existons.
Si les maîtres du monde déploient de si grands
moyens pour démontrer la mort de notre culture,
cela veut dire à tout le moins que celle-ci *a* existé.
Imaginerait-on le même magazine annoncer la
mort de la culture allemande, ou britannique, ou
même italienne ? Certainement pas. À la limite,
Time pourrait sonner le glas du cinéma italien,
de la philosophie allemande, de l'habeas corpus
ou du fair-play britanniques. Mais ça ferait trois
colonnes quelque part dans les pages intérieures.
La France est bien le seul pays au monde que
même les Américains reconnaissent comme synonyme de culture. Le seul pays digne d'être exécuté
par l'Oncle Sam.

Cela dit, le diagnostic est sévère et sans appel.
La France a été et n'est plus rien. Dans quelque
direction que se porte le regard de Morrison, il n'y
a plus que ruines et restes fossilisés. En France,
les arts plastiques, le cinéma, la littérature ont
sombré corps et biens. La France ne produit plus
rien qui soit digne de mention, la preuve en étant
que ça ne se vend pas outre-Atlantique. Notons

que si un tel constat avait été dressé par *The Spec-
tator* à Londres, le *Frankfurter Allgemeine Zeitung*
sur les bords du Main, ou *La Repubblica* à Rome,
on aurait rigolé. On aurait dit : mais de quoi se
mêlent ces gens à qui nous apportons depuis trois
siècles la lumière du monde ? Mais les Américains
ont parlé, alors tout le monde se met à genoux
et se signe. Chacun tente de déchiffrer l'oracle,
non sans peine : la proportion de gens qui lisent
l'anglais dans les cinquième, sixième et septième
arrondissements est faible. Il y a pourtant erreur
de perspective. Les rumeurs les plus folles cir-
culent, et beaucoup croient que dans les grandes
villes américaines et les banlieues innombrables,
de self-services en steak-houses, des millions
d'Américains s'interpellent à la cantonade, se
répètent l'abominable nouvelle, s'entre-tuent ou
se frappent la poitrine en prenant le ciel à témoin.
En réalité, les Américains n'ont jamais vu cette
couverture de *Time Magazine*, pas plus qu'ils n'ont
lu l'article de Donald Morrison, car celui-ci n'a
jamais été publié dans l'édition américaine de l'hebdomadaire, c'est-à-dire la *vraie* édition. Constat
déprimant : l'inanité de la culture française aux
yeux des Yankees est telle que même lorsqu'on
proclame officiellement sa mort, on ne prend pas
la peine de les en informer. Mais ceux-ci, d'abord,
savent-ils qu'elle a déjà existé ?

Un observateur étranger — de mauvaise foi —
aurait peut-être tendance à sourire de cette tem-
pête intello-médiatique à propos d'un long article,
certes américain mais tout de même assez primaire. Les arguments majeurs de ce Morrison

balancent entre l'amalgame hors contrôle, l'ana-
chronisme débridé et le défonçage de portes
ouvertes. Par moments, l'auteur compare la situation culturelle de la France de 2007 à ce qu'elle
était un siècle plus tôt, c'est-à-dire, excusez du
peu, avant le passage de deux guerres mondiales
qui ont définitivement ravagé l'Europe. Parfois il
se contente de comparer — de manière un peu
plus raisonnable — avec les années de l'immédiat
après-guerre — mais c'était quand même avant
la télé, l'invasion des McDo et de *l'american way
of life*. Le cinéma français n'a plus aujourd'hui
le rayonnement qu'il avait il y a un siècle? Sans
doute pas, car à cette époque les frères Lumière
étaient à peu près les seuls à pratiquer le septième
art — ou en tout cas bénéficiaient d'une longueur d'avance encore décisive. Paris brillait de
tous ses feux et attirait les artistes du monde
entier? Mais jusqu'en 1945, New York n'existait
pour ainsi dire pas sur le plan international et,
pour ne prendre qu'un exemple, les plasticiens
américains restés au pays étaient le plus souvent
considérés comme des artistes « régionaux ».
N'ayant pour concurrents que Londres ou Berlin,
Paris était sans conteste le centre du monde pour
la culture. Et la place de la culture noble restait
d'autant plus importante que cela se passait avant
l'ère du petit écran. La relégation de la France
en deuxième division ne date pas d'hier ou de
l'an 2003.

Autre argument récurrent chez notre bourreau
américain : la culture française est devenue tellement nulle qu'elle ne s'exporte pas du tout aux

États-Unis, tandis que les Français au contraire ingurgitent à tout va de la culture yankee. Les États-Unis ne consomment pas de « produits culturels » français? Bien entendu, mais les États-Unis ne consomment les produits culturels d'aucun autre pays. Le cinéma français occupe sur le marché américain une place marginale? Ni plus ni moins que les autres grandes cinématographies étrangères. En revanche, le cinéma français est le seul en Europe à résister honorablement à l'invasion américaine : les films français occupent encore entre 40 et 50 % du marché autochtone, alors que les films britanniques, allemands ou italiens sont tombés chacun en dessous de la barre des dix pour cent. Et de temps à autre des films français — d'art et d'essai, et parfois grand public — font de belles carrières en Allemagne, en Italie ou en Espagne, et même aux États-Unis. Le cinéma français va d'ailleurs plutôt mieux aujourd'hui qu'en 1980. Même s'il n'est plus ce qu'il était en 1909, on est d'accord!

Les Français passent leur temps à aduler les romanciers américains dans les médias et à acheter leurs œuvres en librairie? C'est un fait. En revanche, les éditeurs américains n'achètent aucun titre français, sinon au compte-gouttes. Des chiffres accablants moins pour la littérature française que pour les États-Unis et leur isolationnisme culturel. Car les éditeurs américains ne publient pratiquement aucun roman étranger. Point.

Selon des statistiques publiées en 2007, lors d'un colloque du Pen Club à New York, ce sont en réalité les romanciers français qui s'en tirent le moins mal sur le marché américain. Pour les années 2000-2006, il y aurait eu 52 traductions du français, 39 de l'italien, 36 de l'allemand, et 50 pour l'ensemble du monde hispanique, Espagne, Argentine, Mexique et Chili compris. Malgré le poids croissant des hispanophones aux USA.

Plus personne ne veut des romans français? Dans un tableau publié le 23 novembre 2007 par *Le Monde*, on constate, pour l'année 2006, que l'Italie a « acheté » 187 titres français qui relèvent de la fiction. L'Espagne : 174. Quant à l'Allemagne, à cheval sur l'Europe méditerranéenne et le monde anglo-saxon, elle en a quand même publié 105. Plus étonnant — même si la francophilie est une ancienne tradition dans ces deux pays —, la Russie en a publié 141 et la Roumanie 104. À s'en tenir aux seuls critères marchands, l'exportation du roman français en Europe se porte donc plutôt bien. Grande-Bretagne mise à part, *of course*.

On l'a dit, si un média allemand ou britannique avait publié un tel livre, on aurait haussé les épaules à Paris. Mais les États-Unis avaient parlé. Et surtout : ils mettaient en cause ce qui pour les Français reste sacré.

Dans une réponse (nuancée) à Donald Morrison, publiée à la suite d'une version allongée de son article[1], Antoine Compagnon, universi-

---

1. Donald Morrison et Antoine Compagnon, *Que reste-t-il de la culture française?* suivi de : *Le Souci de la grandeur*, Denoël, 2008.

taire français prestigieux, bon connaisseur des
États-Unis où il enseigne, expliquait de la manière
suivante la gigantesque polémique parisienne qui
avait suivi l'article du *Time*. Citant l'ancienne
directrice du Patrimoine, Maryvonne de Saint-
Pulgent, il constatait qu'en France « la culture,
traditionnel attribut de la puissance nationale
depuis l'Ancien Régime jusqu'à la Grande Guerre,
puis substitut de la puissance nationale [venait
d'être publiquement] déchue de ce rôle consola-
teur... [Suite à l'affaiblissement de la puissance
économique et militaire française du fait des deux
guerres mondiales], la fierté nationale s'est désormais réfugiée dans la défense de la culture, si bien
que toute atteinte au renom artistique français est
ressentie par l'opinion comme une menace contre
la nation elle-même[1] ». D'où le psychodrame.

Admettons-le encore une fois : pour la création
artistique et littéraire proprement dite, Paris
n'est plus à l'échelle du monde qu'un très grand
centre parmi d'autres, et pas nécessairement le
premier. Mais la capitale française demeure, tous
genres confondus, le lieu le plus fabuleux pour la
consommation culturelle. Sans doute le premier
carrefour mondial.

C'est le paradis des cinéphiles, sans comparaison avec Londres et New York. Des films turcs,
roumains ou géorgiens restent des semaines à
l'affiche. Des cinémas de répertoire proposent à
longueur d'année les plus grands classiques et des

1. *Op. cit.*, p. 151-152.

rétrospectives de grands réalisateurs. Cinémathèque non comprise.

La musique a toujours été son point faible : la France n'a inventé ni la grande musique du XIXe siècle et du début du XXe — Paul Dukas et Massenet se battent à armes inégales contre Mahler et Richard Strauss — ni le rock des années cinquante — c'est Antoine contre les Stones, Dick Rivers contre Jerry Lee Lewis, Hugues Aufray contre Dylan ! Bien qu'elle existe dans d'importants cercles d'initiés, la culture musicale reste misérablement minoritaire si on la compare, pour la musique classique, à celle de l'Allemagne. Lorsque des personnalités publiques sont interrogées à France Inter sur leurs goûts musicaux, presque toutes répondent, sans doute briefées par leur attaché de presse, que *Imagine* de John Lennon est l'une des musiques marquantes du XXe siècle. Dans certaines familles pourtant cultivées, la discothèque maison se résume au *Boléro* de Ravel et à *Carmina Burana* de Carl Orff, l'une des hontes de l'époque moderne. Les hommes politiques et les bourgeois, en guise de sortie culturelle, vont voir *Carmen* à Bercy, ou *Aïda* au Stade de France. Lors de ses funérailles, l'infortuné Pierre Bérégovoy a eu droit à la fin du service religieux à l'exécution de ce qui était « sa musique préférée » : la bande-son du film *Docteur Jivago*, œuvre impérissable de Maurice Jarre !

Paris reste pour autant un centre majeur pour de grands événements musicaux, notamment l'opéra : entre le Châtelet, le Théâtre des Champs-

Élysées, le Palais Garnier, l'Opéra Bastille [et, hors les murs, le festival d'Aix-en-Provence l'été], la ville accueille les meilleures productions mondiales. Curieusement, la France est devenue sans conteste une seconde patrie pour les jazzmen, en majorité américains : même chez eux, ils n'ont pas cette abondance de boîtes de jazz de qualité comme on en trouve à Paris, ces festivals de Marciac, de Vienne ou d'Antibes qui sont des références mondiales.

Paris — ou la France — attire ou produit de grands créateurs du septième art comme Wong Kar Wai, David Lynch ou Almodovar qui y trouvent une liberté de création et des moyens qu'ils n'ont pas chez eux. Des Américains de plume comme Jim Harrison, Woody Allen, Philip Roth, Paul Auster et bien d'autres n'en finissent pas de s'émerveiller, non pas seulement des beautés architecturales de la France, mais aussi du respect que l'on y manifeste aux artistes. Les Américains Jerome Charyn ou Douglas Kennedy s'y sont installés à demeure.

Il est vrai qu'on n'écrit guère de grands romans ces jours-ci en France, comme on le verra plus loin. Paris reste pourtant, comme aucune autre ville en Occident, une étape essentielle pour les écrivains. On n'y trouve plus guère de grands textes de théâtre non plus : mais on y produit de grandes mises en scène. Paris et la France restent un point de ralliement pour les grands noms de l'avant-garde théâtrale, qu'il s'agisse de Bob Wilson, Jan Fabre ou Romeo Castellucci : le festival d'Avignon est le premier rendez-vous international de l'avant-garde, et à Paris le festival d'Automne reste un événement majeur. Ajoutons à cela que, miraculeusement, le festival de Cannes a réussi sans conteste à conserver un éclatant premier rang sur la planète du septième art.

Il y a peut-être un déclin de la création française — comme il y a sans doute un déclin généralisé de la culture en Occident. Mais la France, si l'on fait une moyenne tous genres confondus, reste de loin la première patrie commune aux créateurs du monde entier. La France n'est donc pas seulement frivole par l'importance qu'elle accorde à la culture : elle est persévérante dans la frivolité.

4

L'unijambiste qui escaladait la tour Eiffel

De temps à autre, un champion sans peur et sans reproche se dresse pour venger l'honneur sportif de la France. C'est le champion fou, le recordman de l'absurde. Il traverse les océans à la nage, escalade les gratte-ciel à mains nues, relève des défis que personne ne lui a lancés. Le vrai champion français triomphe dans l'exploit bizarre et solitaire. Dédaignant la compétition avec d'autres simples mortels, il se mesure à lui-même. Comme il est seul à concourir, il ne peut qu'échouer tragiquement ou monter sur la première marche du podium.

C'est un Français.

Il est vrai que l'orgueil national est souvent malmené lorsqu'on en vient aux compétitions internationales majeures[1]. D'autant plus que les

1. L'auteur s'autorise certes ici une pincée de mauvaise foi. Peut-être parce que le football l'ennuie, de même que l'hystérie nationaliste qui envahit les médias et les bistrots

attentes sont grandes et les prétentions bruyantes. Trois semaines avant l'échéance, la presse sportive et les consultants commencent à se répandre en superlatifs pour annoncer les exploits à venir de tel ou tel nouveau prodige : il va décrocher la timbale, la médaille d'or ne peut plus lui échapper. À mesure qu'on se rapproche du jour fatidique, la fièvre monte. Cette fois c'est sûr. Untel ou Unetelle sont donnés favoris, tout le monde est d'accord, les rivaux tremblent. Puis arrive le moment crucial — championnats d'Europe, Jeux olympiques, Coupe du Monde de football, tournois du Grand Chelem au tennis — et voilà que la ou les superstars glissent sur une peau de banane, s'écroulent inopinément et avec eux les rêves de gloire de la république.

Au football, tous les Français vous le diront devant le petit noir du matin au comptoir, les Bleus sont les meilleurs et tout le monde les craint. Dieu merci, ils ont gagné la Coupe du Monde en 1998, ce qui tendrait à prouver que cela peut arriver un jour — même si, on doit le rap-

lors des Coupes du Monde ou des Jeux olympiques. À la vérité, on observera que les Français occupent à peu près leur place « naturelle » — la sixième ou la septième — aux JO des deux dernières décennies. Généralement juste derrière l'Italie. Et toujours loin devant la Grande-Bretagne. Par ailleurs, dans un pays aussi tranquille que le Canada, on constate, avouons-le, la même effervescence patriotique, aux Jeux olympiques d'hiver, à propos de champions annoncés comme de futurs médaillés d'or — en patinage de vitesse et artistique, combiné nordique et autres variantes ski-alpinesques —, lesquels, au moment fatal, s'empressent de faire une chute inopportune.

peler, c'était l'année où la France était le pays
organisateur, tout comme l'Angleterre en 1966 et
l'Argentine en 1978. Simple coïncidence bien
sûr. Deux ans plus tard, la France remportait également la Coupe d'Europe, ce qui donnait une
crédibilité supplémentaire aux rêves de grandeur.
Il y eut même une nouvelle finale à l'Euro 2006,
et de la Bastille aux Champs-Élysées on échappa
de justesse aux inévitables défilés de victoire,
grâces soient rendues à un penalty qui, en
revanche, provoqua une joyeuse émeute dans
ma pizzeria calabraise où j'avais demandé l'asile
politique pour la soirée.

Mais bon, le palmarès des Bleus au Mondial
s'arrête à une victoire, contre cinq pour le Brésil,
quatre pour l'Italie et trois pour l'Allemagne. Trois
pays qui ne gagnent pas à tous les coups, mais
sont toujours de solides prétendants au titre.
Au cours des trois dernières décennies, ils n'ont
jamais fait moins bien que quart de finalistes. La
France, elle, n'était même pas qualifiée pour le
Mondial de 1994, et s'est fait sortir au premier
tour en 2002 à Séoul, sur trois défaites consé-
cutives. La honte ! Devant cette humiliation nationale, il ne restait plus qu'à trouver une excuse.
Explication la plus fréquente au comptoir des
bistrots parisiens cette année-là : « S'ils avaient
moins fait la fête et passé moins de temps dans
les boîtes de nuit, ils auraient gagné. » Verdict :
les Bleus ne peuvent pas être battus, sinon par
eux-mêmes et leur inconstance. Car ils ont eu, me
disent des amis aficionados, quelques génies du
ballon rond : Kopa, Platini, Cantona, Zidane,

aujourd'hui Ribéry. Dont acte. Mais quand ce n'est pas « le jeu collectif » qui fait défaut, c'est « l'envie de gagner » qui est introuvable. Ou « le mental » qui craque. Au football comme dans les autres sports, la France a des génies fragiles.

L'auteur, ici, doit confesser sa sympathie pour le rugby, sport curieusement primitif et qui se joue dans la boue, même s'il est pratiqué dans la partie la plus policée de l'Europe. Sympathie d'autant plus grande que ce sport — même si c'est hélas en train de changer quelque peu — ne suscite guère l'engouement des foules, des médias et des sponsors. Il y avait jusqu'à ces dernières années le tournoi des Cinq Nations : la France gagnait, une fois sur trois, d'autant plus aisément que la nation gauloise tout entière était réunie contre de pauvres Anglo-Saxons divisés entre Gallois, Écossais, Irlandais et Anglais. Le plus souvent, il s'agissait du tournoi des Deux Nations, le seul véritable adversaire de la France étant l'Angleterre. La France n'a donc jamais eu de grand mérite à s'imposer une année sur deux, ou une année sur trois. Quand l'Italie et la Roumanie se sont mises de la partie, la France n'en a fait qu'une bouchée, mais ce n'était pas non plus un exploit. Mais lorsque — à la faveur de la Coupe du Monde — les rugbymen du sud de la planète font leur apparition — les Néo-Zélandais, les Sud-Africains, les Australiens —, la France produit parfois des étincelles, mais le plus souvent se trouve fort malmenée.

Le champion qui s'effondre le jour J est une spécialité française. À l'époque où je m'étais vaguement intéressé à la question — au milieu des années quatre-vingt-dix —, la France avait en magasin quelques médaillés d'or garantis sur facture. Mais ils avaient cette propension inexplicable à s'écrouler au moment crucial, en l'occurrence à je ne sais plus quels JO d'hiver. On nous annonçait les triomphes de Carole Merle et Franck Piccard en ski alpin : patatras, ils rataient une porte, finissaient dans le décor ou à de simples places d'honneur ! Surya Bonaly et Philippe Candeloro allaient tout rafler en patinage artistique : chutes malencontreuses en milieu de programme ! Le champion français n'est pas solide. Il est même parfois franchement distrait : on a vu un duo de champions annoncés de canoë-kayak rater leur prestation olympique il y a quelques années, car ils avaient oublié l'heure du début de la compétition.

Marie-Jo Pérec était indéniablement d'un autre niveau puisqu'elle avait obtenu trois médailles d'or lors de deux JO différents, en 1992 et 1996. Mais admettons, au vu du grand psychodrame des jeux de Sydney en 2000, qu'elle quitta en catimini à la veille des épreuves, qu'elle n'avait pas le mental en béton armé de certains sportifs américains : dans leur période de gloire ils raflent tous les titres puis savent se retirer avant de connaître le déclin. Laure Manaudou n'était pas non plus un modèle de sérénité. Pour trouver le champion fiable et costaud, il faut remonter à Jean-Claude Killy — trois médailles d'or à Grenoble en 1968, deux titres consécutifs de champion du monde de ski alpin, un palmarès qui est resté inégalé. Depuis cette époque, le champion français inoxydable se fait rare.

À chaque édition des Jeux olympiques (d'été), sauf exception, le jour de la cérémonie de clôture, les Français arrivent tout juste à faire bonne figure, loin derrière les plus grandes nations, nettement derrière l'Allemagne, et à peine à égalité avec l'Italie. De surcroît, ils se spécialisent généralement dans le bronze, et excellent dans des disciplines exotiques, presque marginales. Par exemple l'escrime, d'origine aristocratique, et où justement ils se trouvent confrontés aux Italiens ou aux Polonais — mais désormais également aux Chinois, qui sont partout et seront bientôt champions mondiaux de pétanque, au train où vont les choses. Pour des raisons mystérieuses, ils excellent au judo. Mais en athlétisme, considéré comme l'activité reine aux JO, le bilan est médiocre. Malgré cette consolation pas tout à fait négligeable : les Britanniques, jadis dominants aux Jeux olympiques, à l'époque où le sport était vraiment amateur et donc affaire de gentlemen fortunés, sont désormais totalement hors course et arrivent derrière les Français au palmarès final. Sauf dans les sports équestres, *of course*. Quand ils n'ont pas quelque Jamaïquain naturalisé de fraîche date pour briller en athlétisme, les sujets de Sa Majesté se couvrent de ridicule. C'est déjà ça.

Considérons un instant le tennis, autre discipline de gentlemen, que dominaient sans partage

Anglais et Français à une époque lointaine où l'on jouait en pantalon de flanelle et où l'on n'attendait aucune récompense matérielle en entrant sur un court. Le tennis est particulièrement élégant, élitiste, et il exalte l'individualisme : tout ce qui convient naturellement aux Français, peu doués pour l'haltérophilie et le lancer de poids. Et de fait, depuis plusieurs années, les mâles français fournissent de gros bataillons de joueurs parmi les mieux placés au classement ATP. Selon les statistiques officielles, on dénombrait en avril 2009 treize Français parmi les cent premiers mondiaux. Généralement, ils forment même ces temps-ci le contingent le plus nombreux. Cette fois, exceptionnellement, ils étaient dépassés d'une courte tête par les Espagnols, qui étaient au nombre de quatorze. L'Argentine, autre patrie de la terre battue, avait dix représentants, et la Russie seulement huit, à égalité avec les États-Unis. La France est donc indéniablement l'un des grands pays du tennis. Mais sans jamais gagner. Parmi les grands numéros un mondiaux — de Borg à Federer, en passant par McEnroe, Lendl, Sampras ou Agassi — aucun n'a jamais été français, loin s'en faut. Celui qui s'en est le mieux tiré depuis trente ou quarante ans est Yannick Noah. Mais le Roland-Garros de 1983 est son seul et unique titre du Grand Chelem, et il n'a jamais atteint que la troisième place au classement ATP — et encore pas très longtemps. En comparaison, Boris Becker, venu d'un pays où le tennis n'a jamais été roi, a tout de même remporté six titres du Grand Chelem. À l'image de Marat Safin, Boris Becker n'était pas un champion régulier. Mais c'était toujours un adversaire redouté. Le champion français, lui, est du genre à briller dans l'éphémère : Henri Leconte, Cédric Pioline, Arnaud Clément, Jo Wilfrid Tsonga connaissent leur jour de gloire et décrochent une finale du Grand Chelem. Puis disparaissent.

Côté femmes, la France a eu beaucoup de chance de pouvoir annexer — avec son consentement — une vraie Américaine, Mary Pierce, qui lui a rapporté deux titres du Grand Chelem. Quant à Amélie Mauresmo, dont on annonçait régulièrement le couronnement mondial, elle aura été une numéro un de transition (39 semaines sur deux périodes), à des années-lumière des grandes championnes comme Justine Henin, Steffi Graf, Monica Seles, Martina Hingis ou les sœurs Williams. Une victoire en Australie contre Henin (sur abandon) en janvier 2006 (à vingt-sept ans tout de même), puis une vraie victoire à Wimbledon en juillet de la même année. Fin de parcours et début du déclin. À Roland-Garros, où chaque année on annonçait son triomphe, son palmarès a été lamentable. Amélie Mauresmo ? Championne « fragile », ont écrit mille fois les journaux. Une sportive à la française.

Dès qu'il n'y a plus de concurrence pour attiser son stress et lui faire perdre ses moyens, le champion français brille de tous ses feux. De temps à autre, un Anglais excentrique et fortuné type Phileas Fogg lui vole certes la vedette, parce qu'il

a décidé de faire le tour de la terre en ballon ou
en ULM. Parfois un Français et un Anglais se
retrouvent nez à nez en train d'escalader le même
pic rocheux, ou de crapahuter vers le même
pôle magnétique : on n'en finit pas de rejouer
Fachoda. Mais au jeu de l'exploit fou, le Français
est quand même le maître incontesté, car il est
inventif et, au besoin, travaille à l'économie, fonctionne à petit budget, contrairement à ces gros
richards américains du genre Steve Fossett. C'est
un bricoleur, un comte de Champignac de l'exploit sportif.

Philippe Petit était sans doute ces derniers
temps le sportif français le plus connu aux États-
Unis. Né en 1949, il est le héros d'un film qui
reçut l'Oscar du meilleur documentaire en 2009.
Un romancier américain, Colum McCann, vient
d'écrire un roman sur lui[1]. C'est un champion qui
n'a pas besoin de sponsor ni d'équipement coûteux pour pratiquer son art. Un filin d'acier solide,
de bonnes chaussures, et le tour est joué. Le
7 août 1974, il a traversé sur un fil tendu l'espace
entre les deux tours du World Trade Center. Il a
fait de même entre les deux tours de Notre-Dame
de Paris, entre le Trocadéro et la tour Eiffel, il a
sévi à Francfort, au Harbour Bridge de Sydney en
Australie. Il fut et reste médaille d'or officieux
dans sa spécialité.

Alain Robert, jeune homme de quarante-six ans
en 2009, est lui aussi un maître dans sa catégorie.

---

1. *Et que le vaste monde poursuive sa course folle*, Bel-
fond, 2009.

On ne sait pas qui a copié qui, de Hollywood ou d'Alain Robert, mais en tout cas cela fait des années que le concurrent de Spiderman s'ingénie à escalader à mains nues tout gratte-ciel qui se trouve sur son chemin. Il avait fait ses gammes sur la tour Eiffel, ce qui n'était pas un bien grand exploit tant il y a d'aspérités. Il avait continué avec l'Empire State Building de New York, puis s'était attaqué à des tours de plus en plus modernes, de plus en plus lisses. On estime qu'il a vaincu soixante-cinq bâtiments des plus divers. Le 19 mars 2007, il était interpellé à Kuala Lumpur en train d'escalader l'immeuble Petronas, l'une des deux tours de verre de quatre-vingt-huit étages de la capitale de la Malaisie. Comme cela lui était arrivé dix ans plus tôt — car le champion de l'impossible a de la suite dans les idées, contrairement au champion français ordinaire —, il a été finalement stoppé par les forces de l'ordre au soixantième étage. Qu'à cela ne tienne. Il récidivait, le 1er septembre 2009, et cette fois atteignait le 88e étage aux petites heures du matin. Cueilli à nouveau par des forces de l'ordre malaisiennes « excédées », selon les agences de presse. Mais les tours Petronas ne font « que » 415 mètres et ne sont plus les plus hautes du monde : elles sont battues par un récent gratte-ciel de 688 mètres (antenne non comprise) édifié à Dubaï. On y attend Alain Robert de pied ferme.

L'exploit fou est une tradition française déjà ancienne. La tour Eiffel, la plus grande fantaisie architecturale du monde, appelait les vocations. En 1905, le journal *Les Sports* organisa le Cham-

pionnat de l'escalier. Dont la première édition
fut remportée par un laitier du nom de Forestier,
qui grimpa les 729 marches menant au deuxième
étage en trois minutes et 12 secondes. Le record
féminin s'établit à huit minutes. À égalité avec
l'athlète Wachoru, mais qui fit l'ascension avec
un sac de ciment de cinquante kilos sur le dos.
Quelques années plus tard, un boulanger par-
vint au premier étage sur des échasses. En 1959,
Gilbert Dutrieux mit une heure à atteindre le
deuxième étage, mais il était unijambiste. Le journaliste Pierre Labric, du *Petit Parisien*, descendit
les 729 marches à vélo le 2 juin 1923.

Le Français aime se mesurer au destin et, ainsi,
se faire remarquer. En 1952, Alain Bombard
s'était embarqué à Monaco à bord d'un Zodiac et
s'était transformé en naufragé volontaire, déri-
vant, en Méditerranée puis dans l'Atlantique, au
gré des courants. Après 113 jours en mer, à se
nourrir de plancton et parfois de poissons, à boire
de l'eau de pluie, il avait atteint la Barbade. En
mauvais état, mais célèbre et célébré.

En 1980, Gérard d'Aboville inaugura la mode
de la traversée des océans à la rame, en solitaire
bien sûr. Le 10 juillet de cette année-là, il quitta
Cape Cod et, sans désemparer, rama jusqu'à
Brest, qu'il atteignit le 21 septembre. En 1991, il
partit du Japon, de nouveau un 10 juillet, et
pagaya joyeusement à travers le Pacifique jusqu'à
atteindre le 21 novembre les côtes américaines.
Guy Béart lui consacra une chanson. Il eut des
émules. En 2000, le Breton Jo Le Guen échoua de
peu à rallier le cap Horn depuis la Nouvelle-

Zélande et, victime d'une mauvaise inflammation, y perdit ses orteils. En 2003, la belle Maud Fontenoy inaugura une série de records. Elle partit de Saint-Pierre-et-Miquelon le 13 juin pour atteindre La Corogne le 10 octobre à la force du poignet. Le 12 janvier 2005, elle s'attaque au Pacifique depuis le port de Callao au Pérou. Son objectif est Tahiti, mais finalement elle s'arrête aux îles Marquises le 26 mars après avoir parcouru 6 900 kilomètres à la rame. Par la suite, elle s'ingéniera à faire le tour du monde à bord d'un voilier contre les vents dominants. Maud Fontenoy, native de Meaux, ce qui en soi ne prédestine à rien, est une jolie femme, on l'a dit, ce qui lui a valu d'être sponsorisée par L'Oréal (le nom de son voilier). Préoccupée d'écologie, elle a écrit des livres, animé des émissions à la radio et à la télévision, souvent fait le tour des écoles. En octobre 2007, elle a pu se permettre de refuser la proposition du président Sarkozy, qui voulait la nommer secrétaire d'État aux Sports. Tout baigne pour elle.

En revanche, qu'est donc devenu Guy Delage ? Lui aussi avait traversé l'Atlantique. Parti du cap Vert le 16 décembre 1994, il avait atteint la Barbade le 9 février 1995. À cette latitude, l'Atlantique ne fait que 3 735 kilomètres, ce qui est modeste, mais Guy Delage se déplaçait à la nage ! Il était puissamment aidé toutefois par les courants marins, notamment pendant son sommeil. L'exploit était cependant indéniable. Il avait nagé huit bonnes semaines, à raison de six à huit heures par jour. Sans accompagnateur mais relié

à un radeau qui le précédait, transportant sa
nourriture, de l'eau potable, ses palmes et ses
deux combinaisons, la seconde de plus petite
taille en prévision de la perte de poids. Ce radeau
pneumatique était équipé de moyens de liaison
sophistiqués avec la terre ferme (et des scientifiques qui s'intéressaient à sa condition physique).
On put entendre les commentaires de Delage pratiquement en direct presque tous les jours à la
radio.

Son ennemi principal : l'ennui. Delage trouvait
les journées monotones. Il y avait de quoi. C'était
la routine. Lever tous les matins à six heures. Petit
déjeuner, et pas de croissants. Mise à l'eau à huit
heures. Retour à bord à 18 heures. Pause et colla-
tion toutes les deux heures. Pour le reste, Guy
Delage passait son temps à s'enduire de crème de
protection solaire, à guetter l'irruption d'hypothé-
tiques requins qui lui auraient au moins fait
quelque chose à raconter mais qui ne venaient
jamais, à observer la faune aquatique, sans surprise, et à soigner de petites maladies de peau.

Fut-il récompensé de ses efforts ? Quand il
échoua sur une plage de la Barbade en habit
d'homme-grenouille, il semble que les habitants
du coin s'étonnèrent, mais sans plus, de cette
apparition incongrue. *What's that ? Nothing. Just
another crazy frenchman.*

Guy Delage avait établi un indéniable record et
conforté la réputation internationale du champion de l'absurde, spécialité française. Lui en
fut-on reconnaissant ? Aux dernières nouvelles,
Guy Delage — né en 1952 — était en train de

mettre la dernière main, en 2006, à un hydro-ULM particulièrement écologique. Ainsi qu'à un monocoque tout aussi respectueux de la nature. Bref Guy Delage est semble-t-il devenu sérieux. L'encyclopédie Wikipédia avait cessé de s'intéresser à lui en 1998. Pour faire parler de soi, il convient de repousser sans cesse les frontières de l'absurde. La beauté du geste, inséparable du véritable esprit sportif français, va de pair avec sa parfaite inutilité.

5

Au rendez-vous des libertins

Printemps 2001, dans un café littéraire du Marais. Séance de signature pour Catherine Millet, dont le récit « autobiographique », *La Vie sexuelle de Catherine M.*, triomphe depuis quelques semaines en librairie. On connaît la suite : deux millions et demi d'exemplaires vendus dans le monde. Un best-seller gigantesque en France, mais aussi en Allemagne, en Espagne, en Grande-Bretagne, et même aux États-Unis.

Catherine Millet, installée à une table, signe à tour de bras. Quand ça se calme un peu, je me présente au rapport.

« J'ai écrit un article sur vous. Dans un journal publié à Montréal.

— Ah bon ?

— Oui. Ça s'appelait « Le discours de la méthode ». Je vous l'enverrai.

— Ce n'est pas la peine, je l'ai lu. (Prodiges d'Internet et de Google : on tape son nom, et des entrefilets parus à l'autre bout du monde vous sautent au visage.)

— Et vous étiez d'accord ?

— Je ne sais pas. D'accord sur quoi précisément ?

— Par exemple votre goût pour les nombres. Ou le fait que vous ayez un nez étrusque.

— Mais c'est quoi un nez étrusque ? (Elle feint l'ignorance.)

— C'est un nez un peu long, très droit et pointu. Exemple Sophia Loren... »

Là-dessus, elle se prend les seins dans les mains et les malaxe brièvement. « En tout cas, j'ai moins de poitrine que Sophia Loren. »

C'est l'avantage de Paris : on peut y avoir d'agréables conversations libertines entre gens de bonne compagnie. D'autant plus que Catherine Millet n'est pas du genre à se réfugier derrière l'alibi littéraire. Elle assume, selon l'expression consacrée. Lorsqu'elle est passée chez Bernard Pivot, à la sortie de son livre, celui-ci a joué les candides, comme à son habitude : Ah bon, vraiment, cinq hommes à la fois, et de quelle manière ? Et se faire prendre sur un capot de voiture, ça ne doit pas être franchement confortable, quand même ! Elle, très à l'aise, faisait posément son explication de texte, fournissant ici et là quelques détails supplémentaires pour faciliter la compréhension de l'histoire.

Nous revoilà au cœur d'une nouvelle manifestation de l'exception culturelle française.

D'abord, si l'on ose dire, Catherine Millet n'y va pas avec le dos de la cuiller. Un style éminemment littéraire et une précision d'entomologiste, rien à voir avec la stylistique douteuse d'une Xaviera

Hollander dans *Playboy* ou les confidences plus ou moins fictives de soi-disant correspondantes dans le magazine *Lettres de femmes*. Elle va pourtant au fond des choses et ne nous prive d'aucune péripétie de sa longue vie d'échangiste et de collectionneuse d'ébats sexuels.

Petit résumé de l'ouvrage paru, sept ans après les faits, dans *L'Express* du 8 août 2008, et qui montre d'emblée comment cette papesse de l'avant-garde, si fine plume soit-elle, ne s'embarrasse pas de faux-semblants littéraires : « ... Elle raconte, d'une écriture placide, comment elle est devenue "une fille qui couche avec tout le monde" et s'est livrée "à un nombre incalculable de mains et de verges" au cours de soirées échangistes. Dans des appartements. Des parkings, des bureaux, des lieux publics, des aires d'autoroute, etc. Cette femme "qui baise comme elle respire" s'honore de passer pour "la meilleure des suceuses", appréciant d'être prise en levrette et sodomisée. »

Des textes crus ou pornographiques signés par des femmes, il s'en publie dans tous les grands pays occidentaux (et même ailleurs) depuis quelques décennies. Mais les auteures en question sont généralement des professionnelles déjà patentées de la provocation ou du sexe, anciennes strip-teaseuses ou vedettes érotiques, rockeuses agitées tendance punk. Virginie Despentes ou Nina Hagen se livrant à une confession générale de leur vie sexuelle, cela n'étonne personne, pas plus que les récits les plus osés signés Brigitte Lahaie ou Marilyn Chambers. Autre cas de figure : de très jeunes et jolies romancières s'essayant, parfois avec un brin de talent[1], à des récits sulfureux. Généralement, c'est tout de même enrobé de précautions littéraires et se situe plus qu'à moitié dans le domaine de la fiction. Parfois les scandaleuses en herbe passent totalement inaperçues, ou se font tout juste remarquer, sans provoquer le scandale souhaité, justement parce qu'elles ont un peu trop l'air de petites ambitieuses prêtes à presque tout pour faire parler d'elles.

Tout autre cas de figure avec Catherine Millet : il s'agit d'un texte ouvertement autobiographique, où il ne manque que les noms, les adresses et les numéros de téléphone. Quand paraît son livre, elle a déjà cinquante-trois ans. Elle a fort bien réussi dans la vie, puisqu'elle a fondé et dirige toujours *Art Press*, la « bible » de l'art contemporain, l'un des magazines culturels les plus chic à Paris. À peu près personne ne la connaît dans le grand public, mais elle est une femme d'influence et une célébrité dans le petit monde de l'avant-garde européenne ou new-yorkaise. Elle n'a donc pas besoin de provoquer un scandale pour faire son chemin puisque ce chemin est déjà parcouru. Par ailleurs, il est possible que ni elle ni son éditeur au Seuil, Denis Roche, n'aient sincèrement prévu un tel raz de marée en librairie. Il arrive

---

1. Deux cas parmi bien d'autres. Un texte d'une indéniable force littéraire, *Le Boucher*, signé Alina Reyes. Énorme succès de librairie en 1988. Mais il a quelque peu condamné à perpétuité son auteure au genre érotique. En 1999, *Viande*, de Claire Legendre, une blonde jolie et fort précoce, mais beaucoup moins convaincante, et dont on n'entend plus guère parler.

que des textes littéraires incroyablement osés, publiés chez de grands éditeurs, ne rencontrent qu'un succès critique et vendent peu en librairie : voir par exemple *Carnets d'une soumise de province*, de Caroline Lamarche, publié en 2004 chez Gallimard. Quelques milliers d'exemplaires en librairie, sans plus. Denis Roche devait penser la même chose pour le livre de Catherine Millet. On l'imprima, dit-on alors, à six mille exemplaires — quatre mille seulement, croit se souvenir aujourd'hui la principale intéressée. Si scandaleuses fussent-elles, les galipettes d'une parfaite inconnue (hors sixième arrondissement) n'avaient pas de valeur commerciale. On peut donc penser que la directrice d'*Art Press* n'avait jamais pensé devenir célèbre ou faire fortune avec cette publication. D'ailleurs le livre qu'elle publiera sept ans plus tard, *Jour de souffrance*, d'une grande qualité littéraire, aura peu à voir avec le sexe et — forcément — devra se contenter d'un succès bien plus modeste en librairie.

Mais il y avait eu, avec une synchronisation parfaite, un doublé médiatique exceptionnel. La rencontre de deux plaques tectoniques. D'abord cette invitation — classique — à « Bouillon de culture ». Et déjà, la veille, *Le Monde* lui consacrait deux pleines pages, traitement exceptionnel, typique des « coups » du quotidien sous le règne d'Edwy Pleynel. Illustrées de photos dans son plus simple appareil de l'héroïne prises par son mari, le romancier Jacques Henric. Lequel publiait en même temps un bref texte, illustré d'une cinquantaine de photos de son épouse nue, explicites, réalisées pour la plupart en extérieur et dans des lieux publics. Documents intimes récents garantissant l'authenticité du récit et stimulant l'imagination du lecteur. Tandis que la double page du *Monde* lui conférait le statut d'événement littéraire de la saison.

La petite opération de commando germanopratine tournait à l'événement mondial. Consécration suprême, *La Vie sexuelle* a été l'un des très rares livres français à connaître un vrai succès de librairie aux États-Unis au cours de la dernière décennie. Dans le (médiocre) film de Woody Allen *Vicky Cristina Barcelona*, où deux étudiantes américaines font leur éducation sentimentale, le livre qu'elles lisent à une terrasse des Ramblas est, bien entendu, celui de Catherine Millet. Avec Houellebecq, autre spécialiste du sexe à sa manière, elle est devenue pour les milieux cultivés américains l'incarnation même de l'esprit français. À Londres ou à New York ou à Berlin, on vous le répète volontiers : une Catherine Millet n'est possible qu'en France.

La France est le pays du libertinage. Et pas seulement pour les écrivains ou les artistes. Le reste de l'Europe semble penser que cette liberté des mœurs concerne l'ensemble de catégories sociales. Avec une pointe d'envie, une journaliste londonienne de *The Observer*[1], Pamela Druckerman, notait que, selon des études menées par des organismes de santé, « seules 15 % des Françaises âgées de 50 à 59 ans et 27 % de celles âgées de 60

---

1. *Courrier international*, 1er janvier 2009, p. 29.

à 69 ans n'avaient eu aucune relation sexuelle au cours de l'année écoulée. À titre de comparaison, une étude réalisée récemment auprès des Britanniques des deux sexes donnait des taux de 34 % et 54 % pour ces deux classes d'âge. » Bien sûr, il convient de se méfier des enquêtes d'opinion sur les comportements sexuels, car les sondés s'empressent de répondre ce que l'esprit du temps attend d'eux, mais le fait demeure : dans l'esprit des Anglais, Françaises et Français se livreraient à la copulation comme personne d'autre en Europe. Il s'agirait d'une spécificité nationale. Et l'une des raisons principales pour lesquelles les ébats amoureux seraient aussi vigoureux, ajoutait la journaliste, tiendrait à une forme de rationalisme ou de bon sens : « Les jeunes Françaises apprennent très tôt que l'amour ce n'est pas tout ou rien... Ces petites Françaises deviennent des divorcées quinquagénaires capables de se satisfaire de relations qui ne sont pas destinées à finir en mariage... Les arrangements non conventionnels vont bon train en France... » Et de citer, bien entendu, le cas de Rachida Dati, alors garde des Sceaux, mère célibataire qui se gardait bien de révéler le nom du géniteur.

Dans cette pratique de l'immoralité tranquille, on retrouverait d'ailleurs l'une des sources de la vitalité du pays : « Si la France a le taux de croissance démographique le plus élevé d'Europe avec l'Irlande, précise la démographe France Prioux[1], cela s'explique en partie par le fait que la société

---

1. Entretien avec l'auteur, novembre 2003.

française accepte sans difficulté les mères céliba-
taires : 50 % des enfants naissent hors mariage,
contre 10 % seulement en Italie. » Dans l'Hexagone, le libertinage, et il faut y voir une forme de
justice immanente, aurait ainsi d'heureuses
conséquences pour la nation, qu'on pourrait qua-
lifier de patriotiques. On croit folâtrer égoïste-
ment, et pendant ce temps on contribue selon des
canons presque maurrassiens à la reproduction
de la « race » nationale. La France serait-elle, vue
de Londres ou de l'Europe protestante, une sorte
de pays idéal du plaisir et de l'amour ? La Britannique Debra Ollivier, dans un numéro de *Courrier
international* consacré « aux Françaises », n'est
pas loin de le croire : « Aucune femme anglaise
ou américaine ne pourrait dire comme la féministe Sylviane Agacinski : "les femmes veulent
pouvoir séduire et être séduites, il n'y aura jamais
de guerre des sexes en France"... C'est bel et bien
la culture française qui les fait comme ça..., elles
n'en ont rien à faire de la morale et des conve-
nances qui ligotent encore tant de femmes anglo-
saxonnes... Ce qui est au cœur de notre fascination pour les femmes françaises. »

On y revient : la France rime avec amour toujours... bien que les deux partenaires ne soient
pas les mêmes tous les soirs de la semaine. Le
libertinage est à l'œuvre, l'érotisme reste l'horizon
indépassable de la société. Et le soir d'une cruelle
défaite à l'Euro de football 2008 — dès le premier
tour : humiliation nationale ! —, le sélectionneur
Raymond Domenech en profitait pour faire sa
demande en mariage à sa compagne et journa-

liste sportive Estelle Denis en direct à la télé. En
France on peut perdre les guerres, on peut perdre
des matchs importants, mais on ne perd pas le
nord. C'est-à-dire l'amour bien sûr.

La France n'a pas le monopole occidental de
la littérature érotique ou pornographique. On
en trouve ailleurs. Par exemple Henry Miller ou
Charles Bukowski, pour nous en tenir aux États-
Unis. Mais il s'agissait — ou il s'agit — d'une littérature presque spécialisée, obligatoirement masculine, et classée à la rubrique des *bad guys*. L'idée
paraît impensable qu'une jeune femme influente
reconnue à l'université ou dans les milieux culturels américains se mette soudain en congé de
Harvard ou du MoMA pour écrire un ouvrage
aussi compromettant que *La Vie sexuelle*. Peut-
être vendrait-elle beaucoup d'exemplaires, mais le
lendemain elle serait définitivement mise au ban
de la bonne société cultivée. Dans les années qui
ont suivi la publication de son livre, bien au
contraire, Catherine Millet a été traitée avec les
égards dus aux penseurs voire aux philosophes
les plus en vogue de l'heure. Comme si elle venait
d'écrire un nouveau *Livre de la sagesse*. Un jour on
la verra à Beaubourg en compagnie de la cinéaste
Catherine Breillat, dont l'élégant film *Romance X*
traitait de bondage et de pratiques SM de manière
explicite et sans le plus petit soupçon de réprobation morale. Devant un parterre distingué et
plutôt féminin, les deux femmes se déclarent

féministes et disent défendre le droit des femmes
à la liberté.

Oui, dit Catherine M.[1], elle a pratiqué l'échangisme pendant plus de vingt ans. Oui, « c'est bien
d'être désirée par dix hommes en même temps,
mais aussi d'être traitée en objet ». Un libertinage
à forte dose et prolongé qui, loin d'être anormal
ou même marginal, est « beaucoup plus répandu
qu'on ne le croit », dit-elle avec une grosse pincée
de mauvaise foi[2]. Comme s'il s'agissait d'un mode
de vie sexuel tout à fait banal et même souhai-
table pour l'équilibre psychique de la majorité
des femmes. D'ailleurs, précise-t-elle, « c'est avec
La Vie sexuelle de Catherine M. que je suis devenue
féministe ». Encore mieux : « Aux États-Unis, mon
livre a très bien été reçu, et j'ai eu d'excellents
contacts avec certains groupes féministes. » Elle
ajoute par souci de vraisemblance : « ... disons
qu'il s'agissait de groupes néoféministes, les pro-
sexe... qui ne sont pas les plus nombreuses parmi
les féministes américaines, je l'admets... » De là
à dire que la libération de la femme passe par
l'échangisme, il n'y a qu'un pas que Catherine
Millet n'est pas loin de franchir.

Nul doute qu'à New York, ou sur les campus de
Californie, des Américains aient reçu un tel discours bouche bée, mais en se disant que cela ne
les concernait pas vraiment, que c'était encore une

1. Entretien avec l'auteur, septembre 2008.
2. Comme tous ses collègues, le sexologue Sylvain
Mimoun estime — sur LCI — que l'échangisme en France,
bien que fort médiatisé, concerne un pour cent de la population au maximum.

fois le fruit de l'imagination tordue de ces « crazy Frenchies », étrange peuplade où culture et littérature ont souvent rimé avec French Cancan, marquis de Sade et « p'tites femmes de Paris ». Mais si une authentique Américaine de souche s'avisait de professer de pareilles opinions dans les salons littéraires ou dans les colloques, elle aurait, redisons-le, du souci à se faire pour sa carrière littéraire ou universitaire. Lors de ses passages aux États-Unis, Catherine Millet n'a pas été lapidée ni exécutée dans les journaux par une émule sans humour de Susan Sontag, ni lynchée par des féministes un peu plus radicales et puritaines, mais c'est parce qu'elle ne faisait que passer : malgré un relatif succès en librairie, son livre serait vite oublié, et elle ne risquait pas de faire école. Mais qu'une énergumène de son espèce, une traîtresse à la dignité des femmes, prétende s'incruster aux États-Unis pour y propager de telles horreurs, ce serait la guerre. Invitée chez Pivot il y a un quart de siècle, la véritable Susan Sontag exécutait d'une charge glaciale le photographe Helmut Newton, accusé de vouloir « humilier » la femme. On pourra si on le souhaite estimer que Susan Sontag avait (en partie) raison, mais en tout cas aucune Française issue du monde culturel n'aurait tenu ce genre de propos.

La France est le seul pays[1] où le texte érotique et même pornographique est considéré comme

---

1. Le cas du grand poète William Blake (1757-1827), en Angleterre, est l'exception qui confirme la règle. Mais ses textes érotiques sont restés longtemps clandestins.

un genre noble, qui remonte à Restif de La Bretonne et à quelques autres, trouve ses lettres de noblesse avec Georges Bataille, Aragon, Apollinaire ou Pierre Louÿs. Et aboutit à *Histoire d'O*, qui continue de sidérer le monde entier.

Tout était extravagant dans cette affaire, malgré l'anonymat (relatif) dont elle était entourée : que l'auteur qui signait Pauline Réage soit réellement une femme ; qu'il se soit trouvé pour faire son éloge, et une préface intitulée « Le bonheur dans l'esclavage », l'une des plus grandes figures du monde littéraire des années quarante aux années soixante, Jean Paulhan, futur académicien. Il ne craignait pas de mêler son nom à un texte aussi scandaleux, au risque sinon de compromettre sa maîtresse Dominique Aury qui en était l'auteur, du moins de se voir lui-même attribuer — ce qui ne manqua pas — la paternité de l'œuvre.

Ces textes que les puritains de tous pays considèrent « pornographiques » sont considérés en France comme « libertins », un adjectif nettement moins péjoratif. Et même pas du tout péjoratif. Résultat : du haut en bas de la pyramide des âges, de droite à gauche, d'est en ouest parisien — périmètre de Saint-Nicolas-du-Chardonnet exclu —, la quasi-totalité de vos interlocutrices semblent trouver l'œuvre de Dominique Aury normale, anodine, presque banale. Cela vaut aussi bien pour Pauline Réage que pour Catherine Millet. Celles (ou ceux) qui ont détesté *La Vie sexuelle* ne vous diront jamais que c'est immoral, dégoûtant ou scandaleux. Si elles (ils) ont refermé le livre au premier tiers, c'est qu'il était « répétitif ». Certain(e)s

poussent la mauvaise foi jusqu'à reprocher à
Mme Millet d'en avoir « inventé » ou « rajouté »,
ce qui bien sûr enlèverait toute valeur à son
« témoignage ». Comme si le fait de se faire prendre
par des camionneurs à la queue leu leu sur une
aire d'autoroute relevait de la vantardise. À quelques exceptions près, personne n'osera s'estimer
tout bêtement « choqué » car à Paris personne ne
veut être soupçonné de pruderie.

   « Je pratique une philosophie libertaire, et je
défends le droit absolu aux représentations pornographiques. Sans aucune limite », me dit Catherine Millet en octobre 2008. Vingt ans plus tôt,
Régine Deforges, dont une fille avait alors dix ans
à peine, disait à peu près la même chose : « Les
images porno sur de grands panneaux publicitaires ou dans le métro, ça ne me gêne pas le
moins du monde. » Une position qui dans ce pays
paraît aller de soi.
   Toutes les femmes n'ont pas des fantaisies ou
des mœurs aussi débridées que Dominique Aury
ou Catherine Millet, loin de là, mais le libertinage,
au moins verbal, fait partie de la vie de tous les
jours, la plupart des Françaises semblent trouver
ça normal, et même plutôt réjouissant. Au grand
étonnement de la grande majorité des féministes
américaines, scandalisées par le « sexisme » de la
société française.
   Bien sûr il y a de la pornographie en Amérique,
c'est même une industrie florissante. Mais, si
extrême soit-elle, elle est contenue dans son

enclos des bas quartiers, des banlieues lugubres, des bars à professionnelles et des réseaux spécialisés. Dans la bonne société des grandes villes, sur les campus, dans les médias et dans les milieux prétendant à la respectabilité, on bannit toute représentation publique de la nudité féminine et la plus extrême réserve est de mise. À table, toute plaisanterie ayant trait au sexe, et fatalement sexiste, doit être bannie de la conversation. Toute considération sur la beauté des femmes équivaut à traiter les belles comme des objets, et toutes les autres de « moches ». Donc prière d'éviter de faire à votre voisine de table des compliments appuyés qui pourraient donner à penser que vous la considérez comme une partenaire éventuelle, c'est-à-dire un objet sexuel. Avec une très légère pincée d'hypocrisie, chacun est invité à se comporter en public comme si la différence des sexes n'existait pas, pas plus d'ailleurs que la différence des âges. Dans un climat de consensus assez pesant, on s'emploie à évacuer la sexualité de la vie sociale et du discours public, à la refouler vers les bas-fonds ou les ténèbres obscures de la vie privée. Un effort constant et méritoire pour aller vers le fameux *politically correct* sinon la sainteté, même si, par moments, il y a des ratés.

Au-delà du cas particulier des militantes féministes, la majorité des Nord-Américaines sont choquées par ce qu'elles voient en France. À commencer, pour y revenir, par la publicité qui s'affiche sur les murs de Paris — même si de l'avis général elle n'est plus ce qu'elle était, à l'époque où, dans les années quatre-vingt par exemple, les publications porno étaient annoncées sur les panneaux géants des kiosques et les messageries roses dans le métro. Cela fait deux décennies que les régies publicitaires, suite à l'amicale pression des pouvoirs publics, ont accepté de se « modérer » pour éviter une réglementation contraignante.

Mais aux yeux des Nord-Américaines, on est très loin du compte. En format modeste, on trouve encore ici et là des publicités pour revues ou sites porno à la devanture de bistrots : premier objet de scandale. *Idem* pour les blondes à forte poitrine qui continuent à longueur de journée à exalter les mérites d'instruments de bricolage ou à proposer des forfaits vacances. À l'occasion de la Fête des mères 2009, on trouvait sur les abribus une grande pub montrant une ravissante et jeune blonde en bas noirs et lingerie suggestive. Avec ce slogan : *Pretty Maman !*

Vue depuis les États-Unis — du moins des campus —, la France reste un pays macho où la Française est à peine moins aliénée que les infortunées concubines du sultanat d'Oman il y a un demi-siècle. Même les plus « libéraux » des universitaires ou intellectuels américains — y compris ceux qui se sont appliqués à lire Catherine Millet, par curiosité anthropologique ou pour être capables d'en parler en connaissance de cause — ne peuvent s'empêcher de penser que les Français sont des gens bizarres.

Les mêmes Américains qui suivraient ce qui se dit à la radio ou à la télévision françaises seraient encore plus effarés. Et on ne parle pas ici de chaînes câblées et marginales, d'émissions humoristiques spécialisées dans la gauloiserie, mais de chaînes généralistes et publiques, classées plutôt au centre ou à gauche qu'à droite : France Inter pour la radio, France 2 ou 3 pour la télé. Même à l'intérieur ou à proximité d'émissions « sérieuses », politiques ou culturelles, libertinage et marivaudage continuent de sévir. Cela va de la galanterie aux allusions sexuelles, avec plus ou moins de finesse ou de grossièreté. On commente le physique des femmes si elles sont jolies, et on reproche aux autres d'être moches. Au cours de la saison 2008-2009 dans la tranche matinale de France Inter, le chroniqueur Stéphane Guillon, spécialisé dans l'humour sadique, avait rappelé avec un luxe de détails à Dominique Strauss-Kahn sa réputation de coureur de jupons. Alors que celui-ci, avec la solennité qui sied à un président du FMI, s'apprêtait à donner son diagnostic sur la crise économique mondiale. Tout y passait : ses relations imprudentes avec une jeune universitaire hongroise intermittente au FMI, ses tendances à la main baladeuse, la situation singulière d'Anne Sinclair, forcée de venir à la rescousse de son mari. Beaucoup de Français ont mauvais esprit — notamment en matière sexuelle —, les autres apprécient ce mauvais esprit ou le tolèrent.

Lorsque, par malheur, une personnalité plus à cheval sur la morale ose se produire sur la place publique pour dénoncer l'exploitation du corps féminin, la prolifération de la nudité, il se trouve toujours quelqu'un de plus tordu encore pour la tourner en dérision. Trop de filles nues à la télé ?

À l'époque où il animait une émission littéraire sur Paris Première, Frédéric Beigbeder avait
trouvé la riposte adéquate. Pour un numéro de
son émission, tous les journalistes et invités mâles
présents sur le plateau étaient rigoureusement
nus. Tous : Beigbeder lui-même (qui n'avait gardé
que ses lunettes), les jeunes auteurs svates et les
vieux éditeurs ventripotents, mégot pendouillant
aux lèvres. En revanche, la seule chroniqueuse
féminine présente ce jour-là était vêtue comme
pour aller au ski, avec bonnet de fourrure, parka
et le reste. Vive la République !

Si ce mauvais esprit prospère à la radio et
à la télé, c'est qu'il est monnaie courante dans la
vie quotidienne. Une universitaire américaine qui
par extraordinaire aurait des relations mondaines
dans les milieux chic de la capitale française
vivrait un véritable chemin de croix. Petit reportage sur un dîner auquel a assisté récemment
l'auteur de ces lignes. À la table d'une féministe
officielle, un jeune homme bien en cour lance
entre la poire et le fromage : « Vous savez comment dans les cours d'école on surnomme une
fille très petite ? Une LSD. Pour : elle suce
debout. » Et tout le monde d'applaudir à ce bon
mot. « Pourquoi sucer debout ? contre-attaque
une élégante cousine. Pourquoi pas une pipe à
genoux ? » On discute du chorégraphe flamand
Jan Fabre, l'un des créateurs les plus remar-
quables de l'époque, et de son spectacle *Je suis
sang* où l'on voit un nain se promener avec une
épée géante et couper les parties génitales de dan-
seurs nus et attachés. « Est-ce que vous trouvez

que c'est de la provocation? s'inquiète une jeune universitaire parisienne. Moi je trouve que ça n'a rien de provocant! » Surtout ne pas avoir l'air de se formaliser des audaces — pourtant indéniables — de Jan Fabre! Tout un chacun prétend avoir moult anecdotes sur Michel Houellebecq, ses activités au Cap-d'Agde, haut lieu européen du naturisme, sur les supposées parties carrées, triangulaires ou dodécaphoniques organisées par sa compagne. Vous saviez que Houellebecq fréquente également un bar sadomaso très connu du onzième arrondissement? Mon chéri, il faudrait absolument aller dans l'un de ces endroits un de ces jours, il paraît qu'on attache les filles et qu'on peut faire ce qu'on veut avec elles. Et à propos du Cap-d'Agde, invente quelqu'un d'autre par pure méchanceté, est-ce vrai que le secrétaire machin de la conférence épiscopale passe trois semaines chaque été dans ce paradis languedocien des naturistes? Et cette romancière, est-ce qu'elle s'est vraiment fait poser un anneau à la chatte il y a quinze ans? Quand on pense que dans les années soixante-dix à New York, il suffisait pour provoquer un froid à table de mentionner la dernière interview signée Oriana Fallaci — avec Fidel Castro ou Kissinger — pour cette seule raison qu'elle était publiée par le magazine *Playboy*! La maîtresse de maison, prof de lycée et mariée à un journaliste de Reuters, vous coupait sur un ton glacial : Je ne lis pas *Playboy*! À Paris, les femmes invitées à la même table auraient non seulement demandé à voir l'interview, mais sans doute à feuilleter le magazine pour commenter d'un œil

averti et fort peu indulgent les protubérances
mammaires sur les photos.

C'est une question de point de vue. Les Américaines, pour ne parler que d'elles, tiennent, on l'a
dit, les Françaises pour de malheureuses victimes
de l'idéologie machiste. Et les Françaises — ou
du moins la grande majorité d'entre elles — considèrent avec effarement les ravages et les dérives
du politiquement correct nord-américain. À n'en
pas douter, les femmes américaines sont de tristes
puritaines qui ne doivent pas s'amuser tous les
jours[1].

On ne sait pas quelle est en France la proportion de puritains — de gauche ou de droite —,
au fond de la Vendée et de l'Alsace, ou chez les
personnes âgées. Peut-être même après tout sont-
ils majoritaires. En ce cas on suppose qu'ils se
résignent à souffrir en silence car ils disposent de
bien peu de relais dans l'opinion. On a beau chercher et fouiller dans les archives des deux dernières décennies, on ne trouve dans les grands
médias dits respectables nulle trace du début de
la plus petite campagne de presse à caractère
moralisateur.

En Amérique du Nord, il est courant de voir
de solides représentantes d'associations fémi-
nines ou féministes tenir des conférences de

---

1. On utilise ici par commodité le terme de puritain pour
désigner à la fois le vieux puritanisme conservateur d'origine
religieuse et le nouveau puritanisme, partisan du politiquement correct et qui se réclame de la gauche.

presse pour dénoncer la perpétuation de comportements sexistes ou d'images « dégradantes pour la femme », réclamer des mesures d'interdiction ou de censure. Ces conférences de presse ou ces « rapports » sont consciencieusement couverts par les médias, et nul ne s'avise de les traiter à la légère ou avec ironie.

En France, les puritains s'excusent presque d'exister et rasent les murs. On voit plutôt des évêques ou des porte-parole de l'épiscopat expliquer à la télévision leur indulgence vis-à-vis de l'érotisme, de la représentation de la nudité féminine, de la liberté des mœurs et j'en passe. Cela relève-t-il de la vieille tradition gallicane du catholicisme français, en tout cas ils expliquent aussitôt que, dans sa version *light*, un certain libertinage est indissociable de l'esprit français. La dernière croisade en faveur des « bonnes mœurs » date de l'élection présidentielle de 1974, où un certain Jean Royer, maire de Tours, se déchaîna contre la pornographie et la dépravation de la jeunesse. Il eut à affronter des foules hilares, des filles qui se déshabillaient pendant ses meetings, des lâchers de préservatifs gonflés, et finit à 3,2 % des suffrages.

Lorsque quelques voix officielles s'étaient indignées, il y a vingt ans, de voir sur des panneaux publicitaires géants la charmante Myriam promettre « Demain j'enlève le haut et après-demain j'enlève le bas », cela avait de nouveau fourni l'occasion d'un moment de rigolade. Au cinéma, la seule véritable demande d'interdiction — ou plutôt de « classement X » — qui fit débat commence à dater. Elle concernait le film de Virginie Despentes, *Baise-moi*, où la provocation et la violence masquaient à peine l'indigence du texte, de l'image et du propos. L'interdiction n'était d'ailleurs pas totale, dira-t-on avec un peu d'hypocrisie, puisque le film restait disponible en cassette. Malgré les protestations d'une partie de l'intelligentsia de gauche, prompte à dénoncer un retour de l'ordre moral, cette semi-interdiction de *Baise-moi* n'ouvrit aucunement la voie à de nouvelles formes de censure. Quelques années plus tard, *Romance X* de Catherine Breillat, qu'on a déjà cité, fit une brillante carrière à la fois critique et commerciale.

En France, les puritain(e)s qui assument ouvertement leurs idées, n'ont pas droit aux hommages de la patrie reconnaissante, mais plutôt aux sarcasmes. À plus de quatre-vingt-cinq ans, la romancière Benoîte Groult se dit féministe, pas très éloignée des Américaines. À l'automne de 2008, elle m'expliquait encore combien elle trouvait choquant l'affichage dans le métro — alors que, on l'a dit plus haut, les responsables des diverses régies publicitaires ont accepté depuis deux décennies de modérer eux-mêmes les fantaisies érotiques de leurs clients. Et, comme pour souligner sa solitude à ce chapitre, elle invoquait le témoignage d'une amie canadienne, elle aussi scandalisée par le « sexisme » ambiant. Parfaitement banal en Amérique du Nord, un tel puritanisme est plus que minoritaire en France. Ses représentantes connues se comptent sur les doigts de la main. Faut-il inclure dans cette liste des femmes politiques comme l'ancienne ministre de droite Christine Boutin? Sans doute, mais qui prend au sérieux Mme Boutin, considérée essentiellement comme l'une des dernières survivantes du catholicisme ultra? Personne : Mme Boutin est d'abord un sujet de plaisanterie. Faut-il joindre à cette même liste Ségolène Royal, sous prétexte que, jadis ministre en charge de la Famille, elle avait manifesté son intention de s'attaquer à la pornographie pour protéger les jeunes? Le cas est loin d'être patent. À l'aune du politiquement correct nord-américain, Mme Royal, quoi qu'on pense par ailleurs de ses errements politiques, n'a rien d'une puritaine typique ni même vraiment d'une féministe.

Des puritaines à la mode américaine, et qui aient pignon sur rue, il n'y en a guère. Voici quand même Florence Montreynaud, universitaire et — au moment où ces lignes sont écrites — présidente du groupe féministe Chiennes de garde. Quand elle va au Québec, Florence Montreynaud est accueillie à bras ouverts et se fond dans le paysage. En France, elle constitue une curiosité et c'est sans doute la raison pour laquelle on l'invite de-ci de-là à la télévision, notamment à LCI. La pub française est-elle « sexuée »? Certainement. Mme Montreynaud, pour sa part, la considère sexiste, acharnée à humilier et rabaisser la femme. Si cela ne tenait qu'à elle, des comités de vigilance et de moralité devraient avoir droit de regard sur ce qui sort des agences de publicité. Parmi les exemples qu'elle cite : une pub télévisée où, sous je ne sais quel prétexte, une très jeune fille est en tee-shirt et petite culotte dans une voiture décapotable en compagnie d'un jeune homme. Certes, il ne s'agissait pas d'une publicité pour les petites culottes, ce qui aurait pu constituer une circonstance atténuante, mais selon les standards actuels il s'agissait d'images extrêmement anodines. Or, pour Mme Montreynaud, il s'agit d'une « incitation au viol ». Un autre jour elle cite une campagne publicitaire des Galeries Lafayette signée Jean-Paul Goude. Lequel avait, dans différentes séquences, utilisé Laetitia Casta, outrancièrement déguisée, ici en clown, là en sorcière. Sur l'une de ces photos — qu'on retrouva un temps sur les panneaux géants des stations de métro —, elle était déguisée en écolière de dix ans, cartable, couettes, jupe plissée, socquettes. Et, sortant de la cour d'école, elle avait un œil au beurre noir, ce qui donnait à penser qu'elle venait de se bagarrer. Avec d'autres filles ? Avec des garçons ? Pour Florence Montreynaud, il s'agissait d'une incitation à « battre les femmes » !

Qui soutient Mme Montreynaud en France ? Pas beaucoup de gens, y compris les femmes. De la même manière, il y a une vingtaine d'années, l'ancienne ministre des Droits de la femme de Mitterrand, Yvette Roudy, se sentait un peu seule de son espèce[1]. Fin 1986, le ministre de l'Intérieur Charles Pasqua, dans le but évident de flatter la fraction la plus catho de son électorat de droite, avait fait interdire une vingtaine de publications pornographiques. Lesquelles allaient de toute

1. Entretien avec l'auteur, octobre 1986.

manière réapparaître quelques semaines plus tard sous un autre titre. Mieux : il avait organisé en grande pompe une exposition publique pour que chacun puisse constater le caractère répugnant de ces publications. Il s'agissait en effet de publications de bas étage. Il n'empêche : pour la forme, une partie de l'intelligentsia avait de nouveau élevé des protestations, comme si un Georges Pompidou venait de ressortir de sa tombe pour interdire le film *La Religieuse* de Jacques Rivette[1]. L'affaire ne méritait ni tant d'honneur ni tant d'indignité. On vit pourtant apparaître, à l'inauguration de cette exposition des « horreurs », une certaine Yvette Roudy, qui ne craignait pas de poser pour la photo à côté de Pasqua. À ses yeux, celui-ci venait de faire œuvre de salubrité, car les publications interdites étaient à la fois « horribles » et « dégradantes ». Un an plus tard, en interview, elle ajoutera cette phrase qui, en Amérique, serait peut-être passée inaperçue mais en France laissera bouche bée : « Il y a forcément une volonté d'humilier dans le fait d'exposer la nudité féminine. Est-ce que les tortionnaires ne commencent pas par dénuder leur victime avant de la torturer ? »

À se demander qui avait le plus mauvais esprit : les gens qui défendaient des torchons porno

---

1. Cela se passa en 1966. Sur pression de Jean Foyer, alors garde des Sceaux et tenant de la droite catholique la plus conservatrice, le gouvernement obtint l'interdiction du film de Rivette. Un acte de censure d'autant plus absurde que la pièce de Diderot venait d'être jouée pendant de longs mois à Paris. Le film sortira finalement en 1967.

au nom de la liberté ? Florence Montreynaud, qui voyait des femmes battues même là où il n'y en avait pas ? Ou Mme Roudy, pour qui la représentation de la nudité féminine est le préambule à une séance de torture ?

« Je savais très bien en prenant cette position qu'on me traiterait de ringarde et qu'on se moquerait de moi, concluait-elle l'air sombre, mais ça m'est complètement égal. »

En France, le destin de la féministe plus ou moins puritaine s'apparente à une traversée de l'Océan en solitaire, où il faut s'armer de patience car on rame contre les vents et les courants dominants. Sans jamais voir apparaître les contours de l'autre rive à l'horizon.

6

DAF, saint patron et martyr

Il y a des sujets qui divisent les Français. Jadis l'affaire Dreyfus. Ces dernières années le permis à points. L'interdiction de la cigarette dans les bars-tabac. Le téléchargement gratuit sur Internet de la musique, puis des films de cinéma et demain des œuvres littéraires qu'on balancera numérisées sur le Web douze heures avant leur sortie en librairie pour peu qu'on leur attribue une valeur commerciale.

Il y a aussi le marquis de Sade.

Il suscite des réactions contrastées et peut à lui seul pourrir ou faire voler en éclats le plus beau dîner en ville, du moins dans l'un de ces arrondissements parisiens où tous les convives sont informés de son cursus. Lancez le sujet maudit, et vous risquez fort d'avoir des vociférations, voire des échanges de coups et des portes qui claquent. Sur le thème bien connu : « *Ils* en ont parlé ! » Ici deux détracteurs (trices) qui tiennent le divin marquis pour un être malfaisant ou à tout le moins un cas clinique seront traités de ringards

par les autres convives, libres-penseurs montés
au créneau pour louer son génie. Là des admirateurs qui le considèrent comme l'un des plus
grands philosophes des Lumières se verront
sommés par deux féministes infiltrées dans l'assemblée de dénoncer sur-le-champ ce précurseur
du nazisme ou de quitter les lieux dare-dare.
Donatien Alphonse François, et après tout ce n'est
que justice, n'invite pas à la nuance ou à la modération. Ou bien on en fait dans *Le Monde des livres*
des pages entières qui dégoulinent de caramel
mou, ou bien on réclame contre lui une interdiction de vente aux mineurs, sinon un retour à l'interdiction tout court qu'il eut peu ou prou à subir
jusqu'au milieu du siècle dernier.

Signalons cependant que les deux camps ennemis sont de dimensions fort inégales. Les pour-
fendeurs du marquis de Sade sont une pauvre
petite poignée. On compte sur les doigts de la
main les personnalités qui, ayant leurs entrées
au *Monde* ou au *Nouvel Obs*, prendront le risque
de se ridiculiser en dénonçant publiquement
son immoralité, son éloge des perversions et ses
appels au meurtre. Dans le petit monde intello-
politique, deux ou trois noms tout au plus viennent à l'esprit. Celui d'Yvette Roudy, déjà citée,
qui, en interview[1] et à propos de l'interdiction
de magazines porno de bas étage, avait tout à
coup proféré cette réflexion surprenante : « Vous
savez quel est le problème ? C'est l'admiration
que les intellectuels français vouent à *Histoire*

---

1. Octobre 1986.

d'O et au marquis de Sade ! » Il y avait de quoi
être interloqué. On se demande si la pornographie
de masse a déjà eu besoin du marquis de Sade
pour déferler sur les villes et les campagnes.
Parmi les acheteurs de DVD porno, dans des
stations-service de Castel-Sarrazin ou de Tour-
coing, on peut douter que quiconque ait lu *Les
Infortunes de la vertu* ou même entendu parler
du divin marquis ou de Dominique Aury. Mais
Mme Roudy semblait prendre l'affaire très au
sérieux : la légitimation du marquis de Sade au
sein de l'élite avait selon elle pour effet direct
d'alimenter la misogynie ambiante de la société
française et sa complaisance vis-à-vis de la pornographie. À peu près à la même époque, Élisabeth
Badinter écrivait que le marquis de Sade pouvait
être considéré comme l'un des inspirateurs ou
précurseurs — certes involontaire — du nazisme.
Et il est vrai qu'un esprit nord-américain un peu
bêta ne peut s'empêcher de faire un tel parallèle
en songeant au film de Pasolini sur la République
de Salo tiré du roman de Sade — même si on suppose que Pasolini en était dans ce cas au troisième
si ce n'est au vingtième degré.

C'est à peu près le point de vue du philosophe
Michel Onfray, l'un des intellectuels les plus en
vogue de ces dernières années et qui, tout en se
situant à l'extrême gauche, ne craint pas de dénoncer la fascination aveugle de l'intelligentsia pour
Sade. Au risque de se faire traiter de moralisateur :

Relisez Annie Le Brun, Gilbert Lely ou Jean-
Jacques Pauvert, et vous serez estomaqué par la

complaisance avec laquelle ils décrivent la vie
d'un individu qui n'était ni plus ni moins qu'un
délinquant sexuel. Voilà un homme qui prend des
femmes en otages, les menace de mort, les torture,
leur inflige les pires sévices, et il faudrait en faire
un parangon libertaire et le héraut de la parole
bâillonnée ? [...] Dans *Les 120 journées de Sodome*,
on rase les gens, on leur tatoue des numéros, on les
avilit, on les tue... ça ne vous rappelle rien[1] ?

Voici justement un petit sujet d'étonnement :
une fois qu'on a cité les noms de Mmes Roudy et
Badinter, et aujourd'hui celui de Michel Onfray,
on est déjà au bout de la liste ou presque. On ne
trouve pratiquement aucune personnalité connue
du monde culturel hexagonal pour s'attaquer au
grand homme. À moins de remonter à Gilbert
Cesbron ou de se mettre à fouiller dans les
archives de *La Croix* et du *Pèlerin*, et encore : il
est probable que ces deux honorables publications préfèrent depuis longtemps éviter le sujet
plutôt que d'engager une guerre perdue d'avance
et de fournir ainsi encore plus de publicité au
sale garnement. Celui-ci est devenu un monu-
ment de l'histoire littéraire et philosophique française. Et un intouchable. Dans ce pays où l'on
sait qu'il est mal vu d'afficher une quelconque
pruderie, du moins dans les salons, presque personne n'oserait se dire choqué par la version ori-
ginale des *120 journées de Sodome*. Mieux encore :
il est fortement recommandé pour se faire bien
voir de proclamer à la suite de Philippe Sollers

---

1. *Le Point*, 23 juillet 2009, p. 61.

et de quelques autres que, bien entendu, le divin marquis est non seulement un écrivain au style remarquable, un stupéfiant explorateur des méandres de la sexualité, un génie de la transgression, mais encore un philosophe majeur, un parfait révolutionnaire, un chantre de la liberté et de la subversion. Un esprit dérangé ? En aucune manière : c'est l'un des grands écrivains du XVIIIe siècle, point. Et s'il y avait encore des manuels façon Lagarde et Michard, il faudrait s'empresser de l'y faire figurer pour que les adolescents en prennent de la graine.

Le marquis de Sade était issu d'une vieille et prestigieuse famille de la région d'Avignon, et son propre père, lui-même un peu libertin sur les bords, était proche des Condé. Ses perversions furent précoces et frénétiques : à vingt ans, si l'on en croit son biographe Maurice Lever[1], il prenait plaisir en compagnie d'autres fils de famille à torturer ici et là quelques servantes ou des prostituées — trois fois rien : quelques incisions au rasoir dans les chairs aussitôt arrosées de cire brûlante, etc. La question reste ouverte de savoir s'il est allé lui-même jusqu'au meurtre pour le *fun*.

Sa biographie est tellement extravagante qu'au premier abord on pourrait la croire inventée. Effarée par ses méfaits, la belle-famille obtient contre lui une lettre de cachet : le voilà donc vic-

1. Maurice Lever, *Sade*, Fayard, 1991.

time du régime monarchique. Quand il ressort de prison, on l'y remet. La Révolution le libère, puis l'emprisonne à nouveau. Finalement, il réussit à passer vingt-sept années enfermé et à mourir de même. Napoléon en personne se souciera de son sort et veillera à ce qu'il demeure interné. À la Bastille, il tient une comptabilité minutieuse de ses masturbations qu'il rebaptise ses « prestiges », et dépasse allégrement la barre des 10 000. À l'asile de Charenton, il passe les dernières années de sa vie à monter ses pièces de théâtre en constituant des castings d'enfer avec d'autres pensionnaires, et la bonne société parisienne vient parfois assister au spectacle. Il a de la suite dans les idées et pendant des années produit sans discontinuer des ouvrages obsessionnels vantant les pratiques les plus perverses voire criminelles, mais aussi des dialogues philosophiques, des pièces de théâtre qui totalisent plusieurs milliers de pages. Pour trouver un tel équivalent, il faudrait imaginer que le comte de Dracula ait existé pour de vrai, qu'il ait été en même temps un vampire et un écrivain majeur au style épuré à la Casanova. Mais justement : le personnage de légende est une invention, et le modèle historique d'origine — Vlad, prince de Valachie, surnommé l'empaleur — n'était pas un écrivain. Alors que Sade a vraiment existé. Et comme par hasard il était français.

Nulle part — du moins en Occident — on ne trouve, sinon dans de petits écrits anonymes et diffusés sous le manteau, l'équivalent de notre marquis, c'est-à-dire un écrivain de cette dimension et aussi incroyablement sulfureux.

Autre singularité française : ce diabolique est devenu également une sorte de saint patron et martyr. Certains vont jusqu'à le transformer rétrospectivement en victime de la société, au même titre qu'Oscar Wilde. Peut-être par souci d'élégance et par goût de la provocation, on en vient à faire de lui un être adorable avec qui on aurait eu plaisir à passer ses vacances — à Lacoste dans le Lubéron bien sûr — et à qui on aurait volontiers prêté sa fille pour parfaire son éducation. Il est vrai que l'intelligentsia entretient une prédilection pour les personnages diaboliques (et réciproquement ceux-ci ont une forte propension à naître dans l'Hexagone et à s'y épanouir) : sous prétexte que Céline est l'un des génies littéraires du siècle, faut-il obligatoirement penser de lui, comme le font plusieurs de ses admirateurs, qu'il est un héros positif et un homme en tout point sympathique ?

Lors de l'interview déjà mentionnée, à l'automne de 2008, avec Catherine Millet, je lui suggérais qu'il y avait peut-être une parenté entre *La Vie sexuelle*... et l'œuvre de Sade : cette énumération sexuelle sans fin et obsessionnelle qu'on retrouve dans son récit, mais aussi dans des œuvres comme *Les 120 journées*... « Ah non, me dit-elle avec modestie, le marquis de Sade c'est autre chose. C'est de la philosophie... »

De manière plus raisonnable, Roger Planchon, dans une interview réalisée peu avant sa mort[1], expliquait sa fascination pour Sade par le fait

---

1. Rediffusion sur France Inter, le 16 juillet 2009.

qu'il voyait en lui « un grand précurseur du nihilisme ». Fascinant certes, mais pas nécessairement pour autant à ranger au rayon des « héros positifs ».

Jean Benoît, né en 1925 à Montréal, débarqué en 1947 à Paris d'où il n'est plus jamais reparti, est un plasticien polymorphe, talentueux et dilettante[1], devenu un intime d'André Breton jusqu'à la mort de ce dernier. À l'écart des modes et du marché, Jean Benoît a été un touche-à-tout de talent : il a fait avec de vieux gants de femme un énorme *Bouledogue de Maldoror* au sexe imposant (aujourd'hui dans la collection d'art contemporain de François Pinault). Fasciné par les arts premiers du Pacifique — où il a fait pour son plaisir de fréquents séjours prolongés dans les années soixante —, il a fabriqué d'étranges masques funéraires. Mais aussi de nombreuses œuvres à connotation érotique. Il sculptait avec un soin infini du détail des cannes, parfois très élaborées, dont le pommeau était un sexe masculin en érection. Dans les soirées du Ranelagh, dans le seizième arrondissement de Paris, au début des années soixante, il se déguisait en personnage de carnaval, s'équipait d'un imposant sexe en plastique

---

1. Son nom est inséparable de celui de sa femme, Mimi Parent, dont la disparition en 2005 a été saluée par d'importants articles dans *Le Monde* et *Libération*. Toute sa vie elle a fait des « boîtes » où elle créait des saynètes étranges et symbolistes dans la veine surréaliste. Tel « L'après-midi du petit Freud ».

pour déclamer des « textes-rouleaux » narrant ses exploits érotiques, sous le titre : « L'art si difficile d'être sincère sans être ridicule ».

Le grand événement de sa vie a été la découverte du marquis de Sade, au début des années cinquante. Ou plus exactement la plongée qu'il a faite dans l'œuvre de ce « personnage hors du commun ». Il se lie d'amitié avec le sadien en chef sur la place de Paris, Gilbert Lely. Crée des objets, costumes et mises en scène pour une performance intitulée *L'Exécution du testament du marquis de Sade*. Performance qui sera le clou de la dernière grande exposition surréaliste à Paris en 1959, baptisée ÉROS. Jean Benoît, à l'invitation de Breton, exécute ledit testament chez Joyce Mansour le soir du vernissage, et devient la vedette de l'événement : *Arts*, *Les Nouvelles littéraires* et *France-Soir* lui consacrent de longs articles. Par la suite il endossera le costume du Nécrophile, en hommage au Sergent Bertrand[1], célèbre pour sa propension à déterrer les mortes dans les cimetières et à les violer.

Jean Benoît fait partie de ceux qui sans la moindre réserve considèrent Sade comme un

---

1. François Bertrand (1824-1850) défraya la chronique au milieu du XIXᵉ siècle. Sergent dans un régiment basé à Paris, il pénétrait la nuit au Père-Lachaise et au cimetière du Montparnasse, déterrait les corps de jeunes femmes fraîchement inhumées, se livrait à des attouchements, à la copulation, parfois à des actes de torture. Il continua ainsi pendant deux ans, jusqu'à son arrestation par la police en 1849. Condamné à un an de prison pour « violation de lieu fermé », il se suicida peu après sa remise en liberté, à l'âge de vingt-six ans.

génie incontestable et un auteur de première importance. Son héros a été — bien entendu — une victime de l'Ancien Régime et d'abord des bien-pensants : « Songez à toutes ces années en prison! Et cette abomination finale : qu'on l'ait enterré contre sa volonté expresse dans un cimetière religieux... » Mieux encore : c'est la rencontre avec le seigneur de Lacoste qui a définitivement convaincu Jean Benoît de rester en France. « Le marquis de Sade, dit-il avec enthousiasme, constitue un personnage unique dans l'histoire de la littérature. Il ne pouvait apparaître qu'en France. Et je me suis dit que ce pays devait être exceptionnel pour produire un tel personnage[1]. » Sans reculer devant les extrapolations audacieuses, Jean Benoît voit dans le marquis de Sade l'expression même d'un certain génie français. Ou de la folie française? Au tout début des années cinquante, Lacan lui avait fait voir à Sainte-Anne une exposition de dessins de schizophrènes soignés dans cette institution parisienne : « C'étaient les dessins de fous les plus intéressants qu'on puisse imaginer : fourmillant de références culturelles! » Un pays capable de produire l'auteur des *120 journées* et des schizophrènes de si haut niveau, en conclut Jean Benoît, était forcément unique au monde.

Difficile de démêler le mystère lorsque vous rencontrez l'un des sadiens patentés de la Répu-

1. Entretien avec l'auteur, avril 2009.

blique. S'ils ont des réserves d'une nature ou d'une autre sur leur héros, ils les gardent pour eux, s'expriment de manière sibylline et en langage codé et, peut-être, réservent le fond de leur pensée à des cénacles mystérieux où ils retrouvent d'autres thuriféraires de Donatien Alphonse François.

En 1991, j'avais interviewé Maurice Lever et, dans un vieux sursaut de moralisme, j'essayais de trouver des circonstances atténuantes au grand homme. On avait dû exagérer ses turpitudes, disais-je : après tout, le Donatien était encore bien jeune, à peine sorti de l'adolescence, peut-être entouré de mauvais compagnons, lorsqu'il s'amusait avec ardeur à torturer les prostituées. En plus, une petite incision au rasoir avec un peu de cire bouillante là-dessus, est-ce vraiment de la torture ? Et puis, est-ce que ça s'est vraiment passé ainsi, et si souvent ? Ah ! tout de même c'étaient des jeux *hard*, et il n'y a pas eu qu'une fois, répondait avec délectation Maurice Lever. Notre marquis est-il allé vraiment jusqu'au meurtre ? On ne peut totalement l'exclure, confessait le sadien avec une contrition feinte. Je n'ai donc pas osé lui demander sinon de manière allusive : mais dans ce cas, pourquoi ce demi-cinglé (et à ce seul titre plutôt sympathique) pourrait-il être considéré comme un héros des Lumières, un chantre de la Révolution, un apôtre de la Liberté ? La réponse est restée brumeuse.

En cette même année 1991, une jeune femme répondant au pseudonyme de Justine de Saint-Ange avait publié aux éditions Stock *Je vous salue Marquis*, élégant et amusant roman épistolaire, où une adolescente de treize ans portée à la rêverie entreprend une correspondance imaginaire avec son héros préféré, le marquis de Sade. Dans un Avertissement, l'auteure expliquait de manière sibylline que l'adolescente en question avait hésité dans le choix de ce correspondant fictif entre Sade, Machiavel et Roch Voisine. Mais qu'importe. La Justine de Saint-Ange était une séduisante jeune femme blonde dans la trentaine, bonne famille, grande classe. C'était son premier roman. Une subite inspiration suscitée par « cet écrivain de génie, l'un des esprits les plus libres de son temps ». Pourquoi avoir mis en scène cette adolescente ? Parce que, disait-elle, l'univers de Sade a beaucoup à voir « avec les mondes édéniques de la prime jeunesse et les jeux secrets auxquels se livrent les enfants ». Elle avait d'ailleurs dédicacé son roman « à Sade lorsqu'il était petit garçon — et à tous les enfants dépravés ». Elle-même n'était pas — à cette époque en tout cas — un écrivain professionnel. Énarque, elle avait occupé jusque-là des postes fort sérieux qui n'avaient rien à voir avec la littérature. Ou le libertinage. Elle était par ailleurs mère d'une petite fille de huit ans. A-t-elle l'intention de lui faire lire le divin marquis dans les plus brefs délais ? « J'attends qu'elle découvre ses livres par elle-même, et qu'elle se fasse sa propre idée », dit-elle. Et si c'est à l'âge de treize ans, comme l'héroïne du roman ? « Pourquoi pas à l'âge de treize ans ? Mais en fait elle a tout le temps pour le découvrir. Sade sera encore un grand classique dans deux cents ans. » La mauvaise foi n'a jamais étouffé personne à Paris.

Le livre, truffé de clins d'œil littéraires, n'eut pas le succès escompté en librairie. Pour faire du bruit à Paris ou provoquer le petit scandale qui rapporte gros, il faut en faire beaucoup plus. Avis au jeune écrivain en herbe qui souhaite entamer une carrière parisienne sur un coup d'éclat : il reste une place à prendre. Le premier qui écrira avec un peu d'esprit *Le Marquis de Sade expliqué à ma petite fille* aura des articles savants dans les journaux. Peut-être la une du *Monde des livres*.

En France, on a du respect pour le jeu. Et le marquis de Sade est en ce domaine un pro-phète. Dans sa version ultime : danse au bord du gouffre.

7

Mon royaume pour un bon mot

« Les journalistes et universitaires américains reprochent volontiers aux Français de passer leur temps à bouffer et à parler sans fin pour ne pas dire grand-chose. Ils ont raison. Mais on pourrait dire également qu'aux États-Unis on bouffe de la merde et que les gens n'ont aucune conversation. »

Cette constatation lapidaire était lâchée un jour à la blague par Gérard Chaliand, grand voyageur devant l'Éternel et essayiste spécialisé dans le tiers-monde et les mouvements de guérilla; et qui donc observe de loin les mœurs comparées de l'Europe et de l'Amérique. Né à Marseille dans une famille arménienne, ce n'est pas vraiment ce qu'on appelle un nationaliste chauvin, il ne se répand guère en louanges sur la France et connaît parfaitement les États-Unis dont il parle (vraiment) la langue.

C'est donc avec détachement, tout juste par souci d'équité, qu'il faisait ce constat : c'est vrai que les Français sont bavards et parlent pour ne rien dire. Mais c'est un fait qu'ils *ont de la conversation*.

Une amie originaire de Mitteleuropa, installée depuis des années à Londres après avoir vécu à Paris, Berlin et Moscou, confirme le diagnostic. *A contrario*, si l'on ose dire : « Les Britanniques peuvent faire preuve d'un humour féroce et brillant dans les journaux, notamment les critiques littéraires ou théâtraux, ou dans les débats parlementaires. Mais ils sont généralement sinistres en personne et dans les conversations. Ils ont besoin d'être saouls pour se décoincer. L'humour anglais, qui est génial, relève de l'art oratoire ou de l'écrit : on ne le retrouve jamais dans la conversation de tous les jours. »

Ce qu'elle sous-entend : les Britanniques ont infiniment moins de conversation que les Français. Car on se doute bien que ce ne sont ni les Allemands ni les Scandinaves qui risquent de leur faire concurrence dans ce domaine. Si les Anglais sont coincés, les Européens du Nord, eux, souffrent de sinistrose chronique : de Guillaume le Taciturne jusqu'à Ingmar Bergman, cette Europe protestante si peu portée sur la galéjade a toujours considéré la conversation mondaine comme une frivolité répréhensible. Ces gens baignés par la Baltique et la mer du Nord regardent avec un mélange d'envie et de commisération ces Français si légers qui n'en finissent jamais de jouer les jolis cœurs avec leurs voisines de table et de consacrer tant d'énergie à des joutes verbales inutiles.

Si les Italiens ont toujours pratiqué une conversation plaisante et spirituelle, ils ne sacrifient pas de la même manière au rite de la joute verbale, à ce tournoi masculin d'où émergera le champion, le vainqueur, le mâle dominant de la meute qui aura droit de repartir avec la plus belle de l'assemblée.

La France, côté masculin, est le théâtre d'une joute oratoire grand format, où se joue la position du mâle dans son milieu de travail, dans le pâté de maisons ou dans le quartier. Ici le beau parleur est proclamé chef. Et le chef est forcément un beau parleur. Dans ses célèbres *Carnets du major Thompson*, Pierre Daninos, certes pas le plus objectif des hommes, tranchait d'une phrase : « En France, où l'on brille par la parole, un homme qui se tait socialement se tue. En Angleterre, où l'art de la conversation consiste à se taire, un homme brille par son côté terne[1]. »

Si l'on en croit quelques bons auteurs, il s'agit d'une très vieille histoire. « La nation française se caractérise entre toutes par son goût de la conversation : elle est à ce point de vue un modèle pour les autres nations », écrivait Emmanuel Kant[2] dès 1798. Dans *De l'Allemagne*, édité en 1810 en France, aussitôt censuré et détruit par les soins de Joseph Fouché, mais finalement publié à Londres en 1813, Mme de Staël enfonçait le clou : « Paris est la ville du monde où l'esprit et le

---

1. Plon, 1954. Réédité dans le Livre de poche.
2. *Anthropologie du point de vue pragmatique*, Vrin, 1964, IIe partie, p. 155.

goût de la conversation sont le plus généralement répandus [...] Dans toutes les classes, en France, on sent le besoin de causer ; la parole n'y est pas seulement, comme ailleurs, un moyen de communiquer ses idées, ses sentiments, et ses affaires, mais c'est un instrument dont on aime jouer[1]... »

Marc Fumaroli, dans un court et brillant essai, situe de façon péremptoire le moment précis où, en France, la conversation est devenue un art à part entière. C'était, écrit-il, « sous Louis XIII... dans les premiers salons parisiens, celui de la calviniste Mme des Loges et celui de la catholique Mme de Rambouillet dès les années 1615-1617[2] ». La conversation à la française, selon l'auteur, n'a certes pas la cohérence, la profondeur ou la « persévérance » des dialogues platoniciens, elle reflète « une adolescence perpétuelle de l'esprit ». Elle n'a d'autre but que le plaisir qu'elle procure : « S'il y a une rhétorique de la conversation, c'est ce qui reste de la rhétorique quand on a tout oublié : le bonheur d'expression, la rapidité, la clarté, la vivacité[3]. »

Cet exercice décidément frivole a des liens de cousinage, on y revient toujours, avec l'art de la table, ainsi qu'avec la galanterie : pour Emmanuel Kant, qui s'égare dans la rêverie, une conversation réussie était impensable sans une compagnie féminine, laquelle « ne devait pas être inférieure

1. *De l'Allemagne,* Garnier Flammarion, 1968, Ire partie, ch. XI.
2. *La Conversation,* in *Trois institutions littéraires,* Folio, 1992, p. 136.
3. *Ibid.,* p. 145.

au nombre des Grâces et ne pas excéder celui des Muses ». D'ailleurs la conversation n'a-t-elle pas été inventée par quelques grandes dames ? « Ce sont avant tout des femmes qui ont asservi leurs hommes à la Carte du Tendre, et leur parole aux dentelles du sentiment », dit Marc Fumaroli qui ajoute : « [Ce jeu] est inséparable de ses commodités [les grands crus, la gastronomie], il aime le luxe. »

Au cours d'un entretien en mai 2004 à Paris à propos de son roman *Ma vie dans la CIA*[1], Harry Matthews, le plus parisien et le plus subtil des écrivains américains, par ailleurs perpétuateur de l'Oulipo cher à Georges Pérec, résumait de la manière suivante les séances de travail de ce groupe d'écrivains facétieux : « On se réunit chez l'un ou chez l'autre, on fait quelques exercices, et puis on débouche des bouteilles de grands bordeaux... »

Mais aussi superficiel et gratuit qu'il se veuille, ce jeu de salon de plus en plus sophistiqué se prolonge aussitôt dans la littérature : « La conversation de l'hôtel de Rambouillet est très vite devenue le laboratoire de la langue littéraire[2]. »

Elle nourrira la correspondance de Mme de Sévigné, les *Mémoires* du cardinal de Retz, plus tard le théâtre de Marivaux. Elle aura aussi pour effet, lâchons le mot, de « structurer » la société : bien que de nature aristocratique, elle introduit dans les salons des éléments de démocratie,

1. Éd. POL, 2004.
2. Fumaroli, *op. cit.*, p. 129.

puisqu'en matière d'esprit « Vincent Voiture[1] se retrouve à égalité avec le prince de Condé ». Au passage, l'art de la conversation a contribué à « civiliser » et « féminiser » la société française.

Une affaire on ne peut plus sérieuse, admettons-le.

La France est un immense terrain de jeu pour fins causeurs. Et Paris, disait Balzac, « capitale du goût, connaît seule cette science qui change une conversation en une joute où chaque nature d'esprit se condense par un trait, où chacun dit sa phrase et jette son expérience dans un mot[2]... ».

L'immense succès à l'étranger il y a quelques années — en Allemagne et au Québec notamment — de *Ridicule*, le film de Patrice Leconte qui se passait à la cour de Louis XVI, ne doit rien au hasard : les Allemands et les Québécois, gens industrieux, respectueux du vrai mérite, ennemis de l'esbroufe, y retrouvaient une illustration à peine exagérée de ce qu'ils considèrent comme l'esprit français. Ce souci constant de briller en société.

Dans *Ridicule*, on était mis au ban de la Cour pour être resté un soir en panne textuelle ou avoir proféré un mot de trop. Aujourd'hui encore, rien de plus terrible, au café du coin ou dans un dîner

1. Poète et homme du monde proche de Gaston d'Orléans qui, bien que roturier, tenait salon au milieu du XVIIe siècle au faubourg Saint-Germain. Il était célèbre pour son esprit et ses bons mots. Il annonçait Sacha Guitry.
2. Bibliothèque de la Pléiade, 1976, p. 675-676.

en ville, que de perdre la face dans une joute verbale. Mais rien de plus valorisant que d'avoir répondu du tac au tac, d'avoir fait bonne figure dans l'échange, d'avoir trouvé la réplique adé quate qui cloue le bec de l'adversaire. Que ce soit au comptoir du bistrot, dans un déjeuner entre collègues ou dans un dîner huppé, le vainqueur dans l'échange oratoire est consacré homme d'esprit et a droit au respect. Malheur au vaincu.

Paris est donc un champ de bataille où il est recommandé de ne s'aventurer que si l'on est d'humeur conquérante et en pleine possession de ses moyens. Tout le monde vous attend au tournant : le garçon de café, le buraliste, le préposé au gaz, le guichetier au bureau de poste. Un ballet ininterrompu, stimulant si vous êtes en forme, exténuant si vous n'avez envie de parler à personne.

En Amérique du Nord — et dans une moindre mesure en Allemagne ou en Grande-Bretagne — règne une politesse froide et mécanique. Les vendeurs et les standardistes pratiquent une amabilité impersonnelle : vous demandez un service, on vous le rend. Même si votre interlocuteur(trice) n'a pas un fond nécessairement aimable ou sympathique, l'échange commence invariablement par : « Que puis-je faire pour vous, monsieur Duchemin ? », et se terminera tout aussi invariablement par : « Est-ce qu'il y a autre chose que je pourrais faire pour vous, monsieur Duchemin ? » En France, pour éviter que se manifeste bruyamment le mécontentement de l'usager, dont la liaison Internet est en panne depuis deux jours et qui vient d'attendre dix-huit minutes (payantes) que daigne se manifester le technicien d'Alice, de Free ou de Numéricable, une voix enregistrée a prévenu d'entrée de jeu : « Pour des raisons de qualité de service, nous vous signalons que cette conversation peut être enregistrée. » Un autre méfait de la mondialisation : les standards de politesse typiquement nord-américains commencent à s'introduire sur le terrain de jeu français.

À New York, vous pouvez demeurer un anonyme pour l'éternité dans un espace public. Dans les bars et les restaurants sans prétention, le personnel vous accueillera avec l'entrain et la bonhomie consubstantiels au commerce local, mais cela n'engage à rien. Vous pouvez rester sur votre réserve sans risquer l'opprobre. Vous n'avez aucune obligation d'entrer dans un quelconque jeu de société. On vous recevra la semaine ou l'année suivante avec la même amabilité de commande même si vous n'avez jamais dit trois mots au serveur. Dans les établissements chic, la courtoisie sera forcément compassée, mais toujours irréprochable, même si vous avez l'air d'un plouc ou si vous êtes incapable d'aligner deux phrases un peu spirituelles. En Amérique comme dans tous les pays commerçants, le client a toujours raison pour autant qu'il règle l'addition et n'attente pas à l'ordre public. Manifester de l'esprit dans ces lieux peut même passer pour de l'impertinence. On préfère les comportements standards.

En France, il n'y a justement rien de standard dans l'espace public : il y règne le principe d'in-

certitude et il faut être prêt à toutes les éventualités. À moins, bien sûr, de rester totalement à
l'écart, de refuser le moindre contact, aux terrasses de café ou dans les commerces. Si vous
n'êtes que de passage, ce sera sans conséquence :
vous serez un anonyme aussitôt oublié. S'il s'agit
d'un magasin de proximité où vous avez à revenir,
cette réserve n'est plus tenable, à moins de passer
pour un asocial. Même les dames âgées qui jamais
de leur vie n'entreraient dans un bistrot ou n'engageraient une conversation avec des inconnus
sont tenues — ou apprécient — de papoter avec
leur boucher et parfois leur boulanger.

Vous ne pouvez pas fréquenter trois fois un
café, un kiosque à journaux ou un débit de tabac
sans que se pose la question de votre statut. Ou
bien vous devenez un habitué des lieux, et alors
vous devrez faire un bout de conversation rituel,
échanger quelques plaisanteries sur la pluie qui
tombe, les résultats sportifs de la veille, les puissants qui nous gouvernent. Ou alors vous êtes
un raseur, un gars antipathique et coincé qui
n'adresse la parole à personne, et vous avez de
bonnes chances d'être traité comme un paria. Ou
un autiste. Un client régulier qui n'adresse la
parole à personne et se tient à l'écart des joutes
verbales est quelqu'un de pas très normal. Le jour
où la force publique cherchera un tueur en série
dans le pâté de maisons, vous serez l'un des premiers à finir en garde à vue. Sur dénonciation.

À Paris il faut donc être prêt à affronter l'inconnu. Savoir répliquer au commerçant hargneux
par une politesse glaciale appuyée. Avoir un bon

mot en réserve pour tel autre boutiquier plein d'entrain qui n'imagine pas engager une transaction d'importance — deux ampoules à vis ou une rame de papier — sans un palabre spirituel. Avec les kiosquiers à journaux, prompts à vous entraîner dans les sombres dédales de la politique, savoir vous en tirer par une pirouette sans dévoiler vos batteries. Ici et là, contrôler le degré de familiarité que vous souhaitez établir et ne pas vous le laisser imposer, ce qui serait immanquablement considéré comme une manifestation de faiblesse. Au comptoir d'un bistrot, il y a une familiarité naturelle impensable en terrasse. Le *Monsieur* disparaît rapidement, même si au départ le vouvoiement est de rigueur : Et pour vous, ce sera ? Mais à la troisième visite, le serveur tentera une petite offensive éclair : Alors jeune homme, qu'est-ce que vous prenez ? Ou alors : Et le chef, qu'est-ce qu'il souhaite aujourd'hui ? Le recours à la troisième personne étant un appel du pied, une manière de tâter le terrain pour voir si l'on peut passer au tutoiement. Une autre méthode consistant à rester dans le vouvoiement tout en se permettant un langage plutôt familier : « Dites donc, lance un kiosquier à un client régulier, vous qui êtes un intellectuel sévèrement burné... » La France est le seul pays représenté à l'ONU où la « brève de comptoir » a été officiellement classée genre littéraire à part entière.

Mais il n'y a pas que la brève de comptoir. En France tout le monde est sommé d'avoir de l'esprit, et beaucoup y parviennent, même s'il y a du déchet. Il vous arrivera d'interviewer des chefs de la police judiciaire, qui manient un franc-parler, de l'ironie, des références culturelles impensables en Amérique du Nord, où ce genre de fonction va de pair avec une langue de bois terrifiante. Il n'y a qu'en France que vous pouvez (ou pouviez) voir apparaître chez Bernard Pivot ou dans des talk-shows des hauts gradés de l'armée capables de tenir un discours quasiment intellectuel et qui sorte des sentiers battus. Seuls les sportifs sont en France aussi bien-pensants et consternants qu'ailleurs dans le monde. Avec tout de même ici et là de formidables exceptions, tel, cas extrême, cet Éric Cantona qu'aucun autre pays au monde n'aurait pu inventer. Il est vrai qu'il vient de Marseille, ce qui n'est pas négligeable. Et Michel Platini, dans un registre plus sobre, s'est toujours exprimé de façon personnelle et intelligente, exception qui vaut d'être notée.

En France, on a donc de la conversation et si possible de l'esprit. Dans une interview lointaine avec l'éminent historien Emmanuel Le Roy Ladurie, à l'allure par ailleurs profondément mélancolique, on avait mis sur la table l'éternel sujet du communisme : aurait-il pu être réformable, aurait-on pu en sortir sans retomber dans l'économie de marché, etc. ? « Eh oui, me dit ELRL avec la mine toujours aussi triste, si ma tante avait deux roues elle serait une bicyclette... »

À l'automne de 2004, interview de Jacques Vergès, le sulfureux avocat, dans son étrange cabinet rempli d'œuvres d'art africaines, proche de Pigalle. Me Vergès est un sulfureux ironique. À propos de sa mystérieuse disparition de sept ou huit ans, dans les années soixante-dix, je lui pose, sans m'attendre à une réponse, la question inévitable : « Puisque nous sommes entre nous, vous pourriez peut-être me dire où vous avez disparu tout ce temps ?

— Écoutez, puisque vous êtes canadien, je vais vous le dire : j'étais avec Margaret Trudeau[1] ! »

Tel est le style Vergès : second degré. Dans *L'Avocat de la terreur*, le documentaire qui lui est consacré par Barbet Schroeder, l'avocat raconte (ou invente) un épisode qui se situerait au milieu de ce trou noir de sa biographie : « J'étais de passage à Paris, en secret bien entendu. Dans une pâtisserie du treizième arrondissement, je tombe sur la veuve d'un confrère décédé depuis peu. Je me dis : elle m'a vu, et elle va raconter à tout le monde que je suis à Paris ! J'ai pensé très vite, j'ai foncé sur elle et je lui ai dit : « Alors ma grosse, ça boume ? » De cette manière je savais qu'elle ne dirait rien à personne et que, si elle racontait l'épisode, les gens penseraient qu'elle est devenue folle à cause de son veuvage ! »

Pour nous avoir parfois fait rire, il sera peut-être beaucoup pardonné dans l'autre monde à Jacques Vergès. Une chose est certaine : Me Klaus Croissant, l'avocat allemand de la bande à Baader, était beaucoup moins drôle.

Dans ce pays on a le goût de la petite phrase,

---

1. Margaret Trudeau était une jeune et jolie femme que le Premier ministre Trudeau avait épousée en 1968 alors qu'elle n'avait guère plus de vingt ans. Un peu évaporée, on la vit bientôt au Studio 54 à New York puis s'afficher avec Mick Jagger.

et si les militaires et les flics ont souvent de la conversation, on dira la même chose, bien entendu, des hommes politiques, dont beaucoup sont capables d'assurer le spectacle, à la télévision notamment, sans d'ailleurs qu'on se préoccupe jamais de savoir si ce qu'ils ont dit a véritablement du contenu ou même du sens. Ici un débat politique réussi est une conversation pleine d'esprit et de rebondissements où un tel a cloué le bec à tel autre, a exécuté des pirouettes jusquelà inédites tout en réalisant à la perfection les vieilles figures imposées. Il en va de même — parfois — pour les écrivains, dont les plus importants ne sont pas nécessairement les plus grands causeurs. En mélangeant habilement vrais écrivains et personnalités hautes en couleur des variétés, de la politique ou de la société civile, Bernard Pivot, dans ses émissions, reproduisait une conversation de salon généralement de haut niveau, où le principal n'était pas la littérature comme telle, mais ce genre littéraire mineur tant vanté par Fumaroli. Où Jean d'Ormesson brillait bien davantage que Marguerite Duras ou Patrick Modiano. En France, on peut passer des heures à écouter de fins causeurs échanger et débattre même si on se fiche — royalement, bien sûr — des arguments véritablement échangés. Et lorsque Pivot, de guerre lasse, prit sa retraite, on vit un étrange amuseur public nommé Thierry Ardisson — mélange de provocation, d'intelligence, de culture et de vulgarité — réussir pendant deux ans sur Paris Première une émission de télévision hebdomadaire d'une heure en se contentant de filmer (et de monter) une conversation de table entre convives des plus divers, invités pour leurs qualités supposées de fins causeurs. La conversation en France — et singulièrement à Paris — est bien un art mineur mais capital, inculqué dès le plus jeune âge. Et, même parmi les gens qui n'ont pas grand-chose à dire, on trouve des fins causeurs à revendre. C'est l'art pour l'art, l'exercice gratuit, là encore pour la beauté du geste. Pour le *fun*, comme on dit ces jours-ci dans les beaux quartiers. « Les Français, notait Cioran, sont nés pour parler, et se sont formés pour discuter. Laissés seuls, ils bâillent[1]. »

On a déjà dit du marquis de Sade qu'il était l'un des saints patrons du monde intellectuel et artistique, donc une incarnation majeure du pays réel. Il faudrait ajouter par souci d'honnêteté que dans le cerveau français, il y a aussi et encore davantage du Sacha Guitry, plus futile et moins violent que le marquis, mais tout aussi fondamental. Et dont la devise, malgré sa connotation Ancien Régime, pourrait être inscrite au fronton des palais nationaux : Mon royaume pour un bon mot !

---

1. *De la France, op. cit.*, p. 16.

8

La déesse beauté

Ce qui est bien avec les Français, c'est qu'ils sont moins hypocrites que d'autres. Notamment en ce qui concerne la beauté. La beauté féminine pour commencer. Mais aussi les rapports de séduction entre les sexes, les avantages qu'il y a pour une femme ou un homme d'être beau, et l'injustice que cela peut représenter d'être tout simplement *moche*. Ailleurs, on vous dira volontiers que ça n'a pas d'importance, que *fat is beautiful*, que la vieillesse et les vieux sont formidables, que les handicapés rigolent, que la beauté est de l'ordre du subjectif et que l'apparence physique n'a aucune importance puisque seule compte la beauté intérieure.

Il y a une vingtaine d'années, les médias américains publiaient les résultats d'un sondage comme s'il s'agissait d'une scandaleuse et stupéfiante révélation. D'où il ressortait qu'à situations comparables et en moyenne, mâles et femelles confondus, les Américains considérés comme *beaux* vivaient plus vieux, avaient moins de maladies, plus d'argent, un meilleur statut social et professionnel, passaient moins de temps en hôpital psychiatrique et en prison que la moyenne de leurs concitoyens. Ciel! Cela mènerait-il à la conclusion qu'il existe dans nos sociétés une inégalité incurable ayant trait aux qualités physiques des uns et des autres?

En France, on ne tourne pas autour du pot. « La beauté intérieure, c'est parfait pour les moches », plaisante sans détour une jeune Parisienne de trente ans, cultivée et plutôt bien de sa personne. Une journaliste de quarante ans, qui a du style et du charme sans être une incontestable beauté, évoque les séances d'embauche dans les milieux des médias ou de la com : « Quand on entre dans la pièce où se trouvent une quinzaine de candidates, dit-elle, on repère tout de suite la fille, ou les deux filles, qui seront engagées. »

Pas question de perdre son temps en balivernes bien-pensantes. On sait à Paris qu'une belle fille, pourvu qu'elle ait un peu de jugeote et un minimum d'éducation, a le monde à ses pieds, ou en tout cas la moitié de son arrondissement. La beauté est une arme de destruction massive. Et la mocheté une malédiction. Cela vaut d'abord bien sûr pour les femmes. Mais pas seulement. Dans le livre qu'il consacre à ses conversations et déambulations avec François Mitterrand[1], Georges-Marc Benamou rapporte cette réflexion surpre-

---

1. *Jeune homme, vous ne savez pas de quoi vous parlez*, Plon, 1997, p. 57.

nante du vieux président, alors qu'ils croisent à distance Maurice Druon, plus tout jeune lui non plus à cette époque : « Maurice Druon, lâche Mitterrand avec une pointe d'envie et de nostalgie, dans les années cinquante c'était le plus bel homme de Paris... » Comme s'il s'agissait du compliment suprême. De son côté, Françoise Giroud, elle-même sensible à la beauté masculine, disait un jour sur le plateau de Bernard Pivot : « Aron et Sartre étaient tellement laids que je n'aurais pas supporté que l'un ou l'autre m'effleure... Mais Mitterrand... Ah, Mitterrand jeune était bel homme. » Dans un dîner en ville, j'entendis l'éditrice Françoise Verny, assez peu gratifiée par la nature comme on sait, exécuter dans une boutade au énième degré la féministe américaine Kate Millett : « Le problème de Kate Millett, c'est qu'elle était tellement laide ! »

Dans bien des pays, par exemple anglo-saxons ou protestants, ou les deux à la fois, on professe volontiers, dans les milieux aisés et éduqués, une délicatesse de bon aloi vis-à-vis de ceux que la vie et la nature n'ont pas favorisés. On bannit de la conversation mondaine toute réflexion concernant le physique des gens, surtout s'ils sont obèses, boiteux, squelettiques ou bossus, s'ils louchent ou ont un bec-de-lièvre. S'agissant de véritables handicaps, on marche sur des œufs en feignant d'ignorer le sujet tant que c'est possible, ou alors en se livrant à des contorsions linguistiques douloureuses.

Les pays anglo-saxons ont mis au point un lexique extrêmement élaboré, une novlangue

bienséante qui permet de désigner sans les désigner les nains, les culs-de-jatte, les aveugles, les
manchots, et autres estropiés divers ou paraplé-
giques. On ne commente pas le physique des gens,
tel est le mot d'ordre. On feint d'ignorer ce qui
a trait aux « minorités visibles », aux particularismes sexuels (au cas où). Et à la fin on bannit
du langage tout ce qui pourrait évoquer des différences entre les sexes. Comme il serait par ailleurs
inconvenant de souligner les différences entre
les jeunes et les vieux (terme prohibé), entre les
pauvres et les riches (surtout si on l'est soi-même),
la conversation finira par rouler sur les aléas de
la météo et la liste détaillée de ce qu'on a acheté
la veille au marché. À la condition d'éviter tout
dérapage concernant l'apparence physique ou
l'origine ethnique de la vendeuse de fruits et
légumes ou de la présentatrice météo. Bien sûr,
même sous la terreur stalinienne, il pouvait
arriver une fois dans l'année que des gens laissent
échapper une pincée de mauvais esprit politique
en famille, entre les quatre murs d'un appartement moscovite de vingt-deux mètres carrés. De
la même manière, quelques convives américains,
jugeant qu'ils sont entre intimes, entre gens sûrs,
se permettront des réflexions politiquement
incorrectes entre la poire et le fromage. En espérant qu'il ne se trouvera pas un délateur autour
de la table, une future maîtresse éconduite qui,
pour se venger, rapportera des propos sacrilèges
où quelqu'un se serait gaussé de telle « grosse
moche » ou du collègue machin « pédé comme

un phoque[1] ». Malheur à vous si ce genre de blague de fin de soirée tombe dans le domaine public : vous n'aurez plus qu'à changer de métier ou à vous expatrier à l'autre bout du pays.

Rien de tout cela en France, du moins en dehors des milieux proches de l'archevêché de Paris ou du scoutisme de stricte obédience. En public ou dans les circonstances officielles, on reste poli et on ne monte pas à la tribune du Parlement pour proférer des insultes et ironiser sur les infirmes, mais dans le privé le mauvais esprit est de règle.

Pas seulement dans le privé d'ailleurs.

Depuis l'automne 2008, on peut entendre l'humoriste Stéphane Guillon, déjà mentionné, se spécialiser dans un mauvais esprit plutôt vicelard, au meilleur de la tranche matinale, pourtant essentiellement politique. La nouvelle secrétaire du PS, Martine Aubry, est-elle invitée en direct à 8 h 20, Guillon la traite de « pot à tabac ». Et comme il n'est pas sexiste, il s'acharne un autre jour sur le physique de François Hollande, expliquant pourquoi Ségolène Royal a de nouveau jeté son dévolu sur un gros moche pour que la rupture ne soit pas trop brutale. Il passe le reste de son temps à se moquer des talonnettes de Nicolas Sarkozy et de son réflexe compulsif à se hausser discrètement sur la pointe des pieds lorsqu'il pose pour la photo à côté de Carla Bruni. Qu'il s'agisse

---

1. À noter d'ailleurs que, selon le regretté Jacques Laurent, qui s'en expliquait jadis au micro de Pierre Bouteiller, sur France Inter, la formule est incorrecte et qu'il faut lire *pédé comme un foc*.

de lui, des divers humoristes qui se succèdent au « Fou du roi », émission de fin de matinée sur la même antenne, ou de tous ceux qui interviennent le samedi soir dans « On n'est pas couché », le talk-show télévisé de Laurent Ruquier sur France 2, les plaisanteries défilent en boucle continue sur le sex-appeal de telle invitée et ses qualités supposées au lit, mais aussi bien sûr, le cas échéant, sur l'absence de sex-appeal de telle autre. La directrice de l'information de France 2, Arlette Chabot, a désormais remplacé Alice Sapritch dans le rôle de la femme peu gâtée par la nature la plus célèbre du pays. Mimi Mathy est elle aussi mise à contribution. Pour les hommes il y a le choix : Demis Roussos constituait une référence à l'époque où, faute d'avoir terminé ses cures d'amaigrissement, il occupait encore trois sièges de passager dans les avions. Mais il y en eut d'autres : le comédien Sim, qui vient hélas de disparaître, ou alors ce couple impayable de faux jumeaux que constituaient René Monory et Michel Galabru.

Soyons juste. On rend également hommage à la beauté féminine lorsqu'elle se manifeste en public. Mais avec en permanence ce solide fond de grivoiserie qui serait mal accepté dans d'autres pays. Dans les innombrables talk-shows qui pullulent — et nous ne parlons ici que des moins vulgaires —, une belle fille peut être assurée de subir un feu roulant de « remarques déplacées », comme cela se disait à une époque lointaine dans les bonnes familles. En avril 2009, une journaliste-présentatrice de LCI, une certaine Erika

Moulet, est invitée à l'émission de Laurent Ruquier. Et pourquoi donc ? Parce que, avec sa frange à la Néfertiti — sublime ! — et ses tenues légèrement voyantes — moins réussies —, elle constitue, comme l'écrivait *Le Point*, « le nouveau minois de LCI », c'est-à-dire une fille plutôt excitante. Sa prestation à « On n'est pas couché » tourna pour elle au cauchemar. Faisant mine de ne pas comprendre la raison unique de cette invitation — ce qui ne l'avait pas empêchée de sortir de ses placards une tenue encore plus extravagante que d'habitude —, elle manifestait l'intention de ne parler que de sujets nobles, c'est-à-dire de sa passion pour le métier de journaliste. On ne lui parla que de son adorable frimousse, on lui demanda si elle croulait sous les lettres d'admirateurs éperdus. Les chroniqueurs et invités sur le plateau se relayèrent pour l'accabler de galanteries lourdes de sous-entendus. Personne ne fit semblant de croire qu'elle avait été embauchée pour ses qualités professionnelles. On n'ose imaginer les conférences de presse indignées, les appels au boycott et les manifestations bruyantes qu'un traitement aussi « machiste » aurait déclenchés en Amérique du Nord, et, on suppose, en Allemagne ou en Scandinavie. La pauvre Érika Moulet, qui roulait des yeux assassins, aurait dû s'y attendre : à la télévision française, on ne perd pas son temps en politesses hypocrites et on pratique sans vergogne l'humour méchant, qui a également son côté salutaire.

Malheur à ceux et à celles qui ne sont pas prêts à jouer le jeu. La frivole et meurtrière guerre des sexes ne s'arrête jamais. Parfois d'ailleurs ce sont les femmes qui prennent l'initiative des hostilités. On vit Ségolène Royal pendant la campagne présidentielle de 2007 présenter Arnaud Montebourg comme « mon play-boy ». Dans un passé plus récent, à propos de mauvaises manières qu'elle aurait faites à son porte-parole Benoît Hamon, Martine Aubry lançait aux journalistes : « Vous savez, Benoît Hamon n'a vraiment pas besoin d'un traitement privilégié. Toutes les Françaises sont amoureuses de lui ! » Lui-même s'en trouva fort vexé et eut l'air idiot.

En France, la parade nuptiale entre mâles et femelles bat son plein. C'est tout juste si l'on épargnait les remarques licencieuses à Sœur Emmanuelle lorsqu'elle donnait un énième show télévisé à l'âge de quatre-vingt-quinze ans. Mais finalement c'est elle, dans une autobiographie publiée au lendemain de sa mort, qui remit le sujet sur la table en révélant qu'il lui était arrivé de se livrer au plaisir solitaire. On n'en sort jamais. « Il y a en France une solide tradition gauloise », constatait un jour à la télévision avec fatalisme le cardinal Lustiger.

Dans des pays plus puritains, on considère implicitement que les échanges de ce genre sont de bas étage, et les gens qui évoluent dans la bonne société — celle de la politique, du journalisme, du monde économique ou de la culture — s'empressent de s'en démarquer. Que l'on soit au Québec, au Canada anglophone ou aux États-Unis, une universitaire, une journaliste politique, une responsable de musée ou une directrice littéraire

adoptera la tenue asexuée — chic et chère ou alors
baba cool — apte à décourager de la part d'interlocuteurs mâles toute remarque à double sens. Et
tout désir. Six mois avant l'élection présidentielle
de 2007, Ségolène Royal passait pour prude, ce
qu'elle était peut-être selon les standards français,
et encore ce n'est pas sûr. Il n'y a qu'à songer pourtant un instant au fossé qui la séparait d'une Hillary
Clinton, elle aussi candidate à la présidence, pour
ce qui est de la façon de s'habiller. Dans les milieux
journalistiques ou universitaires américains, celles
qui oseraient s'habiller de manière aussi séduisante que beaucoup de femmes de pouvoir parisiennes seraient qualifiées de poupées Barbie et
mises en quarantaine. Et on n'est pas sûr qu'une
Valérie Pécresse, délicieuse Seccotine de l'Ouest
parisien, ou une Rachida Dati, filiforme Cruella à
talons aiguilles et en modèle réduit, feraient d'aussi
précoces carrières politiques dans des pays scandinaves. Dans ces contrées et dans les hautes sphères
du pouvoir, il est recommandé de cultiver le look
maternel ou même grand-mère, ou alors de la
jouer maîtresse d'école ni maquillée ni farceuse.

Mais en France il y a un revers de la médaille :
chaque femme publique est scrutée à la loupe, et
pas nécessairement avec bienveillance. Ainsi *Le
Point* du 29 mars 2009 consacre un petit quart de
page à la présidente du Medef Laurence Parisot.
Deux photos côte à côte : l'une prise le 6 novembre
2007 à la Maison-Blanche, la seconde lors d'un
dîner à l'Élysée le 16 mars 2009. Que constate-
t-on ? Que Mme Parisot, à un an et demi d'inter-
valle, arbore la même robe de soirée ! Commen-

taire du *Point* : « Pour affronter la crise, Laurence
Parisot ressort du placard ses toilettes d'avant-
hier, accessoires compris... » À Paris il convient
de tout sacrifier au culte de la déesse Beauté. On
n'en fait jamais assez. Et il peut arriver que les
hommes s'y mettent : ainsi un certain Mickael
Vendetta, dont le pseudonyme cache un minet
body-buildé venu des beaux quartiers, grand admi-
rateur déclaré de Nicolas Sarkozy, des Ray-Ban
et des montres Rolex, et qui faisait un tabac sur
Internet au début de l'année 2009 avec un site
baptisé : Mickael Vendetta, *Bogoss Life*.

Les Anglo-Saxons n'en finissent pas de s'étonner, se scandaliser ou s'émerveiller de ce climat
hédoniste dans lequel baigne la société française.
« Les Françaises ont les plus jolies fesses du
monde », s'empresse de déclarer le romancier Jim
Harrison lorsqu'on lui demande pourquoi il aime
la France[1]. On suppose qu'il fait allusion, non
pas tellement à une morphologie intrinsèque aux
Françaises, mais à leur manière de mettre en
valeur leurs attributs. L'Américaine Debra Ollivier
a écrit un livre intitulé *Trouver la Française qui
sommeille en vous — Pourquoi les Françaises sont
chic, aiment la vie et ne grossissent pas*. Horripilée
par ce qu'elle considère comme un retour ou une
persistance du sexisme le plus inqualifiable, l'historienne Zoé Williams lui répond dans le *Guar-
dian*. Mais, après avoir dénoncé cette énumération de clichés sur les canons de beauté féminins,
Zoé Williams finit par admettre : « Toutes les qua-

---

1. *Le Nouvel Observateur*, mars 2009, p. 94.

lités de la Française se résument en une seule : si elle nous impressionne toujours autant, c'est qu'elle est parfaitement libre. Il suffit de regarder ses vêtements. La femme française n'est pas une victime de la mode : elle se contente de choisir ce qui lui va parfaitement[1]. »

À Londres, les *quality papers* ne cachent pas leur étonnement face à ce qu'ils considèrent comme un « concours de beauté » au gouvernement. Faudra-t-il être mignonne comme Rama Yade, Valérie Pécresse ou Rachida Dati pour parvenir au Conseil des ministres ? Gageons, au risque de tomber à notre tour sous le coup d'une accusation de sexisme, que dans le cas de Rama Yade, quels que soient ses talents, les considérations esthétiques ont pu jouer. Mais en France on aurait tendance à poser la question inverse : est-il interdit d'être ministre sous prétexte qu'on est jolie femme et qu'on n'a même pas quarante ans ?

La libération des femmes aura abouti en France à ce résultat qui en réjouit beaucoup : plus elles se sont libérées, plus elles sont devenues sexy. Sur la question féminine également, la France est une exception culturelle.

On n'a jamais fini de jouer et rejouer Marivaux.

---

1. *Courrier international*, 1ᵉʳ janvier 2009, p. 28.

II

NOSTALGIES

9

Le complexe de La Fayette

À propos de la France, les États-Unis ne sont pas si ignorants qu'on le dit parfois. À preuve cette scène de *Mars Attacks!*, le film de Tim Burton où, les trois quarts de la planète ayant été détruits par les ignobles Martiens, et la force nucléaire américaine annihilée, on voit le président des États-Unis — Jack Nicholson —, abandonné de tous, effondré dans la salle d'état-major de son quartier général. Le téléphone sonne : « Vous avez le président de la République française en ligne ! » Nicholson se redresse, rajuste sa cravate et se refait une composition pour lancer d'un ton guilleret à son collègue, un petit gros chauve que l'on voit de dos à son bureau, face à la tour Eiffel bien entendu, un tonitruant : « Bonjour Maurice ! » En français dans le texte. Les Américains n'ont pas oublié leurs classiques : une grande partie des Français s'appellent Maurice.

Pourquoi Maurice ? Et Maurice qui ? On aura la clef de l'énigme en voyant le film new-yorkais à

petit budget, *Living in Oblivion*, fantaisie à propos
du tournage d'un film new-yorkais à petit budget,
avec Steve Buscemi dans le rôle du réalisateur
au bord de la crise de nerfs. Le premier rôle masculin, un bellâtre vaguement connu, est harcelé
par un preneur de son qui essaie de lui fourguer
un scénario de sa composition. Et pour se débarrasser de lui : « What's your name ? demande-
t-il. — Maurice. — Oh ! Maurice Chevalier ! » clai-
ronne-t-il avant de tourner les talons. Presque
tous les Maurice, forcément, ont pour nom de
famille Chevalier.

Allez prétendre après cela que les États-Unis
ignorent tout de la France. Ils confondent quelque
peu les hauts lieux parisiens et imaginent les
bureaux du président de la République au Trocadéro, avec vue sur la tour Eiffel. Mais au moins
ils connaissent la tour Eiffel. Et la République.
Et Maurice Chevalier. On leur dit : Maurice, et ils
répondent Chevalier au quart de tour.

Trêve de plaisanteries faciles. On aura compris
que les Américains, s'ils ont presque tous entendu
parler de Montmartre, des Folies Bergère ou de
Christian Dior, ne connaissent pas grand-chose
de la France. Ou plus exactement ne connaissent
rien des Français, mis à part Maurice Chevalier :
un canotier, un accent rigolo, une allure de séducteur bas de gamme et de filou inoffensif. Une fois
sortis de cet archétype, et sauf quelques exceptions, intellectuels ou artistes de la côte Est, ils
constatent avec perplexité que les Français ne
font pas partie de leur code génétique ou sont
des extraterrestres. Témoignage, entre mille, du

journaliste américain Ted Stanger : « La plupart de mes compatriotes seraient bien incapables de situer votre pays sur une carte du monde [...]. J'ai même rencontré un homme persuadé qu'en France tout le monde parlait anglais, mais avec un accent français, comme Maurice Chevalier dans les films d'Hollywood[1]. »

Toutes les nations européennes ont concouru — par voie d'immigration s'entend — à la formation des États-Unis. À l'exception de la France.

Les Britanniques sont les fondateurs du pays, et il restera jusqu'à la fin des temps un lien de connivence entre les deux peuples. Les Américains continuent de leur manifester en public le respect que l'on doit aux vieux parents dans les maisons de retraite.

Les Hollandais ont été les premiers habitants de New York, autrefois New Amsterdam, et beaucoup de familles américaines célèbres portent des noms hollandais. Mais il y a aussi les Allemands, les Suédois, les Norvégiens, qui se sont fondus dès l'origine dans le *melting-pot*, d'autant plus facilement que tout ce monde était protestant et originaire du nord de l'Europe. Les deux principaux conseillers de Nixon à l'époque du scandale du Watergate, Bob Haldeman et John Erlichman, étaient appelés « les Allemands ». Au XIXe siècle les élus du Wisconsin votèrent à 49 % en faveur de l'adoption de l'allemand comme langue officielle de l'État. La Pennsylvanie est également peuplée

1. *Sacrés Français !*, Folio, 2004. p. 15.

de descendants d'Allemands, et le Pennsylvania Dutch parlé par les Amish est, comme son nom ne l'indique pas, un dialecte dérivé de l'ancien allemand. Selon un sondage récent, cinquante-cinq millions d'Américains se déclarent d'ascendance allemande.

Dans *Fargo* des frères Cohen, les noms de famille sont norvégiens, tout comme la musique du film : le Dakota du Nord est une terre d'élection pour les Norvégiens. Ajoutons *The Last Show* de Robert Altman, cette dernière séance d'une vieille émission radiophonique, où défilent également des ballades traditionnelles norvégiennes : nous sommes au Minnesota, autre pays norvégien prospérant sous la bannière étoilée. Quand d'autres Américains visitent la région, ils disent qu'ils arrivent « chez les Norvégiens ». Ce qui leur donne le sentiment de connaître la « vraie » Norvège.

D'autres couches encore, plus récentes. Les communautés italiennes de New York ou de Boston, qui font partie intégrante de l'histoire américaine du XXe siècle. Les Polonais de Chicago, pour lesquels Jean-Paul II se déplaçait expressément. L'immense communauté irlandaise qui a conservé nombre de ses particularismes. Le cas russe est un peu plus compliqué, puisque les grandes vagues d'immigration étaient surtout composées de Juifs fuyant la Russie ou les pays limitrophes, mais ceux-ci étaient quand même russes par la culture. Quant aux Espagnols, ils n'ont pas immigré massivement aux États-Unis, mais ils réapparaissent au travers de l'imposante communauté hispanique venue du Mexique, de Cuba, de Porto Rico, de toute l'Amérique centrale.

Les États-Unis ont beau être ignorants du monde extérieur, ils entretiennent une relation de connivence avec les ressortissants de tous ces pays cofondateurs. Si on leur parle de l'Italie, de l'Allemagne ou de la Pologne, ils disent spontanément : ces gens-là ? Je les connais, je jouais avec eux quand j'étais enfant.

La réciproque est vraie. Il y a vingt ans, j'étais à Rome en train de déjeuner avec deux charmantes jeunes femmes, qui devaient bien étudier quelque part à l'université et se réclamaient de Lotta Continua, mouvement d'extrême gauche passablement éclectique mais radical tout de même. L'une d'elles revenait de vacances à New York. « Es-tu allée au studio 54 ? » demande aussitôt la seconde, avant d'aborder la question des luttes en cours. Bien sûr on aurait pu entendre la même remarque entre deux jeunes Françaises au profil analogue. Mais il y avait dans le ton un je-ne-sais-quoi de familiarité absolue, comme si les États-Unis étaient la porte à côté, la cour arrière de l'Italie. De fait, les deux contestataires avaient de la famille à New York. Quel Italien n'a pas des relations ou un peu de parenté en Amérique ? En Italie, on peut penser ce qu'on veut de la politique ou du mode de vie américains, ce n'est pas tout à fait un territoire étranger : c'est un pays où vivent des millions de compatriotes, avec leurs mœurs, leur cuisine, et souvent leur langue. Les Italiens se sentent si proches des États-Unis que très longtemps le *Corriere della Sera* datait les dépêches de son correspondant de Nuova York. Dans le film *La Mortadella*, Sophia Loren vient retrouver à Little Italy son fiancé, émigré depuis trois mois à peine. Le jeune communiste italien exalté est devenu instantanément un Italo-Américain plus vrai que nature : il est arrivé en terrain connu et a trouvé aussitôt ses repères. Les Polonais, les Irlandais, les Juifs d'Europe de l'Est ont le même sentiment. Tout comme les Chinois, qui disposent en Amérique d'innombrables relais.

Aucune connivence de cette sorte entre Français et Américains. Les deux pays restent étrangers l'un à l'autre. Les Américains, on l'a vu, pensent que tous les Français ressemblent à Maurice Chevalier et à Irma la Douce. Éventuellement à Claudette Colbert, originaire de Saint-Mandé, débarquée à New York en 1910 à l'âge de sept ans, star hollywoodienne de *Cléopâtre* (1934). Les Français (cinéphiles) considèrent Jerry Lewis, peu estimé outre-Atlantique, comme un grand cinéaste. Et suspectent dans tout Américain un prédicateur mormon ou un maniaque des armes à feu. La relation franco-américaine se vit sous le signe d'un double malentendu et d'une profonde incompréhension. Laquelle vire facilement à l'hostilité. Pourquoi, dans les mois précédant la guerre en Irak, Condoleezza Rice disait-elle : « Il faut ignorer les Allemands et punir les Français » ? Après tout, les Allemands de Schröder avaient été au moins aussi vilains que les Français. Mais voilà : les Français n'ont jamais fait partie du tableau de famille.

On en revient à ce particularisme historique : la France est le seul grand pays européen à ne jamais avoir envoyé d'émigration massive aux États-Unis. Pour la bonne raison que pendant longtemps, avant l'ère des colonies, essentiellement africaines, elle n'a jamais été un pays d'émigration, sauf ponctuellement pour des raisons politiques, lorsque Louis XIV eut la fantaisie de révoquer l'Édit de Nantes. Ou lorsque Richelieu eut celle de fonder un « établissement » en Amérique : il vint environ 30 000 personnes dans la vallée du Saint-Laurent, mais près des deux tiers retournèrent vite fait en France, où il faisait moins froid l'hiver.

On trouve donc aujourd'hui quinze ou vingt millions de Nord-Américains se déclarant d'origine française : six millions de francophones au Québec, un million ailleurs au Canada, et au-delà de dix millions de Blanchard, Theroux et autres Leblanc, dans le Maine, le Vermont ou la Louisiane et ailleurs aux États-Unis. Mais ils viennent tous de ce petit noyau d'immigrants du XVIIe siècle, estimé très précisément à 11 500 personnes par les démographes. Dont les descendants, devenus depuis longtemps de parfaits Nord-Américains, considèrent eux-mêmes les Français comme des êtres bizarres.

Après 1759, il n'y eut plus jamais d'émigration française de masse en Amérique, où l'on finit par oublier à quoi pouvait ressembler cette espèce exotique. Au compte-gouttes débarquaient ici et là de drôles d'oiseaux, en 1794 un diable boiteux du nom de Talleyrand et qui fuyait la Terreur, en

1816 un certain Joseph Bonaparte qui devint un paisible propriétaire terrien au New Jersey, en 1831 un aristocrate hautain nommé Alexis de Tocqueville. Mais aussi quantité d'individus atypiques, aventuriers, chercheurs d'or, artistes au chômage, photographes de mariage, mauvais garçons fuyant la justice, garçons coiffeurs. Un Français égaré au Texas en 1910, ou tenant un bistrot à New York, ou un salon de coiffure à Milwaukee ou une maison de passe à Saint Louis, c'était la petite exception insaisissable dans le tableau, une bizarrerie qu'on ne cherchait pas à comprendre, une attraction qu'on aurait pu croire inventée par le syndicat d'initiative ou l'office de tourisme local. Les Américains ne savent pas vraiment à quoi ressemble un Français, car il n'y a jamais eu de Français dans leur quartier. Et le French Quarter de La Nouvelle-Orléans n'a depuis longtemps de français que le nom.

La réciproque est vraie. Le Français se retrouve aux États-Unis tel un poisson hors de l'eau. Qu'il vienne en voyage culturel, en vacances ou pour un séjour de six mois. De tous les Européens, il est le seul à parler aussi mal ou pas du tout l'anglais. À la télé française, les commentateurs de tennis disent un *smatch* pour un smash. À France Inter on parle de « féééchon victime » pour *fashion victim*, de « french touche » pour *french touch*. Lors d'un voyage en Israël en octobre 2008, Bernard Kouchner a semé une certaine confusion lorsque dans son anglais spontané il a déconseillé aux Israéliens de « manger » l'Iran. Car lorsqu'il tentait de prononcer *hit* (frapper), on entendait *eat* (manger)[1].

Pour les Français il n'y a sur le sujet que deux positions envisageables : ou bien les États-Unis constituent le pays le plus malfaisant de l'histoire de l'humanité, ou bien c'est un jardin d'Éden où règne une indicible liberté — de ton, de commerce, de création — dont on n'a jamais eu idée en France ou ailleurs en Europe. « L'intellectuel idéologue [philoaméricain] d'aujourd'hui, écrivait à juste titre l'historienne américaine Diana Pinto en 1985, perçoit les États-Unis comme l'incarnation du Bien absolu, tandis que l'intelligentsia de l'après-guerre les voyait comme l'empire du Mal. Dans les deux cas l'Amérique est évacuée au profit d'une image monolithique et sans nuances[2]. » Lorsqu'il proclama la rupture des

---

1. Une forte tradition, confirmée par un sondage récent cité par *Le Monde* du 28 août 2009 : « Les étudiants français sont toujours aussi nuls en anglais. » On y apprend que, selon les standards du Toeffl, le test commun aux universités anglo-saxonnes, les étudiants français, avec un score moyen de 88 sur 120, arrivent en 2009 au 69e rang sur 109 pays recensés. En Europe, ou 25e rang sur 43. Très loin derrière les pays du Nord et l'Allemagne, et désormais derrière l'Espagne. Seuls, parmi les grands pays, les Italiens font moins bien, mais ils sont en net progrès alors que « la courbe de progression des Français reste résolument à l'horizontale ». Les étudiants français seraient particulièrement désastreux à l'oral. « Y aurait-il dans l'ADN gaulois un gène qui empêcherait de parler, voire de comprendre l'anglais ? » se demande *Le Monde*.

2. In *L'Amérique dans les têtes*, Hachette, 1986, p. 134

relations diplomatiques entre Tel Quel et la Chine de Mao en 1976, Philippe Sollers décréta que c'était aux États-Unis qu'il fallait chercher l'avenir radieux[1].

Les États-Unis constituent donc un objet unique dans l'Histoire, dont le comportement échappe aux lois communes. Il se trouve en France de bons spécialistes de la patrie de Bush et d'Obama, qui y ont vécu, et jettent sur leur sujet un regard compétent, bien informé, empreint de nuances et de bon sens, mais ils ne sont pas les plus nombreux. Ni les plus connus, car leur point de vue manque de manichéisme. Les émissions de télé préfèrent les « spécialistes » qui donnent aux téléspectateurs ce qu'ils souhaitent entendre : contes de fées ou films d'horreur, sombres récits de maléfices et de complots ou visions idylliques peuplées de valeureux cow-boys, de chevaliers blancs, de héros de la liberté et d'entrepreneurs uniques au monde.

D'un côté les contempteurs de l'Oncle Sam, qui parsèment leurs exposés de formules toutes faites ou sibyllines. Ils brandissent l'épouvantail de la *Bible belt*, cette Amérique profonde qui, si on a bien compris, est peuplée de ploucs et de mutants qui ne fonctionnent pas comme la moyenne des humains sur la Terre. Ils répètent avec délectation que George Bush est un *born*

---

1. Le groupe Tel Quel, « ... bascule soudainement du maoïsme dans la découverte extasiée d'une Amérique plus riche en "expériences esthétiques" que la vieille Europe "intellectuellement ruinée"... Denis Lacorne in *L'Amérique dans les têtes, op. cit.*, p. 18.

again christian, ce qui expliquerait tout et bien davantage. Ils citent le « lobby pétrolier texan » — qui tire toutes les ficelles à Washington ou presque —, le « complexe militaro-industriel », les « néo-cons », des formules magiques qui se suffisent à elles-mêmes. Aux États-Unis tout serait affaire de complots et de manipulations, car de puissantes organisations y décident dans l'ombre du sort de l'humanité. Dans les semaines précédant l'élection de Barack Obama, on pouvait entendre dans les dîners en ville des réflexions sentencieuses du genre « Pourvu qu'il ne soit pas assassiné » ! Admettons que les États-Unis soient un pays violent et qu'il y ait quelques exemples fameux de meurtres politiques, depuis Lincoln jusqu'à Martin Luther King, en passant par John puis Robert Kennedy. Et même une tentative (ratée) contre Reagan par amour pour Jodie Foster. De là à dire que l'assassinat d'un président — si noir soit-il — est une formalité, à la portée de la première organisation extrémiste venue ou même du « lobby pétrolier », il y a une marge. Mais certains ont décidé une fois pour toutes que « les États-Unis, c'est le Far West ». Un film à la John Wayne. « L'Américain a été inventé pour faire rire les Français », soutient Alain Schifres[1].

Un thème récurrent : le « génocide » perpétré contre les Indiens. Nul doute qu'il s'agisse d'une page tragique de l'Histoire, et qu'on a refoulé, parqué, laissé mourir de maladies ou exterminé les premiers habitants de l'Amérique. Cependant

1. *Les Hexagons*, *op. cit.*, p. 415.

il n'y a pas eu à proprement parler de projet géno-
cidaire. Mais chez les contempteurs de l'Amérique, l'extermination des Indiens est une vérité
d'évidence qui clôt le débat : comment *ces gens*
peuvent-ils se dire démocrates après ce qu'ils ont
fait ? Se pourrait-il qu'en Europe on n'ait jamais
massacré personne aux xixe et xxe siècles, ni sur le
sol européen ni dans les colonies...

Reste le sort des Noirs, péché originel dont
l'Amérique n'est toujours pas lavée, même si la
récente élection d'Obama n'est pas qu'une anec-
dote. L'Angleterre et la France pratiquaient la
« traite négrière », mais n'ont jamais eu d'esclaves
sur leur sol, sauf dans leurs colonies d'outre-
Atlantique. Ce qui fait une certaine différence.
Mais c'est une faute que reconnaissent volontiers
beaucoup d'Américains : « Aujourd'hui encore »,
reconnaissait spontanément sur le ton de la
contrition en juin 2008 à la télé française un
journaliste yankee, « les Américains blancs continuent d'éprouver un profond malaise, pour ne
pas dire un sentiment de culpabilité, lorsqu'ils ont
un Américain noir en face d'eux. »

Retournez la pièce d'un dollar, et c'est la vie en
rose. En France, et pas seulement dans *Nous deux*
ou les salons de coiffure, se perpétue un culte des
Kennedy qui relève des contes de Perrault. En
librairie un flot de publications émerveillées et
attendries qui ne se tarit jamais. Par exemple sur
Jacqueline Kennedy, qui n'était pourtant guère
qu'une Madame Bovary, une Lady Di avant la
lettre. On en fait une héroïne des temps modernes,
alors qu'elle était pour l'essentiel une jeune fille

de bonne famille, normalement cultivée mais surtout bien informée des adresses des couturiers et chausseurs parisiens les plus chers. Au printemps de 2008 encore, on pouvait entendre sur la chaîne Histoire un journaliste de *Paris Match* raconter les larmes aux yeux comment Robert Kennedy, sur le point de remporter la présidentielle de 1968 lorsqu'il fut assassiné, aurait changé le cours de l'histoire, aux États-Unis et dans le monde. Il y avait sur le même plateau l'historien André Kaspi, narquois et dubitatif, qui remettait quelque peu les choses au point : d'abord Robert Kennedy n'était en rien assuré de remporter l'investiture démocrate face à Hubert Humphrey, ensuite ce n'était pas forcément un enfant de chœur et finalement et il n'avait rien du sauveur de l'Amérique. Quand ils ne vouent pas les États-Unis aux gémonies, les Français les voient à travers les images d'une superproduction en cinémascope.

Les États-Unis c'est grand, c'est immense, cela dépasse l'entendement, c'est synonyme de grandiose. Même sur une radio plutôt sophistiquée comme France Inter, les expressions émerveillées et naïves défilent. Il y a « le show à l'américaine comme seuls les Américains savent en faire », les « romans à l'américaine », « l'efficacité des films à l'américaine », « l'incroyable liberté d'entreprendre », « la vitalité de la culture américaine ». Après quoi on vous répète à satiété que, bien entendu, « aucune femme n'a jamais été aussi sensuelle que Marilyn », et que « personne n'a jamais aussi bien dansé que Fred Astaire ». On pouvait même entendre le 29 septembre 2008

à l'émission « J'ai mes sources » un maquettiste
français de haut niveau déclarer que les mises en
page de *Time* et *Newsweek* étaient des « chefs-
d'œuvre » relevant d'un sublime inaccessible aux
Français, bien incapables d'arriver à leur niveau.
Pas plus que les autres Européens, bien entendu.
Ah bon, vraiment ?

Beaucoup d'Américains, familiers de la France,
estiment que les Français diabolisent les États-
Unis. Dans la version allongée[1] de son article
déjà cité sur « la mort de la culture française »,
Don Morrison se déclarait victime de persécution
pour avoir osé quelques « remarques amicales
et constructives » à propos d'un domaine aussi
« sensible ». On avait cru voir dans ce débat
bruyant un hommage que les moutons égorgés de
Saint-Germain-des-Prés rendaient à leur bourreau américain. Mais c'est Don Morrison qui se
pose en victime face à ce qu'il décrit comme une
redoutable intelligentsia parisienne : « Ma puni-
tion a été cinglante et publique », écrit-il, comme
s'il avait été amené en habit de pénitent devant un
tout-puissant tribunal de l'Inquisition. D'ailleurs
la première phrase de son livre est un contresens
qui annonce le pire : « Hollywood a mauvaise
réputation en France. » On croyait au contraire
que « Le Masque et la Plume », *Le Nouvel Obs* et
Les Inrocks portaient aux nues les grandes productions américaines, le plus souvent hollywoo-

---

1. *Que reste-t-il de la culture française ?, op. cit.*

diennes, de *Wall E* aux films de Martin Scorsese,
Woody Allen, Ridley Scott, Tim Burton et Quentin
Tarantino, sans parler des anciens, Ford, Hawks,
Wilder, Lubitsch, etc. En littérature, comme on
le verra par ailleurs au chapitre 17, les journaux
français les plus réputés passent leur temps à
faire un éloge dithyrambique des romans améri-
cains, de Douglas Kennedy à Paul Auster et Philip
Roth, en passant par Thomas Pynchon ou Tom
Wolfe. Curieux antiaméricanisme.

Il est vrai, en revanche, qu'il existe un vague
ressentiment, une rancœur inconsciente et ina-
vouée vis-à-vis de ces Américains qui ont pris aux
Français « leur » place. C'est-à-dire la première...
au xviiie siècle. La France avait été délogée de la
plus haute marche du podium géopolitique pla-
nétaire par la Grande-Bretagne après 1815, mais
elle était demeurée une interlocutrice plus que
valable. Sa puissance militaire et coloniale restait
considérable et en tout cas faisait illusion.

Et soudain, patatras : la France, comme la
Grande-Bretagne d'ailleurs, est ramenée au milieu
du xxe siècle au rang de puissance régionale. Les
deux pays qui avaient eu pendant des siècles le
sentiment de leur universalité, de leur droit à parler
au monde entier, sont devenus des puissances
de second rang, incapables de peser sur les affaires
de la planète.

Face à ce cruel déclassement, les Britanniques
ont matière à se consoler en se disant que le
triomphe américain est un peu le leur, et son
empire le prolongement de celui qu'ils ont perdu.
Les Américains sont leurs enfants, même s'ils ont

conquis leur indépendance. Ils parlent leur langue et l'ont imposée au reste du monde. Ils ont adopté et perpétuent les institutions importées d'Angleterre. Et même si ces vigoureux rejetons manifestent de la condescendance vis-à-vis du pays fondateur, ils font quand même l'effort de ne pas l'humilier sur la place publique et ils font mine de solliciter ses conseils.

Les Français n'ont pas droit à cette consolation. Le triomphe américain n'est pas le leur. Les États-Unis restent pour eux un monstre étranger. Un empire qui ne leur doit rien et prétend même avoir officiellement proclamé avant eux la première Déclaration des droits de l'homme, le 4 juillet 1777, rédigée par Thomas Jefferson et annexée à la Déclaration d'indépendance de la nouvelle république.

Certes, dans des moments de rêverie, les Français se voient en authentiques géniteurs de la République américaine et s'étonnent de l'ingratitude de leurs anciens protégés. Ceux-ci ne leur doivent-ils pas leur indépendance par La Fayette interposé ? N'était-ce pas l'esprit de la grande révolution de 1789 qui soufflait déjà lorsque la marine royale vint porter secours aux républicains de Boston ? Cette république n'est-elle pas l'un des enfants de la France des Lumières ?

Mais ce lointain épisode militaire a laissé moins de trace dans l'inconscient américain que les liens du sang contractés avec les autres pays européens. La plupart des Américains qui ont l'équivalent de bac + 5 gardent sans doute un souvenir de cette page de leur histoire. Mais tous les

autres éprouvent la plus grande difficulté à iden-
tifier le général en question, même s'il a donné
son nom à quantité de rues et de boulevards dans
le pays. Aux États-Unis on n'a pas beaucoup de
mémoire. On a oublié que Pontiac était le nom
d'un grand chef indien et non pas seulement
celui d'un célèbre modèle automobile de General
Motors. Si l'on faisait un sondage dans n'importe
quel État américain pour déterminer d'où vient
ce nom de La Fayette, et quel est son lien avec la
France, il y aurait bien peu de bonnes réponses.
La Fayette, c'est d'abord le nom d'une ville de
l'Indiana, ou alors d'une grande rue de New York.
Tout au plus, grâce au tourisme de masse, les
quelques millions d'Américains venus un jour en
vacances à Paris pourraient répondre : oui, ce
patronyme est celui que les Français nous ont
emprunté pour baptiser le principal grand magasin de Paris, les Galeries La Fayette.

Les relations franco-américaines sont fon-
dées sur un malentendu qui remonte aux origines.
La France tenait avec La Fayette un héros de
l'indépendance américaine, qui lui vaudrait la
reconnaissance éternelle de la jeune république.
Quelques années plus tard, la Révolution allait
tout naturellement renforcer les liens entre les
deux pays « libérés ». Il y eut de fait une brève
lune de miel à l'occasion de la mort de Benjamin
Franklin, pour laquelle on décréta en 1790 trois
jours de deuil national en France. Mais en 1793 la
Terreur eut pour effet de refroidir les sympathies

outre-Atlantique. Dès l'année suivante, en 1794, l'Angleterre, aussi perfide que pragmatique, signa secrètement avec son ancienne colonie le Jay's Treaty, qui réconciliait pour de bon les deux pays. La voix du sang venait de parler. Les Français en conçurent une vive amertume et se virent en amoureux trahis.

Dès lors, l'incompréhension ne demanda qu'à prospérer. Elle venait de loin. Déjà, dans son essai sur la *Dégénération des animaux* publié en 1766, Buffon soutenait que, du fait d'un climat effroyablement humide, « les animaux du Nouveau Monde sont en général beaucoup plus petits que ceux de l'ancien continent, et les espèces moins variées ». En 1774, Cornelius de Pauw, un Hollandais vivant à la cour de Prusse mais qui écrivait en français, publia un retentissant pamphlet intitulé *Recherches philosophiques sur les Amériques* où il déclarait notamment : « Une imbécillité stupide fait le fond de caractère de tous les Américains. » La raison en étant l'horrible climat précédemment décrit par Buffon et qui a produit des indigènes « abrutis, énervés et viciés ». Cette dégénérescence n'a pas épargné les arrivants européens : « Les premiers colons français envoyés dans ce monde infortuné, assure de Pauw, finirent par se dévorer entre eux. »

Le siècle des Lumières avait donc une légère prévention à l'égard de l'Amérique. Après le flirt avorté de la guerre d'Indépendance et des premières années de la république, l'animosité revint en force. Temporairement réfugié aux États-Unis pour échapper à la Terreur, comme on l'a vu, Tal-

leyrand écrit à Mme de Staël : « Si je reste un an
ici, j'y meurs. » Et pourquoi ? Parce que dans ce
pays, qui n'a « pas de conversation », on recense
« trente-deux religions et un seul plat ». C'est-à-dire
le rosbif-pommes de terre. Dans *Lucien Leuwen*,
quelques années plus tard, Stendhal fait dire à
son héros : « J'ai horreur du bon sens fastidieux
d'un Américain. La moralité américaine me semble
d'une abominable vulgarité [...]. Je préférerais
cent fois les mœurs d'une cour corrompue. » Dans
Splendeurs et misère des courtisanes de Balzac, le
célèbre Vautrin, piégé par la police, estime que
« le suicide est préférable à l'exil en Amérique ».
Diplomate en poste à Washington, Paul Claudel,
en 1933, note dans son journal et reprend à son
compte cette observation pointue de Cornelius de
Paw : « Dans ce pays, même les chiens n'aboient
plus[1]. » La guerre froide des années cinquante
n'arrange pas les choses, et Jean-Paul Sartre écrit
au moment du procès des Rosenberg : « Attention, l'Amérique a la rage. Tranchons les liens qui
nous rattachent à elle, sinon nous serons à notre
tour mordus et enragés. » Un homme qui apparaît rétrospectivement aussi paisible et effacé
qu'Armand Salacrou n'est pas en reste lorsqu'il
s'agit d'apporter sa pierre au Mur des impréca-
tions antiaméricaines. De retour d'un séjour aux
États-Unis en 1948, le futur président de l'académie Goncourt note que « dans le premier bar
rencontré, les barmen vous servent comme ser-

---

1. Cité par Philippe Roger in *L'Ennemi américain*, Seuil,
2002.

raient les écrous les ouvriers de Charlot dans *Les Temps modernes*. [...] De jour en jour, vous entrez dans la solitude organisée, et l'on sent des êtres accablés par l'impossibilité d'en sortir ». Comble de l'abomination : cherchant le bar du théâtre pendant l'entracte d'une pièce à Broadway, il se retrouve en train de faire la queue pour un gobelet d'eau froide ! « Jamais, écrit-il, je n'oublierai cette rencontre d'une file d'hommes muets et d'une file de gobelets devant un robinet d'eau froide[1]. »

Nettement plus enflammé, alors compagnon de route des communistes, Roger Vailland explique en 1949 que « le Coca-Cola crée une accoutumance comme les stupéfiants... voilà donc le breuvage que MM. Bidault et Schuman voudraient imposer à la France en même temps que les espions américains[2] ». Un demi-siècle plus tard, la guerre froide n'est plus qu'un vieux souvenir pour les historiens, et pourtant les préventions demeurent. Dans *L'Ennemi américain*, Philippe Roger cite ce patron de bistrot français qui, en 2001, explique que « s'il ne faut pas abuser du pastis, le Coca-Cola est bien pis pour l'estomac : essayez de mettre une pièce de vingt centimes dans un verre de Coca[3] »...

Lorsqu'on ouvrit le parc Eurodisney en avril 1992, enclave de l'empire américain aux portes de Paris, la direction s'empressa de faire savoir que, sauf dans quelques restaurants et dans les bars

1. « Le pays de la solitude », in *Les Lettres françaises*, 25 novembre 1948.
2. *Action*, 15 décembre 1949.
3. *Op. cit.*, p. 17.

des hôtels, le parc serait une *dry city* et que le vin et l'alcool y seraient interdits. Une décision admirablement morale, mais qui se heurta à la résistance farouche du peuple gaulois. Deux ans après son ouverture et menacé de banqueroute, Eurodisney avait appelé à la rescousse un manager français, Philippe Bourguignon, qui s'empressa — *sacré nom de dieu on est Français ou on ne l'est pas !* — d'autoriser la vente de vin rouge au même titre que le Coca, ce qui rétablit les affaires du célèbre parc de Mickey.

La victoire était restée aux Français, mais on constatera que, dans les grandes choses comme dans les petites, le vieux malentendu transatlantique a encore de beaux jours devant lui.

10

Une particule ne meurt jamais

De nos jours un titre de noblesse — même authentique — ne sert évidemment à rien de bien concret. Il aurait même souvent pour effet d'attirer quelques ricanements sur celui qui exhibe son nom à rallonge à un guichet de l'ANPE. Tout au plus le porteur légitime d'un patronyme illustre sans le sou peut-il espérer se faire inviter pour les vacances sur le bassin d'Arcachon par de lointains cousins fortunés. Pour le reste, s'il lui reste un certain style vestimentaire et des aptitudes pour la valse et le tango, il peut raisonnablement espérer tomber dans l'œil vaniteux d'une retraitée prospère qui fréquente des dancings démodés.

Dans un pays aussi vieux que la France, qui a vu dépérir et dégénérer la noblesse d'Ancien Régime, puis plastronner les parvenus de la noblesse d'Empire, et enfin défiler depuis deux siècles tant d'escrocs et de faussaires au sang bleu, on devrait être vacciné depuis longtemps.

Il n'en est rien. Ceux qui ont un nom à particule s'y accrochent en faisant mine de n'y accorder aucune importance. Beaucoup d'autres essaient d'en décrocher un, car c'est une affaire qui rapporte encore ici et là aux marges, et attire les clients impressionnables. Mettez sur votre carte de visite Prince di Segafredi, comme le héros prolo de *Jet Set*, le film de Fabien Onteniente, et quelques poissons mordront à l'hameçon.

Plus de deux cents ans après la nuit du 4 août et l'abolition des privilèges de la noblesse en France, un nombre étonnant de personnes essaient chaque année de rallier officiellement et administrativement cette nébuleuse morte que sont les restes de l'aristocratie française. D'autres se contentent de rajouter sur leur carte de visite à leur nom banalement roturier la fameuse particule et le nom de quelque propriété familiale ou d'un vague ancêtre. On a également vu, à la faveur d'un changement officiel d'état civil — pour cause de patronyme « ridicule » —, une famille Grenouille, comme dans un conte de Perrault, se métamorphoser en Delétang. Sans oser la particule, du moins dans un premier temps.

Pourquoi Raoul Benet, né le 10 octobre 1912 à Hyères, aurait-il passé sa vie à subir les sourires moqueurs et les remarques désobligeantes ? Et si je m'appelais Benet de Lamothe ? se dit-il. En mai 1949, sa demande de changement de nom parut au *Journal officiel*. Elle fut rejetée. Ce qui ne l'a probablement pas empêché d'adjoindre ce de Lamothe sur son papier à lettres. *Idem* pour Alain Froc, né en 1933 dans une vieille famille de la bourgeoisie du Gâtinais : insatisfait de ce patronyme un peu court, il demande le 17 janvier 1970 l'autorisation d'y ajouter un de Géninville. En vain. Froc il était, Froc il demeure.

La mort officielle et définitive de la noblesse, même la plus discutable, a beau remonter à la fin du Second Empire, très exactement en 1870, la course à la particule qui fait illusion n'est pas terminée. Dans les années soixante à La Coupole, la grande brasserie de Montparnasse qui longtemps servit de quartier général à Jean-Paul Sartre, le chef de salle vous désignait un vieil homme obèse, en smoking usé, solitaire et attablé tous les soirs devant sa consommation. « C'est un descendant de Louis XV », vous soufflait-il alors, avec un mélange de faux amusement et de vrai respect, et tout de même la pointe d'ironie qui sied à un vrai Parisien de souche, héritier de la Révolution française. Mais qui n'en reste pas moins impressionné.

Comme telle maîtresse de maison, qui résistera difficilement à l'envie de vous révéler que telle de ses vieilles copines est une vraie princesse roumaine. Pour des raisons pas très claires, la princesse roumaine en exil est depuis des décennies un grand classique du genre. Et finalement on constate que, jusque dans des milieux fort éduqués, supposés rationnels, les détenteurs d'un patronyme à consonance noble y attachent une certaine importance, qu'elle soit ou non synonyme de vraie noblesse.

Il fut un temps où le « second ordre » constituait un véritable statut social et juridique. En

France, en 1789, la vraie noblesse comptait une douzaine de milliers de familles, ce qui représentait entre 110 000 et 150 000 individus, environ un pour cent de la population. Elle avait droit à une place réservée à l'église et aux courbettes des vilains, mais aussi à l'accès exclusif à des fonctions et à des postes officiels, et se trouvait dispensée de certains impôts. Jusqu'en 1789, la noblesse était, au-delà des satisfactions morales qu'elle procurait, une affaire sérieuse, synonyme de véritables privilèges et de pouvoir. C'est pourquoi la justice du Roy considérait les faussaires comme des voleurs et des criminels. Un faux titre — étranger de préférence, car plus difficilement vérifiable — ne servait guère qu'à pénétrer sans effraction dans les meilleurs salons, à y jouer aux cartes. Mais, qui sait, avec un peu de brio et de charme, l'imposteur pouvait arriver à mettre la main sur une jeune fille richement dotée et porteuse d'un nom illustre que — par décret royal — on adjoindrait à son propre patronyme.

Après l'abolition décrétée par la Révolution, Napoléon Ier instaura, une douzaine d'années plus tard, une « noblesse d'Empire », que la Restauration de 1814 s'empressa de confirmer, en même temps qu'elle rétablissait les anciens titres. Mais sans oser leur restituer leur statut social passé. On continua à anoblir sans désemparer jusqu'en 1870 et l'avènement de la IIIe République. Mais sur un mode purement honorifique : jamais les anciens privilèges ne furent rétablis, sinon le banc à l'église. Depuis cette époque, la noblesse ne rapporte donc plus à celui qui s'en réclame que des motifs de vanité. En contrepartie l'usurpateur ne risque plus grand-chose non plus, sinon les ricanements s'il est démasqué. D'où le nombre toujours élevé de candidats au nom à rallonge.

L'historien Pierre Dioudonnat a trouvé dans ce sujet une matière abondante, puisqu'il a consacré vingt-cinq années de sa vie à établir une liste des familles de vraie noblesse, et surtout à traquer les fausses. Dans l'édition 1994 de son *Encyclopédie de la fausse noblesse et de la noblesse d'apparence*[1], on trouve quelque quatre mille noms de ce mauvais genre. Avouons-le : certaines de nos illusions volent en éclats, et des idoles sont déboulonnées.

Il y a cependant des degrés très différents dans la fausseté. Ainsi les illustres de Gaulle et de Beauvoir, qui n'avaient pas besoin de ça pour avoir le genre hautain, n'ont jamais un seul instant prétendu avoir du sang bleu. Le Général était simplement issu d'une famille bourgeoise, mais très ancienne car on retrouve dès 1720 un Jean-Baptiste de Gaulle procureur au Parlement de Paris.

« Le de n'est pas en soi un attribut de la noblesse, rappelle Dioudonnat. Beaucoup de familles nobles très anciennes n'avaient pas de particule à l'origine, tandis qu'on en trouvait chez des roturiers. Mais il est vrai que, comme pour la plupart des gens la particule équivalait à la noblesse, les nobles ont pris l'habitude de la rajouter avec le nom d'un fief. Et des familles de la grande bourgeoisie ont fait de même pour se donner au moins des apparences aristocratiques. »

1. Éd. Sédopols, 1993.

Il est possible que le fameux *de* ait toujours existé dans la famille Beauvoir ou que l'ajout se perde dans la nuit des temps, comme chez les de Gaulle peut-être. En tout cas ce n'était pas le fait de Simone ni même de son père. Quant à François de Closets, aussi roturier que vous et moi, il a hérité de la particule sans avoir rien demandé, et son père Louis-Xavier, né le 8 novembre 1894 à Saifabad Hyderabad dans les Indes anglaises, portait déjà le nom.

Ce qui est plus embarrassant, c'est quand on peut dater avec précision le moment où le porteur d'un banal nom roturier a décidé de la rallonge patronymique.

Grâce à M. Dioudonnat, on apprend que l'ex-présentateur vedette de la télé française, Patrick Poivre d'Arvor, a tout bonnement adjoint un d'Arvor « littéraire » à son nom de famille. Pour l'état civil et sur son passeport, il reste le M. Poivre de son enfance. Cela ne l'empêche pas de faire carrière sous ce pseudonyme, même si des confrères informés ou malveillants l'appellent Poivre sans lui donner du d'Arvor. Et même d'y croire un peu : en 1972, il tentait de déclarer sa fille sous ce nom à l'état civil. Sans succès. Ce qui n'a pas empêché son propre frère de se rebaptiser lui aussi d'Arvor. Quant à Hélène Carrère d'Encausse, elle se serait contentée de confirmer sur ses cartes de visite la petite variante orthographique qui un jour transforma les Dencausse en d'Encausse.

De vraies familles nobles, il en reste aujourd'hui entre deux et quatre mille. Qu'est-ce qu'un vrai noble ? C'est le descendant en ligne directe d'un monsieur qui était véritablement noble à l'époque où la noblesse avait un statut légal. Ce qui vaut d'abord et avant tout pour les nobles d'avant 1789, mais, comme on a l'esprit large, englobe aussi les noblesses d'Empire ou de la Restauration, même si elles n'ont été que décoratives. Aucune transmission en ligne féminine, encore moins par adoption, n'est acceptée.

Deux cas de figure demeurent litigieux, précise Pierre Dioudonnat avec un indiscutable souci du détail : d'abord les descendants d'une famille roturière dont l'anoblissement — en cours sous Louis XVI — aurait été fâcheusement interrompu en plein mois d'août 1989 par la Révolution française. Ensuite, affaire délicate entre toutes, les porteurs de titres accordés au xixe siècle par le Vatican, apparemment plus laxiste dans ce domaine qu'en matière de sexualité. Être anobli par le pape, cela inspire un certain respect. Mais en même temps, M. Dioudonnat constate qu'au xixe siècle et jusqu'en 1931 les souverains pontifes ont accordé 531 de ces titres à des Français — dont les Saint-Bris —, ce qui commence à faire beaucoup pour un pays aussi petit que le Vatican. Par ailleurs, malgré l'odeur de sainteté qui se dégage du processus, l'État pontifical a un versant obscur où l'on bute parfois sur un scandale genre Banco Ambrosiano, ce qui incite rétrospectivement à la méfiance.

Il faut en faire son deuil : contrairement à la Grande-Bretagne — toujours elle ! — où la reine garde le pouvoir de vous transformer une fille d'épicier en baronne Thatcher, il est rigoureusement impossible de devenir noble en France, à moins de disposer d'une machine à remonter le temps. Ou comme le faussaire Vincent Price, dans le film *The Baron of Arizona*, d'aller falsifier de vieux documents à la Bibliothèque nationale pour ensuite se réclamer de titres de noblesse du XVIᵉ siècle.

Vous pouvez en revanche acquérir les apparences de la noblesse si votre patronyme s'y prête. L'idéal consiste à faire modifier votre état civil en bonne et due forme par un décret du Parlement, ce qui constitue une sorte de reconnaissance officielle. Mais, sur un mode plus artisanal, vous pouvez aussi vous arranger avec le maire de votre commune pour donner un coup de pouce orthographique à votre identité : un discret faux en écriture, perpétré dans les règles de l'art, vous suivra jusqu'à la mort et rejaillira sur votre descendance.

Autre solution, qui demande de l'entregent et des moyens : se faire officiellement adopter, même à l'âge de cinquante ans, par un vieil aristo désargenté à qui on paiera ses dettes de jeu. Vous n'aurez pas le banc à l'église, mais vous aurez le nom. En dehors des habitués du Jockey Club ou des tribunes huppées de certains grands prix à Longchamp qui vous snoberont sans doute, tout le monde n'y verra que du feu.

Cet effort touchant pour se hisser au-dessus de sa condition n'est pas toujours payé de retour. Ainsi l'ancien président Giscard d'Estaing. Certes, son ancêtre Giscard avait bel et bien épousé en

1818 une vraie aristo, en la personne d'Élise-Mar-
guerite Cousin de La Tour-Fondue — son nom à
lui seul était déjà un défi colossal lancé au preux
chevalier au moment des émois sur l'oreiller.
Mais, on l'a dit, il n'y a pas de transmission en
ligne féminine, et les Giscard restèrent roturiers.
Le nom de d'Estaing qu'ils revendiquèrent par la
suite est lui-même situé en amont dans la généa-
logie des Cousin de La Tour-Fondue. Mais bon.
Cela n'empêcha pas le père de Valéry d'obtenir par les décrets de 1922 et 1923 le droit de
reprendre le nom de d'Estaing, après avoir tenté
en vain de relever le nom de La Tour-Fondue,
lequel a en revanche survécu... à Montréal, où
vécut l'une de ses illustres descendantes.

Assez obsédé par sa discutable ascendance
aristocratique, Giscard d'Estaing connut dans ce
domaine quelques rebuffades. En 1974, il se vit
refuser l'entrée de la Société des Cincinnati qui
regroupe aux États-Unis les descendants des héros
de l'Indépendance. « Mon aïeul l'amiral d'Estaing
en faisait partie », plaidait le président français.
« L'amiral d'Estaing en faisait certes partie, mais
vous n'êtes pas son descendant légitime, *old boy* »,
répondirent les Américains intraitables.

Bien des années auparavant, alors qu'il lançait
un emprunt public sous la présidence gaullienne,
le ministre Giscard avait soulevé la question en
Conseil des ministres : « Quel nom lui donnera-
t-on ? » Sur quoi, selon les méchantes langues, le
Général aurait répondu : « Mais Giscard d'Estaing bien entendu ! Cela ne fait-il pas un beau
nom d'emprunt ? »

11

Jamais sans mon « Gandouin »

Le 4 avril 1975, dans un coin perdu et désolé de
Normandie, une meute de policiers faisait le siège
d'une ferme, où de dangereux malfaiteurs avaient
pris les occupants en otages.

À la télévision, on n'en était pas encore à la
vidéo ou à faire du direct à tout propos, et il fallait attendre le journal de vingt heures pour avoir
des images. Comme le téléviseur était encore en
noir et blanc, le côté vieux film policier des années
cinquante, du moins dans le souvenir de ceux qui
ont vu la scène, n'en était que plus accentué.

Bien planqué derrière une voiture, un quin-
quagénaire à chapeau et lunettes, l'air mauvais,
réincarnation du Paul Frankeur de *Touchez pas
au Grisbi*, parlementait de loin avec le chef de la
bande au moyen d'un porte-voix : « Allez, balance-
nous les flingues, fais pas l'con, t'as aucune chance
de t'en sortir. Allez, fais pas le mariole, sors de
là que j'te dis... » Un vrai polar signé Michel
Audiard.

L'homme n'avait même pas l'excuse d'appartenir au Quai des Orfèvres, où l'on est bien forcé de pratiquer le langage des mauvais garçons. C'était le préfet en personne, c'est-à-dire la plus haute autorité de l'État dans le département. Scandale indescriptible dans les chaumières et dans l'administration devant ce langage « ordurier » : dès le lendemain, le préfet en question, Jacques Gandouin, était muté pour raisons disciplinaires.

Le même Gandouin est l'auteur d'un ouvrage célèbre dans le domaine des bonnes manières, le *Guide du protocole et des usages*, constamment remanié depuis les années soixante-dix, et dont la dernière réédition en 1991 chez Stock compte... 598 pages grand format ! Le préfet viré pour son verbe peu châtié est en même temps l'un des arbitres reconnus des élégances et du bon goût français ! Mais il n'y a pas contradiction dans les termes.

La quintessence du savoir-vivre à la française consiste en effet, non seulement à choisir sans faute de goût le revers de ses bottes de cavalier dans une chasse à courre, à réussir l'exercice périlleux d'un plan de table comprenant une duchesse, deux préfets, un héritier au trône de France et un évêque coadjuteur, mais aussi à savoir parler « d'homme à homme ». Si un grossier personnage commence à vous abreuver d'injures dans un lieu public, il faut éviter de lui répondre par des « Plaît-il, monsieur ? » ou « Comment osez-vous, sale malotru ? ». Il faut savoir, en grand seigneur, manier au besoin le langage des marins avinés dans les bas-fonds d'un port mal fréquenté. La figure de style est d'ailleurs prévue en toutes lettres dans le manuel de M. Gandouin, parmi les sept grands principes régissant le protocole et les usages, et cela s'appelle *la similitude réciproque des formes*. Il est ainsi loisible, si un quidam vous lâche un *Touche-moi pas, tu me salis!*, de répliquer sans déchoir, comme le fit, non sans susciter un petit scandale, un certain président Sarkozy au Salon de l'agriculture en 2008, par un *Casse-toi pauv'con!* C'est prévu dans le grand livre.

Le fâcheux épisode d'avril 1975, en tout cas, n'a pas entamé l'estime dans laquelle le duc de Brissac, préfacier de l'ouvrage, tient M. Gandouin : les deux hommes ont fréquemment chassé à courre ensemble, et selon le duc, notre préfet est un homme qui, entre autres, manie avec aisance « le langage de la vénerie » et n'ignore rien de « l'attaque à la billebaude », ce qui rassure. Un parfait chasseur et cavalier peut-il être autre chose qu'un homme au-dessus de tout soupçon ?

Le terrain des bonnes manières, comme le souligne le sagace duc de Brissac, est fortement accidenté, ne serait-ce qu'en raison des innombrables décorations officielles françaises, qu'il faut mémoriser et classer dans l'ordre protocolaire au besoin : outre la Légion d'honneur, 18 croix. 22 médailles commémoratives, 15 ordres de Mérite civil, 3 ordres de la France d'outre-mer et 32 médailles d'honneur. Et cela sans compter les innombrables décorations mineures ou « locales ». C'est-à-dire les « décorations Jack Lang », ces médailles de chevalier des arts et des

lettres accordées à des Jerry Lewis et autres
artistes américains de passage. Et les diverses
médailles de la Ville de Paris, accordées un jour à
un pompier à la veille de sa retraite, le lendemain
à Madonna par Jacques Chirac en personne, alors
maire de Paris. Entre autres. Une vraie jungle !
En cette matière comme pour l'art de se rincer les
doigts, hors votre « Gandouin », point de salut.

Les problèmes envisagés vont du relativement
simple au très compliqué. L'art de la pochette :
forcément assortie à la cravate, elle ne se porte
qu'après 17 heures. Le costume croisé ne doit
jamais être déboutonné, contrairement à la veste
droite qu'on déboutonne dès le pas de la porte.
L'art de manger sa soupe : avec le gros bout ou le
petit bout de la cuiller ? Le sujet suscita de lanci-
nants débats, dit le préfet. La disposition des couverts, avec les dents de la fourchette tournées vers
la nappe (pour mettre en évidence les initiales de
la famille, exemple LT pour La Trémoille) ! Le bai-
semain : on se penche vers la main de la dame, on
ne tire pas sa main vers soi, on effleure des lèvres,
sans pourtant s'appesantir en dégoulinant. On
n'engage pas de conversation avec une dame sans
retirer son couvre-chef : en revanche une dame
bien née qui sait ce que déficit de la Sécurité
sociale veut dire vous invitera prestement à vous
couvrir.

Pour la correspondance, il existe 63 formules
pour les salutations finales, dont certaines spéci-
fiques à la correspondance féminine. À une très
jeune femme on ne présente jamais ses respectueux hommages, mais seulement ses hommages.

Au comte, on n'écrit jamais monsieur le comte, sauf si l'on est un inférieur (notion chaque jour plus subjective) ou un fournisseur. En revanche, on pourra en toutes circonstances donner du monsieur le duc sans se ridiculiser. À un ministre du culte orthodoxe, on écrit monsieur l'archimandrite et à un rabbin monsieur le rabbin. Les pairs d'Angleterre, comme on l'ignore trop souvent, se font tout simplement appeler milords, comme dans la chanson. Et s'il s'agit de saluer un cardinal : « J'ai l'honneur d'être, avec le plus profond respect, de votre éminence, le très humble serviteur. » Petit truc pour gagner du temps tout en restant correct : le recours à la carte de visite, qui autorise maints raccourcis. Ainsi la mention « P.F.C. », qui signifie « pour faire connaissance ». La maîtrise des bons usages ne permet pas seulement de distinguer le vrai gentleman, elle lui évite également de passer le plus clair de sa journée à se poser des questions d'étiquette.

La France est, en comparaison non seulement de l'Amérique du Nord mais également des autres pays européens, Angleterre exceptée, le pays où les bonnes manières tiennent le plus de place. Elle a été pendant plusieurs siècles à la fois une monarchie et une grande puissance, où une aristocratie centrale donnait le ton et fixait les règles. Puis la bourgeoisie s'est empressée de se donner des allures aristocratiques, tandis que les aristos les moins malhabiles essayaient de gagner de l'argent. Cela laisse des traces, malgré les dévastations opérées par la télévision et l'urbanisation du dernier demi-siècle. Le protocole quotidien entourant le pouvoir politique reste l'un des plus lourds et compliqués d'Europe, du moins en ce qui concerne la présidence : dîners d'apparat, gardes républicains, etc. Résultat : les Français (un peu comme les Britanniques) se gaussent volontiers des questions d'usage et d'étiquette, justement parce qu'ils consacrent pas mal de temps au sujet et continuent de s'en préoccuper.

À France Inter, il y a peu, on pouvait encore entendre en plein après-midi une dame s'interroger avec le plus grand sérieux pour savoir si l'on peut tremper dans son assiette un bout de pain (piqué au bout de sa fourchette, bien sûr). Non, s'il s'agit d'un vrai dîner. Oui, si c'est entre amis, à la bonne franquette, et à la condition expresse d'en avoir demandé la permission à la maîtresse de maison : « Cela mettra même une note de fantaisie et d'humour dans le dîner », concluait la spécialiste. On imagine, certes, l'irrépressible rigolade dans la petite assemblée de copains devant cette transgression.

Si le « Gandouin » reste la bible incontestée, il est peut-être un peu trop détaillé pour le commun des mortels, qui ne passe pas sa vie à recevoir le corps diplomatique, des nonces apostoliques ou les restes de l'aristocratie locale. Voici donc un autre livre de référence, plus modeste, que nous avons consulté : *Le Savoir-vivre aujourd'hui*, de Christine Géricot[1].

Mme Géricot est une femme élégante, vêtue de matières nobles : laine, soie, lin, le tout en demi-

1. Payot, 1994.

teintes. Elle se contente d'être une pratiquante éclairée des bonnes manières sans en faire une religion. Elle ne doit pas être de trop mauvaise origine, et de surcroît, précise-t-elle, elle a été « mariée vingt-cinq ans à Bordeaux, dans la grande ville la plus bourgeoise et conservatrice de France ».

Aux antipodes de l'intégrisme, elle parle avec une pointe de dédain de « cette étiquette trop compliquée qui a été inventée par les parvenus du Premier Empire » : auparavant, « la vraie noblesse n'avait pas besoin de codification, car elle était née dans les bonnes manières ». Son idéal — aristocratique — serait que l'on ait de bonnes manières naturellement, sans ostentation. Comme disait la patronne de bordel chic mise en scène par Buñuel dans *Belle de jour* : « Je déteste la vulgarité. J'aime qu'on travaille dans la bonne humeur. »

Hélas ! ce n'est pas demain la veille ! Avec en particulier l'omniprésence de cette grosse bête qui sommeille en tout homme, le strict minimum est loin d'être assuré. S'il y avait un permis à points pour la conduite en société, combien de mâles français l'auraient encore ?

Il y a ceux qui s'empressent de ne pas donner leur siège à une dame, jeune ou vieille, dans les transports en commun, ou qui en divers lieux publics s'esclaffent bruyamment en prenant toute la place. Ceux qui empestent des lieux fermés ou les dîners avec de gros cigares. Ceux qui font des bruits de bouche divers en mastiquant ou en goûtant le vin. Ceux qui tapotent leur cigarette sur le paquet avant de se la planter au coin des lèvres, qui parlent avec le mégot pendouillant, ou même, comble de l'horreur, qui se coincent la clope derrière l'oreille « pour plus tard ». Ceux qui n'ouvrent pas les portières, ne tirent pas les chaises des dames, n'allument pas leurs cigarettes. Ceux qui portent des bijoux autres qu'une simple alliance : une chaîne sur le poitrail, une lourde chevalière, voire une gourmette — le comble ! Ceux enfin qui n'ont pas compris qu'au moment de l'addition, c'est à eux d'allonger les billets. Mme Géricot là-dessus — et l'auteur de cet ouvrage un peu moins — est intraitable : les hommes présents consultent discrètement l'addition, et se la partagent, et même si l'homme est seul face à trois ou quatre femmes, c'est à lui de casquer, et sans avoir la grossièreté d'ajouter d'un air lugubre : « Dis donc, ça coûte la peau des fesses ici ! » La femme doit tout ignorer de ces détails triviaux, quand bien même les huissiers seraient à la porte du monsieur en question. Lequel monsieur, bien entendu, entre le premier dans le restaurant pour ouvrir la voie. Et — même si semble-t-il il y a de violentes querelles d'école sur le sujet — précède la femme dans un escalier, même en montée, « pour ne pas donner l'impression de regarder ses jambes ».

Mais il y a plus compliqué : l'organisation d'un dîner de fiançailles, d'un mariage. Quel est le délai raisonnable pour l'envoi du faire-part ? Deux mois dans tous les cas. Que faire si c'est un remariage suivant un divorce ? ou un veuvage ? Est-il concevable d'organiser des fiançailles pour votre fils qui

vit depuis deux ans avec son amie? Réponse :
NON! Cependant on peut envisager un déjeuner
entre les deux familles, avec les deux tourtereaux
l'un à côté de l'autre, en bout de table. D'ailleurs
dans les dîners on ne sépare JAMAIS les fiancés,
ou les couples mariés depuis moins d'un an. Passé
ce délai on les éloigne. Ce qui paraît avisé.

Nous vivons une époque trouble, et souvent les
enfants à marier sont affligés de parents indignes :
la mère est divorcée mais non remariée, et on se
demande si elle ne traîne pas un gigolpince dans
son sillage; le père, quant à lui, est remarié, mais
avec une poupée Barbie qui a vingt-cinq ans de
moins que lui. Comment diable libeller le faire-
part? Et si les parents sont séparés mais non
divorcés? Reportez-vous à votre Géricot qui
vous règle tout ça en 250 questions et réponses. Y
compris dans l'hypothèse fâcheuse où votre
mariage serait annulé huit jours avant la cérémonie, et où les cadeaux auraient commencé à
arriver. L'enfer !

En ce qui concerne la table, il est évident
qu'après la lecture de ce livre vous ne servirez
plus vos spaghettis sauce tomate de la même
manière. D'abord, pour assurer un plan de table
adéquat, avec alternance homme-femme et présence du maître et de la maîtresse de maison en
milieu de table, face à face, il convient d'être 6,
10, 14 ou 18 convives, et jamais 8, 12 ou 16,
auquel cas l'équation devient insoluble. Si vous
avez à table un héritier du trône, un chef d'État
ou un cardinal, il prendra la place du maître de
maison.

Au moment de passer à table, ne hurlez pas :
« À table ! ça va refroidir ! » Supprimez sans pitié
le couvert d'un convive en retard, après 30 ou
45 minutes. Évitez de lancer la conversation sur
le blanchissage du linge sale, les W.-C., les maladies et les cimetières. Et plus spécifiquement
aujourd'hui l'homosexualité, le sida, le cancer, les
accidents de voiture. Ne présentez jamais deux
fois le potage, la salade, le fromage et les fruits.
Sauf s'il a accompagné tout le repas, ne servez
jamais du champagne au dessert — « une héré-
sie » — et, bien sûr, offrez le café au salon si vous
en avez un.

Outre la manière de servir le vin, de manier le
vouvoiement — les puristes parleront de « vous-
soiement », à l'ancienne —, les formules dans
la correspondance, l'appel du garçon dans un
café — pas trop de « Psstt ! » ou de « Hep ! » —, et
une fois réglée la question de savoir comment
se comporter au cimetière, Christine Géricot
consacre la dernière partie de son livre aux relations professionnelles et de bureau, à la manière
de se présenter pour un emploi ou de rédiger un
CV. À ce stade, il serait plus juste de parler de
cours de survie ou de trousse de premiers soins.
Car il est vrai qu'à l'époque actuelle la jouissance
d'un emploi, si possible rémunéré, reste un prérequis pour garder ses bonnes manières.

12

Le terrible secret

Cela se passait un samedi soir à l'émission télévisée de Laurent Ruquier, « On n'est pas cou-
chés ». Où l'un des principaux invités de ce pro-
gramme tardif de la télévision publique était
Roland Dumas, ancien ministre des Affaires
étrangères de Mitterrand, éphémère président du
Conseil constitutionnel, désormais célèbre pour
ses démêlés judiciaires dans l'affaire Elf et son
ancienne fréquentation aventureuse d'une certaine Christine Deviers-Joncour.

Dumas a sans conteste été le personnage le plus
romanesque de la Mitterrandie : allure de grand
séducteur xviiie siècle, élégance et cynisme de bon
aloi, mais aussi du stoïcisme souriant dans l'ad-
versité. Dans son genre, une incarnation apothéo-
tique du Français idéal, croisement entre le marquis de Sade père, grand diplomate en son temps
de Louis XV, et Sacha Guitry, l'homme d'esprit au
cynisme élégant qui portait beau et aimait les
femmes.

Le voilà donc, toujours aussi avantageux à plus

de quatre-vingts ans, arborant au pied de belles chaussures dont personne n'ose lui demander si elles viennent de chez Berluti. Et on parle, comme cela se fait entre gentlemen, des grandes affaires du monde.

Les États-Unis, fatalement, arrivent sur le tapis. Roland Dumas fait part de son indéfectible amitié pour « l'ami américain », la « grande démo- cratie », etc. Mais il ajoute : « Cependant, jamais je n'accepterais d'y vivre. » Et pour quelle raison ? Il aurait pu dire à peu de frais : je ne vivrais pas dans un pays qui a toujours traité ses alliés comme des vassaux et l'Amérique latine comme son arrière-cour. Ou alors : ce qui m'est insuppor- table aux États-Unis, c'est la violence qui y règne, le fait qu'on y pratique allégrement la peine de mort et qu'il y ait au-delà de deux millions de gens en prison — sept ou huit fois plus qu'en France et en Europe au regard de la population globale. Après tout, on est de gauche ou on ne l'est pas.

Mais non. Voici ce que déclare M. Dumas : « Ce qui est intolérable aux États-Unis, c'est le fait que tout le monde parle d'argent. Vous arrivez chez des gens pour le dîner, le maître de maison vous dit combien il a payé sa demeure. L'instant d'après, il vous demandera combien vous gagnez dans l'année... »

Parler d'argent à table : l'une des variantes mineures du crime contre l'humanité. Ou contre le bon goût, ce qui pour certains revient au même.

C'est la façon la plus simple et la plus rapide de vous faire mal voir de la bonne société française. Parlez d'argent au cours d'un dîner en ville, et vous serez ainsi classé pour l'éternité comme un parfait plouc, un monstre de vulgarité, celui qu'il ne faut surtout pas réinviter car « il passe son temps à parler d'argent à table ». Parlez de sexe — avec esprit si possible —, et tout le monde vous trouvera fin causeur; lâchez quelques gros mots — à bon escient —, personne ne vous en tiendra rigueur. En France, une grivoiserie, même appuyée, sera acceptable. La mention du prix de sa nouvelle bagnole est en revanche sale. Bien que, naturellement, il fascine comme ailleurs sur la terre, l'argent constitue certainement le sujet le plus innommable qui soit.

D'un point de vue français, l'Amérique est un pays infréquentable où les gens, même à table, se montrent leurs fiches de paye et comparent les prix de leur maison et de leur voiture. D'ailleurs il n'y a rien là de surprenant. Chacun, outre-Atlantique, sait à quelques milliers de dollars près quel est le salaire annuel de ses voisins et amis, combien ils paient d'impôts, et quel est le revenu net dont ils disposent, comme on le verra plus loin.

Dans un restaurant nord-américain, à la fin du repas, automatiquement ou parce que ce fut machinalement convenu au début, on présente aux convives une note séparée, où chacun retrouve au centime près ce qu'il vient de consommer, y compris son eau minérale, son café ou sa part supposée de vin rouge. En France, l'addition séparée n'existe tout simplement pas, sauf dans de rarissimes hauts lieux du tourisme, où elle sera proposée aux touristes américains. Mais en toute autre circonstance, cette idée paraîtrait incongrue et vaguement malodorante.

On ne voit pratiquement jamais non plus, même entre collègues ou copains un peu fauchés, des convives français en fin de déjeuner scruter laborieusement l'addition et sortir une calculette pour déterminer avec précision ce que doit chacun. Dans le plus atroce des cas, on aura la grossièreté d'inclure les femmes dans le partage des frais et de les faire payer comme les hommes. Mais, si c'est le soir, il arrivera que, d'un geste discret, les hommes présents se partagent l'affaire entre eux, tandis que les femmes feront celles qui n'ont rien vu. Assez souvent, et pas forcément dans les milieux les plus riches, quelqu'un s'emparera de l'addition et, avant que personne ait eu le temps de réagir, réglera pour tout le monde, comme ça, prétextant que tel autre avait payé une fois précédente, ou simplement parce qu'il est de bonne humeur. Chacun aura compris, d'après l'idée qu'on se fait de son salaire mensuel, que la somme est considérable, mais cela fait justement partie de la beauté du geste. Dans les bistrots populaires, on ne boit jamais « en Suisse », mais on paie obligatoirement la tournée, sans jamais calculer. Le plaisir du prolétaire français consiste à la jouer milord, à prétendre oublier les contraintes du fric le temps de quelques libations. *L'argent n'est pas un problème... Surtout pas d'histoires d'argent entre nous...*

L'envers de ces libéralités, c'est que justement les Français n'aiment pas qu'on sache avec précision l'état réel de leur fortune. Le fait pour un salarié modeste de payer une tournée royale est une manière de jeter un doute sur la modestie de sa situation : serait-il moins pauvre qu'on ne le croit ? Cela se joue d'ailleurs dans les deux sens : le pauvre se donne volontiers des airs de grand seigneur, le riche essaiera au contraire de passer pour un artiste bohème et sans le sou. Dans les années soixante-dix, j'avais à de nombreuses reprises croisé un certain Philippe Rossillon, militant flamboyant et tenace de la francophonie et de l'indépendance du Québec, émargeant, me semblait-il, à je ne sais quel ministère, de la Coopération peut-être, à moins que ce ne fût à une mystérieuse fondation ou à de ténébreux services spéciaux. Il avait de vieux costumes fatigués, fumait trop, roulait dans une Renault 5 cabossée et fréquentait La Closerie des lilas à Montparnasse. Un jour il m'avait invité au débotté à déjeuner chez lui. Boulevard de Port-Royal ou Saint-Marcel. J'aurais dû avoir la puce à l'oreille. L'appartement faisait dans les deux ou trois cents mètres carrés, et une employée de maison en uniforme avait préparé et servi le déjeuner. Mais en même temps, la demeure était défraîchie, le menu se composait de plats bon marché, peut-être de restes de la veille, on n'était pas dans la folle dépense. Un an plus tard, dans un classement des plus grandes fortunes françaises paru dans le journal, je verrai Philippe Rossillon apparaître au sixième rang. Il était marié à une *vraie* Schlumberger.

En France, il existe un consensus général pour respecter le secret qui protège les revenus et le véritable patrimoine. Même dans les milieux populaires, même chez ceux qui imputent les pires ignominies aux classes dirigeantes, on estime (ou en tout cas on estimait jusqu'à tout récemment) qu'il est incorrect de révéler les rémunérations des grands patrons et des cadres supé-rieurs. Lorsque cela se produisit pour la première fois de façon très voyante — un scoop du *Canard enchaîné* en 1989 à propos de Jacques Calvet, PDG de Peugeot et, à ce titre, payé sept millions de francs (un peu plus d'un million d'euros) par an, une misère selon les standards actuels du capitalisme français évidemment —, il y eut une sorte de silence gêné, aussi bien à gauche qu'à droite : cela ne se fait pas, disait-on, le montant de son salaire n'est pas le vrai problème, etc. De l'avis général, si l'on étalait sur la place publique les rémunérations des grands patrons et des stars, on en viendrait tôt ou tard, disait-on encore dans les milieux à peine aisés, à publier dans les gazettes l'état de votre patrimoine, la surface de l'appartement parisien que vos parents vous ont offert — à hauteur de 40 % — le jour de votre agrégation de philo, ou la valeur des deux modestes studios de Cagnes-sur-Mer dont les loyers améliorent votre modeste revenu de pos-tier. Pour vivre heureux, vivons cachés.

De ce point de vue, François Mitterrand fut un président exemplaire. Quasiment au même niveau que de Gaulle. Lequel paraissait se mouvoir dans l'immatérialité. Il eut pendant toute son existence le mode de vie austère d'un traditionnel hobereau de province : belle et noble demeure familiale, mais train de vie discret. Dans sa traversée du désert, il se contenta de modestes bureaux parisiens et d'une voiture avec chauffeur, peut-être mis à sa disposition par la république, juste ce qu'il fallait pour tenir son rang, mais sans ostentation. À La Boisserie, tante Yvonne cuisinait à l'économie des produits de saison trouvés au meilleur prix au marché. Plus tard à l'Élysée une légende, peut-être véridique, et que beaucoup de médias continuent de colporter avec attendrissement, dit que de Gaulle imputait à son budget personnel les dîners privés qu'il offrait à des hôtes de passage. Et payait lui-même la note de gaz et d'électricité de ses appartements privés.

Pour ce qui est du flou et de la discrétion, François Mitterrand a fait presque aussi bien, même si ses goûts étaient plus dispendieux : les établissements où l'on a une chance de croiser de jolies actrices ou romancières, ou de jolies femmes tout court, sont budgétivores, on le sait. Une addition pour huit personnes chez Lipp ou plus encore Le Doyen est quand même autrement meurtrière que celle d'un relais routier. Mais Mitterrand, élève des bons pères, méprisait l'argent et n'en avait jamais sur lui. Il y avait toujours à proximité un Georges Dayan, un Roger-Patrice Pelat ou un Pierre Bergé susceptibles d'escamoter l'addition en douce, tandis que le « président » lâchait avec désinvolture : « Bon ! Hein !

Vous vous en occupez, et on s'arrangera après. »
Mitterrand, parfaite incarnation d'une certaine
décence bourgeoise où l'on n'accorde aucune
valeur à l'argent, ne savait sans doute même pas
par quel tour de magie il occupait dans les années
cinquante un bel appartement sur les jardins de
l'Observatoire ou par la suite avait acquis avec
son beau-frère Roger Hanin sa grande maison
privée de trois étages, rue de Bièvre. Quand plus
tard il emmènera dans ses voyages présidentiels
trois écrivains de sa cour, une maîtresse officielle
et quelques divertisseurs patentés, il ne se posera
jamais la question de savoir sur quel budget
ces accompagnateurs étaient payés. François Mitterrand restera pour l'éternité le grand homme
qui pendant une quarantaine d'années se contenta
d'une simple chambre sans salle de bains à l'hôtel
du Vieux Morvan à Château-Chinon.

Mettons-nous d'accord. En Amérique du Nord,
du moins dans les milieux un peu huppés, dans
des dîners pour *happy few* organisés au profit du
Met, de tel orchestre symphonique ou d'un prestigieux musée, celui qui passera la moitié de la
soirée à comparer le prix des bagnoles ou de l'immobilier ne se fera pas une réputation de raffinement extrême. Mais, dans beaucoup de cas, cela
passera inaperçu, ou sera considéré comme une
faute bien vénielle : en Amérique, une pincée de
mauvais goût n'a jamais condamné personne à
l'opprobre suprême. On pardonnera ses mauvaises manières à un richissime parvenu texan

pour peu que sa femme manifeste le désir de se cultiver et d'envoyer ses enfants dans les meilleures universités, et que lui-même soit un généreux mécène. Aux États-Unis, on peut être un éminent spécialiste du grec ancien, jouir du respect de la communauté universitaire et, par ailleurs, faire preuve d'une inculture générale spectaculaire, n'avoir jamais entendu parler de Proust ou de Thomas Mann, se passionner pour les résultats sportifs et s'intéresser ouvertement au prix du mètre carré ou aux indices boursiers. Aux États-Unis, la réussite financière et, dans certains cas, la réussite professionnelle (celle qui est couronnée par de hauts revenus) suffisent à vous anoblir et à vous faire admettre dans les meilleurs milieux.

La bonne société française, pour commencer, ne se définit pas par l'argent, mais par un certain niveau de culture, de connaissances et d'influence. Certes, cela n'exclut pas le confort et la sécurité du revenu. On trouve de vieilles familles distinguées et à l'abri du besoin. Mais leur fortune sera gagée sur de l'immobilier solide et discret. Leur mode de vie n'est pas tapageur, on y pratique des métiers nobles et souvent peu rémunérés, liés à l'État, à l'Université ou à la Culture. Leurs membres fréquenteront volontiers d'autres bourgeois discrets, certains vraiment fauchés, et qui évoluent dans les mêmes milieux respectables et respectés. Cette bonne société tranquille se retrouve — au stade suprême — dans le septième arrondis-

sement de Paris, mais aussi dans les bons quartiers de Lyon, de Châteauroux ou de Bordeaux.
Elle donne le ton. Des commerçants qui ont fait
fortune mais compris les règles du jeu et qui cher-
chent à se faire admettre dans le cercle magique
adopteront le code en vigueur : ne pas montrer
son argent, avoir une voiture pas trop tape à l'œil,
habiter LE bon quartier, envoyer ses enfants à
l'École alsacienne, fréquenter les lieux de villégia-
ture bien connotés.

Discrètement riche ou dignement modeste,
cette bonne société ne déteste pas l'argent, ou du
moins ce qu'il procure : de belles maisons, la fréquentation des grands restaurants et des palaces.
Mais elle déteste avoir l'air d'y penser ou de le
compter. Elle méprise donc tout naturellement
ceux qui ont l'air de s'en préoccuper. Et encore
davantage ceux qui l'affichent de manière osten-
tatoire, ou se vantent de leurs dernières acqui-
sitions.

L'un des sommets indépassables de la vulgarité
a dû être atteint, à la fin des années quatre-vingt,
avec ce reportage photo de *Paris Match* consacré
à l'hôtel particulier de Bernard Tapie, rue des
Saints-Pères. Quelle idée pour un tel parvenu
(euphémisme de politesse) que d'acheter avec ses
gros sacs de billets sans doute empruntés à une
filiale du Crédit lyonnais l'hôtel Givenchy ! Et ces
photos où on le voit, trop bronzé comme toujours,
habillé en nouveau riche, attablé devant une table
monumentale en marbre ornée de gros lions
sculptés ! La saga de Bernard Tapie est certainement considérée au sein de la bourgeoisie fran-

çaise (et de l'Éducation nationale, qui propage les mêmes valeurs) comme l'Annapurna du mauvais goût. En Amérique, de grands bourgeois sortis de Harvard accepteront de fréquenter un self-made-man de l'Arizona, si peu élégant ou mal dégrossi soit-il, parce qu'on respecte son succès et le pouvoir qu'il a conquis, et parce qu'on lui reconnaît, au-delà de ses manières frustes, de l'énergie ou de l'authenticité. Mais la France est une société de castes : on fera affaire avec un Bernard Tapie, on déjeunera avec lui, peut-être même l'invitera-t-on ponctuellement à dîner dans un lieu privé si c'est vraiment indispensable — après tout le prince Salina, dans *Le Guépard*, se résignait à recevoir chez lui le *contadino* Calogero, devenu maire et riche — mais jamais on ne l'admettra dans le cercle des intimes, de la famille et des égaux.

Des gens d'argent, on en fréquentera, mais à la condition qu'ils n'en soient pas vraiment : grands commis de l'État dépêchés à la tête d'entreprises d'intérêt national, banquiers de génération en génération, austères et dévoués au service public. Lorsque vous vous dépensez pour la république, vous avez le droit de vous salir les mains en touchant aux liasses de billets, de la même manière que vous avez le droit d'être général ou préfet de police de Paris. Un grand patron traditionnel, issu d'une bonne famille, des gandes écoles et des cabinets ministériels, est un homme fréquentable. Ce ne sera jamais le cas du self-made-man qui parti de rien aurait brillamment réussi en affaires. Le vieil idéal aristocratique rejoint la détestation que les agents de l'État, les fonctionnaires de l'Éducation nationale et la gauche bobo — quelques affairistes et autres exceptions mis à part — ont de l'argent et « des riches ».

Pour diverses raisons — qui s'additionnent —, en Amérique du Nord presque tout le monde, on l'a dit, sait combien gagne presque tout le monde, en tout cas dans la même ville de province, dans le même quartier, dans le même milieu professionnel. Les gens disent assez volontiers combien ils gagnent, combien ils ont payé leur maison. Donc on le sait. Et comme on le sait, personne n'en fait mystère. Souvent dans les entreprises on affiche les salaires, parfois même le nombre d'heures supplémentaires. Il n'existe pas, contrairement à la France, de systèmes de primes, de treizième ou de quatorzième mois, les grilles de salaires sont relativement simples, et tout le monde paie un impôt sur le revenu lui aussi facile à calculer. Si un universitaire montréalais (sans enfant à charge) vous annonce un salaire annuel de 100 000 dollars canadiens, vous traduisez instantanément qu'après des retenues diverses il dispose d'un revenu net après impôts d'un peu moins de 55 000 dollars. À quelques exceptions près, les écarts de salaires sont fort modérés à l'intérieur d'une profession, et d'une profession comparable à une autre. Un journaliste montréalais au sommet de l'échelle a un salaire à peine inférieur à celui d'un universitaire. On a une assez bonne idée des revenus des médecins généralistes et des chirurgiens. Bref, en dehors de cas d'espèces (l'import-export, certains gros commerces, les vedettes du show-biz), il n'y a pas de surprise majeure, ni de grands secrets cachés. Ce qui est vrai de Montréal l'est à peu près de New York ou de Seattle.

Certes le commun des mortels, qui gagne une, deux ou quatre fois le smic comme beaucoup de gens, restera dans le brouillard quand il s'agit des super-riches : il aura du mal à imaginer que l'on dépense 4 000 euros pour un voyage Paris-New York en classe affaires, ou 1 500 euros la nuit pour une suite au Plaza Athénée. Il enregistrera sans trop en prendre la mesure que le PDG de Walt Disney ou de Texaco gagne plus de cinq millions de dollars par an avec ou sans bonus. Des chiffres depuis toujours disponibles et publiés dans les médias mais qui restent totalement abstraits,

En France, la discrétion a cette efficacité : on ignore ce que gagnent les gens et, plus encore, quel est leur train de vie réel ou leur patrimoine. À l'usage, on finit par en avoir une petite idée. Mais les Français sont passés maîtres dans l'art de la dissimulation. C'est vrai, bien entendu, des innombrables maçons, artisans, mécaniciens du sud de la France (et pas seulement du sud), puisque le travail au noir est largement répandu. C'est vrai de tous les commerçants. Mais c'est également vrai de nombreuses professions pourtant bien répertoriées. Au journal télévisé, lorsque des syndiqués revendicateurs font état — souvent à raison — de la misère de leur bulletin de paye,

vous pouvez être sûr qu'ils « oublient » de mentionner un treizième voire un quatorzième mois.
Ou des primes plus ou moins automatiques de fin
d'année. Ou le fait que, dans certaines grandes
entreprises (publiques, mais pas seulement), les
salariés ont droit à des prêts immobiliers à taux
très préférentiel, ou à des vacances familiales à
moitié prix. À une époque pas si lointaine, les
journalistes d'un grand magazine se faisaient
payer en notes de frais fantaisistes l'équivalent de
leur salaire. Tel journaliste d'un grand quotidien
parisien pouvait, il y a vingt ans, me déclarer
gagner 20 000 francs par mois, mais il oubliait
son quinzième mois, et le loyer dérisoire qu'il
payait pour un bel appartement dans le cinquième
arrondissement à Maubert, propriété de son
journal. Plus quelques travaux de nègre ou de
modestes « ménages » que lui autorisaient son
statut de semi-vedette des médias et sa faible
charge de travail. Tel universitaire un peu connu
dans son domaine aura, outre sa (légère) charge
de cours à Vincennes-Saint-Denis, deux ou trois
activités annexes discrètement rémunérées : chronique dans un journal, collaboration régulière
dans une maison d'édition, etc.

Il y a aussi l'argent caché des vieilles familles.
Ce jeune enseignant dans la trentaine, petit
salaire, vit avec sa femme dans un bel appartement du quatorzième. Cette attachée de presse,
ce maître de conférences ont eux aussi leurs aises
dans de grands appartements des beaux quartiers
de Paris. Explication du mystère : leurs parents
ont « donné un coup de main », fourni un gros

apport personnel pour l'achat de l'appartement, ou carrément payé la totalité du lieu. Le plus souvent, un « petit héritage » expliquera le mystère du train de vie : héritage de la cousine Bette, qui avait une maison en province ou un appartement avec vue sur des arbres à Paris 20e, avances sur héritage, promesses chiffrées d'héritage. Dans la plupart des familles bien françaises — et pas seulement les riches — il y a du vieil immobilier qui sommeille, destiné à garantir une « vie décente » aux enfants, quoi qu'ils fassent dans l'existence. À moins d'être vraiment curieux et d'avoir de l'expérience dans le domaine, le train de vie de beaucoup de Français ne se voit pas à l'œil nu. Non seulement on n'aime pas l'argent qui se montre et s'affiche, mais encore le vrai bon argent est caché. Balzac demeure le mètre étalon.

Ce refus de parler d'argent ou de le compter explique sans doute pourquoi les Français ne sont pas les champions mondiaux de la rigueur budgétaire[1]. Quand il prenait une décision lourde de conséquence pour le budget du pays, de Gaulle disait volontiers : « L'intendance suivra. » Il est vrai que, sous sa présidence, la France connaissait encore un fabuleux taux de croissance

---

1. Titre sur cinq colonnes dans *Le Monde* du 28 mai 2008 : « La France incapable de faire la clarté sur ses comptes publics. » Et au-dessous : « Alors que Bruxelles maintient la pression, les parlementaires ne parviennent pas à chiffrer précisément les coûts et les gains des réformes engagées par Nicolas Sarkozy. »

du PIB, ce qui assurait une belle marge de manœuvre.

Par la suite, François Mitterrand, « qui n'a jamais été très ami avec les chiffres et pensait qu'ils n'avaient pas beaucoup d'importance », comme nous le disait un économiste de son entourage, jongla avec les milliards comme s'il s'agissait de billets de Monopoly. Dès mai 1981, il ordonna d'appuyer à fond sur la pédale du déficit budgétaire en se disant que, vraisemblablement, la reprise économique allait se manifester comme par magie : trois décennies plus tard, la France n'a toujours pas réussi à combler ses déficits chroniques. En 1989, à l'occasion de nouvelles manifestations monstres des étudiants, il reçut les leaders du mouvement à l'Élysée et, sans consulter le Premier ministre Michel Rocard, leur accorda une rallonge budgétaire de cinq milliards de francs. Quant aux grands travaux présidentiels — qui n'ont jamais eu de limites budgétaires, comme on sait —, il fit autant et mieux que les autres présidents.

Sur un coup de tête, il avait mis sur les rails un Opéra Bastille ruineux et inutile. Chez Dodin-Bouffant, en mai 1988, quelques jours après sa réélection, Jacques Attali lui inventa la nouvelle Bibliothèque de France sur la nappe du restaurant : elle serait, bien entendu, « futuriste », coûterait dans les 3 ou 4 milliards de francs, soit environ 650 000 millions d'euros. Mitterrand détermina son emplacement, constitua pour le choix du projet architectural un jury de vingt personnes où ne siégeaient que deux professionnels des bibliothèques, lança les travaux dès 1989 avec un cahier des charges sommaire et qui allait se révéler complètement erroné. La principale exigence présidentielle : que ce que certains appelèrent « le mausolée de Mitterrand » fût prêt pour le printemps de 1995, avant la fin du septennat[1]. Comme le dit Ezra Suleiman, « lorsque ces présidents font ériger des monuments pour satisfaire leur mégalomanie, ils semblent peu concernés par le coût et ils ne prennent jamais en considération les frais d'entretien extravagants qui grèvent à perpétuité le budget de l'État[2] ».

Cette incapacité — ou cette réticence — à compter l'argent explique en grande partie la

---

1. La « Très Grande Bibliothèque », telle que proposée par Attali, était dans son esprit à dominante « virtuelle », avec une forte proportion d'œuvres numérisées. Pour ce qui est des « vrais » livres, elle ne devait accueillir que les titres postérieurs à 1945. Ce qui représentait 3 à 5 millions d'ouvrages à stocker. Devant les hurlements des historiens, on dut renoncer à la césure de 1945 et prévoir de déménager la totalité de la collection de la vieille BN sur le nouveau site. Les travaux avaient commencé, et il fallut se résoudre à caser — dans les tours de verre chauffées l'été par le soleil — entre 11 et 20 millions de livres. Du coup, les bureaux se retrouvèrent en sous-sol dans des pièces aveugles. Emmanuel Le Roy Ladurie, qui avait été dix ans conservateur de la BN, dénonça « une architecture antifonctionnelle, catastrophique ». La nouvelle Bibliothèque de France fut officiellement inaugurée par Mitterrand en mars 1995. Elle coûta près de 2 milliards d'euros. Et, à cause de ses vices de conception, mit quatre ou cinq années à fonctionner à peu près normalement. Voir notamment *La Véritable Histoire de la grande bibliothèque*, de François Stasse, Le Seuil, 2002.
2. Suleiman, *op. cit.*, p, 180.

multiplication et la persistance des « affaires »
politico-financières. On ne va quand même pas
commencer à déclencher des enquêtes et des ins-
tructions judiciaires pour de « petites sommes »
égarées à gauche ou à droite, ou quelques
dépenses excessives assez compréhensibles quand
on a les caisses de l'État à portée de main.

En Amérique du Nord, mais aussi en Grande-
Bretagne, les parlementaires et ministres ne sont
pas payés des fortunes, et de surcroît ils font
l'objet d'une surveillance de tous les instants. Des
députés conduisent leur voiture et vous invitent
dans de très mauvais restaurants à menus fixes.
Au Canada, un infortuné ministre peut avoir de
sérieux ennuis pour avoir reçu un gros téléviseur
couleurs ou avoir accepté les invitations répétées
de tel entrepreneur au restaurant.

Au mois de mai 2009, les médias français se
sont régalés du « scandale des notes de frais » qui
secouait la Grande-Bretagne. Imaginez un peu :
le tiers ou la moitié des députés, de la majorité
travailliste ou de l'opposition conservatrice,
étaient impliqués dans cette sombre affaire qui
venait d'emporter le speaker de la Chambre des
communes et n'en finissait pas de faire des
ravages. Quand on entrait dans les détails, ça
devenait surréaliste. Une ministre de premier
plan avait fait passer sur ses dépenses la location
par son mari de films porno dans un grand hôtel.
Tel député avait fait payer par les contribuables
des croquettes pour son chien. Tel autre l'entretien de sa pelouse. Un autre encore trois prêts
immobiliers à taux zéro en jouant habilement sur

les textes. Sourire moqueur des journalistes politiques français, dont certains poussaient l'audace
— l'outrecuidance ? — jusqu'à suggérer : ça ne
pourrait pas arriver chez nous. Et pour cause :
ces fraudes britanniques à la note de frais étaient
tellement pitoyables que jamais le personnel politique français ne s'y abaisserait. Ce serait tout
juste bon pour des journalistes en reportage, des
syndicalistes en mission, des maîtres de conférences en colloque, des commis voyageurs indéli-
cats. Bourrer un peu la note de frais, cela fait
partie du modèle social français et jamais ça ne
vaudrait un article dans le journal. En Grande-
Bretagne on en fait toute une histoire. Et pas seulement dans ce pays, mais aussi dans ces étranges
démocraties d'Europe du Nord. À preuve cet
article paru le 27 août 2009 dans *Le Monde* :

> En Allemagne, on ne plaisante pas avec l'argent
> public. La chancelière chrétienne-démocrate
> Angela Merkel est la cible de critiques depuis
> qu'une chaîne de télévision publique a révélé, lundi
> 24 août, qu'elle avait donné, en avril 2008, une
> réception à l'occasion du soixantième anniversaire
> du patron de la Deutsche Bank, Josef Ackermann,
> à la chancellerie et aux frais du contribuable. De
> cette manière, les sociaux-démocrates espèrent
> aussi faire oublier les frasques de l'une des leurs,
> Ulla Schmidt, la ministre de la Santé. Écartée
> début août de l'équipe de campagne du candidat
> SPD pour avoir utilisé sa voiture de fonction pen-
> dant ses vacances en Espagne, elle est désormais
> critiquée pour avoir fait venir, en avril, un avion du
> gouvernement de Cologne à Maastricht afin d'éco-
> nomiser vingt minutes de son temps. Coût de cette

action : plus de 2 000 euros pour le contribuable. Alors que *dans d'autres pays, ce genre d'affaires ne susciterait que l'indifférence*[1], elles font les grands titres des journaux allemands.

Pour être comprises par les lecteurs et l'opinion en général, les vraies « affaires », en France, commencent aux centaines de milliers voire au million d'euros. Pour provoquer un vrai scandale, il faut des récits concrets et croustillants, tels ceux de la fameuse « cassette Méry », où défilaient des mallettes pleines de billets de banque à la mairie de Paris. Les luxueuses vacances réglées en espèces par Jacques Chirac, toujours maire de Paris, étaient également assez parlantes. Mais rien de tout cela n'a eu de suite judiciaire, et ces épisodes commencent à s'effacer au rayon des vieux souvenirs dont on ne sait plus si on les a rêvés. En tout cas cela n'a pas empêché, à l'automne 2009, Jacques Chirac de redevenir le personnage politique le plus populaire du pays[2]. Qui se souvient qu'en l'an 2000, trois anciens dirigeants bien inoffensifs et effacés du CDS, modeste parti centriste aujourd'hui fondu au sein de l'UMP, avaient été condamnés à de la prison avec sursis pour détournement de fonds et financement illégal, et que parmi les pièces à conviction on trouvait, à hauteur de centaines de milliers d'euros, des notes de déjeuners pour six ou dix personnes chez Laurent, Le Doyen ou Lasserre ?

1. Souligné par l'auteur.
2. Voir chapitre 15.

On a tout oublié depuis longtemps, car c'étaient des brouilles. D'ailleurs il n'y avait pas eu d'enrichissement personnel.

Dans ce pays il est normal d'inviter ses relations dans des restaurants étoilés, et d'escamoter la note (à mille ou deux mille euros) à la fin du repas. Si un quidam vous invite pour le week-end à Megève et vous amène en jet privé, vous n'allez quand même pas poser la question grossière de savoir qui paie l'avion et le palace. Dans cette bonne ville de Paris, où beaucoup de journalistes connus et influents bénéficient à tour de bras de pareilles invitations (voir l'affaire Botton), se font payer des « ménages » à 15 000 euros pour un week-end, ou reçoivent 1 000 euros pour interpréter un soir le rôle d'ami de la maison dans un dîner « intime », il n'y a guère que *Le Canard enchaîné* pour s'intéresser aux mœurs plus ou moins somptuaires des dirigeants politiques. Par ailleurs, même des personnalités irréprochables comme Michel Rocard ou Raymond Barre ont eu, pendant des années, des bureaux importants installés boulevard Raspail ou boulevard Saint-Germain. Combien coûtaient 150 ou 200 mètres carrés de location à de pareilles adresses, avec un petit personnel permanent de cinq ou six personnes ? Ce sont en tout cas des sommes non négligeables, et qui suffiraient à attirer l'attention des sourcilleux médias anglo-saxons. La question banco étant de savoir qui règle la note à la fin du mois. La réponse était d'ailleurs connue : telle « association citoyenne » avait l'amabilité d'offrir l'hospitalité d'un bureau et de secrétaires à

M. Machin, par ailleurs candidat virtuel à la présidence. En clair : M. Machin, comme tous les leaders nationaux dans le pays, faisait financer son activité politique par une association passablement bidon, elle-même financée par de généreux et discrets donateurs. On ne va pas chercher plus loin.

La France est un pays béni des dieux où tout le monde considère désormais feu Pierre Bérégovoy, effectivement réputé jusque-là pour son honnêteté, comme un parangon de vertu pour cette raison même que, dans le milieu des années quatre-vingt, il avait été *obligé* de se faire « prêter » un million de francs par un Roger-Patrice Pelat pour acheter son appartement à Paris. Avoir recours à un flibustier du premier cercle présidentiel pour s'acheter un malheureux appartement de cent mètres carrés dans le seizième : quelle meilleure preuve pourrait-on donner de son désintéressement et de son non-enrichissement ?

En France, la sagesse populaire a tranché : « Un quart de siècle de vie politique, et même pas de quoi se payer cent mètres carrés à Paris, si c'est pas malheureux ! »

Une fois par siècle, un responsable politique intrépide apparaît dans le paysage et entreprend de « réconcilier les Français avec l'argent ». Au milieu du XIXᵉ siècle, le protestant François Guizot, en bon disciple d'Adam Smith, eut l'outrecuidance de lancer son fameux « Enrichissez-vous ! ». On piétine son cadavre aujourd'hui encore pour ces paroles ignominieuses, et toute personne soupçonnée de reprendre ce mot d'ordre à son compte est traînée dans la boue : malgré son hérédité gaulliste, Georges Pompidou fut en son temps soupçonné, sans doute en tant qu'ancien dirigeant de la banque Rothschild, d'avoir cette sale mentalité.

Peut-être Guizot ne pensait-il pas à mal et estimait-il, comme d'autres protestants en Angleterre ou en Allemagne du Nord, qu'un bourgeois qui s'enrichit par son activité créera de nouveaux emplois dans sa petite entreprise, ou passera de nouvelles commandes à des maçons, des tapissiers, des forgerons, des ébénistes. Bref qu'il fera tourner l'économie. Mais en France on continue de voir dans cette exhortation un simple encouragement à spolier le voisinage, à paupériser encore davantage le pauvre monde. Et à exploiter le travail d'autrui pour empocher toujours plus de plus-value. En France, l'enrichissement ne peut se faire qu'aux dépens des autres, la richesse est obscène, la propriété c'est le vol et toute entreprise qui n'est pas déficitaire est à tout le moins suspecte.

Un siècle et demi après Guizot, un certain Nicolas Sarkozy prétendit reprendre le flambeau et tenir aux Français un « langage de vérité » sur l'argent. Non, il n'y avait pas de honte à vouloir s'enrichir, à posséder de belles maisons, à laisser un gros héritage à ses enfants et à exhiber sa Rolex. Oui, le travail méritait d'être (très) bien payé, et on avait raison d'être fier de sa réussite et de l'étaler au grand jour. Tenu à longueur de semaine par un candidat à la présidentielle, ce discours parut tellement iconoclaste que — exagérons à peine — certains pensèrent à droite que Sarkozy signait sa mort électorale, à gauche que son élection marquerait le triomphe de la ploutocratie, sinon la disparition définitive de la Sécurité sociale et de l'éducation gratuite et obligatoire. Deux ans après sa victoire électorale, il faut convenir qu'il n'en a rien été ou presque, et que la France de Sarkozy, si « américain » soit-il, apparaît aux yeux des Anglo-Saxons comme un pays toujours aussi interventionniste, dirigiste et peu enclin à s'occuper des questions d'argent[1]. Après un an de sarkozysme, et avant même que n'explose la crise financière et économique mondiale, la nouvelle présidence n'avait toujours pas commencé à s'attaquer aux déficits publics dont souffre la France depuis trente ans. Sarkozy avait même inauguré son règne en creusant le trou avec divers *golden hellos* pour les contribuables totalisant 15 milliards d'euros. Alors que l'Espagne et l'Allemagne avaient abordé la crise avec des budgets nationaux en équilibre ou en excédent — ce qui leur donnait une marge de manœuvre supplémentaire —, la France affichait toujours le même déficit supérieur à 3 %. Malgré la modestie de son plan de relance, le pays filait tout droit vers un déficit budgétaire de plus de 8 % pour l'année 2009. Et on annonçait une dette dépassant les 85 % du PIB en 2010. Où était donc passé l'ultralibéral

---

1. Voir, par exemple, l'article de la correspondante de *The Economist*, Sophie Pedder, à propos de Nicolas Sarkozy : « So French ! », *Le Monde*, 5 mai 2009.

Sarkozy qu'on accusait de vouloir sabrer dans les dépenses publiques?

Sur un point cependant, on peut reconnaître à Sarkozy de la suite dans les idées. Il a toujours soutenu qu'il était à la fois sain et normal d'afficher son argent et sa réussite, en tout cas de ne pas les cacher. Et que la réconciliation avec l'argent passait par l'étalage sans complexe de la richesse. Or, en réalité, on constate précisément que dans les pays protestants comme la Grande-Bretagne et l'Allemagne, l'acceptation par tous des inégalités sociales oblige à une certaine discrétion et à la réserve. On reprochait déjà assez au chancelier Gerhard Schröder de fréquenter les grands patrons de l'industrie mais, sauf erreur, il ne passait pas son temps à s'afficher avec eux en public, à se faire prendre en photo dans des cabarets tapageurs où l'on descend des bouteilles de Dom Pérignon et ou l'on sert le caviar à la louche. On notera que dans une société aussi marchande et capitaliste que la Grande-Bretagne, le Premier ministre loge au 10, Downing Street dans une maison discrète et austère. Tony Blair prenait ses vacances dans le Périgord ou le Massif central, évitant de s'afficher sur des yachts de luxe ou dans des palaces à 2 000 euros la nuit.

En guise de transparence et de sincérité, Nicolas Sarkozy, pour marquer la grande réconciliation des Français avec l'argent, choisit de fêter son élection au Fouquet's, un lieu marqué par la jet-set un peu vulgaire et une clientèle parfois interlope. De terribles chanteurs de variétés célébrèrent avec lui la victoire. Après quoi, en guise de « retraite dans un monastère » — c'est lui qui en avait parlé — destinée à le préparer spirituellement à ses redoutables fonctions, il monta sur le yacht de Vincent Bolloré. Sarkozy avait promis la « vérité » aux Français. On eut droit à de l'exhibitionnisme, impensable dans des sociétés protestantes et gouvernées par l'argent comme celles de l'Europe du Nord ou même des États-Unis.

La France déteste l'argent. Et quand un nouveau dirigeant entreprend de la réconcilier avec le Veau d'or, cela tourne aussitôt à l'hystérie ou à la danse de Saint-Guy. Le problème est peut-être encore plus profond qu'on ne le pensait.

III

AMBIVALENCES

13

La Méditerranée du Nord

La France possède une particularité qui, selon certains, fait d'elle un pays universel, supérieur à tous ses voisins. D'autres soutiennent qu'il s'agit là plutôt d'une malformation congénitale, responsable de la moitié des maux de son histoire.

Voici de quoi il s'agit. Tous les pays européens se situent soit au nord soit au sud, cela saute aux yeux et ne souffre pas de discussion. Milan a beau être une grande capitale du nord de l'Italie, aux antipodes de Naples et Palerme, il n'empêche que la péninsule tout entière est un pays du Sud, comme l'Espagne et le Portugal. De la même manière, les habitants de Hambourg ou de Brême considèrent les Bavarois comme des « Méridionaux » bavards et insouciants[1], mais personne ne

---

1. Dans *Les Buddenbrook*, chef-d'œuvre de jeunesse de Thomas Mann consacré à l'histoire de sa famille, des marchands prospères de la Baltique, le second mari de Tony est un Munichois nommé Permaneder : il est bavard, avec une pointe de vulgarité, un peu buveur et jouisseur, bref un insupportable méridional aux yeux de la bourgeoisie marchande de Lubeck.

discutera l'évidence : l'Allemagne est un pays du
Nord. Cette distinction entre nord et sud n'est pas
une petite affaire : c'est une frontière infranchis-
sable, une ligne de démarcation entre deux univers inconciliables que consacrent des montagnes
de clichés. Il suffit de passer l'une de ces frontières pour le constater : si vous vous réveillez ne
serait-ce qu'à Barcelone ou Turin, c'est déjà le
soleil, la gaieté, l'art de vivre, le *farniente* et les
combines les plus diverses. À Londres, Copenhague ou Francfort : le mauvais temps, les mines
renfrognées, le sérieux au travail et l'honnêteté
dans les transactions, la table rudimentaire.

  La France, qui s'étend de la Mer du Nord à la
Méditerranée, échappe à cette cruelle dichotomie.
C'est la raison pour laquelle elle déconcerte le
voyageur. Paris serait-elle une ville « du Sud » ? Il
y pleut autant qu'à Londres, Bruxelles ou Amsterdam. Elle se situe à la même latitude que
Francfort ou Cracovie : rien à voir avec Madrid
ou Rome. À l'issue de la finale hommes à Roland-
Garros en juin 2009, le perdant, un Suédois
répondant au nom de Robin Soderling, plaisan-
tait au moment de faire son petit discours de
remerciement : « Je me sens ici comme à la
maison, surtout en ce qui concerne le temps. »
Sous une pluie intermittente et par 17 ou 18
degrés, Paris n'avait rien à envier à Stockholm.
Mais le Suédois s'en étonnait. Tout comme s'étonnent généralement les touristes nord-américains,
qui préparent un séjour à Paris comme s'ils par-
taient pour Capri ou Miami. Paris est pour eux la
plus grande capitale latine et méditerranéenne, il

devrait donc y faire chaud comme en Espagne, et on devrait y trouver des palmiers. Tous les étrangers se plaignent amèrement de la pluie et de la grisaille sur les bords de la Seine, ce qu'ils ne feraient jamais sur les bords de la Tamise.

Les Anglo-Saxons, qui en diverses matières donnent le ton, au moins en Occident, ont donc définitivement tranché : les Français sont des gens du Sud, des Méditerranéens, plus exactement des petits bruns à forte pilosité. Dans le film *Sacré Graal*, de Terry Gilliam, de nobles chevaliers de la Table ronde suivis de leurs écuyers sillonnent le pays. Ils arrivent devant un château tenu par des Français et leur proposent de sortir pour les affronter en un combat loyal et singulier. Du haut des remparts, les Français apparaissent : tellement noirauds et moustachus qu'ils ont fini par adopter le casque pointu des Espagnols. Les Britanniques s'adressent à eux avec un langage chevaleresque. Ils leur répondent avec d'affreux bruits de bouche, éructent divers gros mots, leur lancent du fumier et le contenu des pots de chambre. Dans *Le Port de l'angoisse* d'Howard Hawks, d'improbables résistants français font leur apparition vers la fin de l'histoire : comme le film était d'abord destiné au public américain, on n'avait guère peaufiné les détails, et les « Français » en question étaient forcément des petits noirâtres, figurants recrutés de toute évidence dans des milieux cubains ou latinos des environs de Hollywood. Lorsqu'on les faisait vaguement parler, leur accent hispanique était à couper au couteau ! Français, Italiens ou Hispaniques : aux

214 Ces impossibles Français

yeux des Anglo-Saxons, tous des Méridionaux bruns, poilus et trapus, tous interchangeables, à ce détail près que certains sont frisés et les autres gominés. La reine Victoria, en son temps, avait réglé le problème : « Les Nègres, disait-elle, ça commence à Calais. »

On dira que les Anglo-Saxons, comme d'habitude, ne comprennent rien aux autres peuples. *We've got some news for you gentlemen !* Les Français, par la géographie et l'histoire, sont majoritairement des gens du Nord. Les Bretons avaient tout pour s'entendre avec les Irlandais ou les Gallois. Les Alsaciens étaient à l'origine de purs Allemands. Le Nord-Pas-de-Calais est plus ou moins flamand. Les Bourguignons et les Lyonnais n'ont rien de méditerranéen. Et Paris, on l'a dit, est une ville du Nord. Les trois quarts des Français n'ont *a priori* rien de commun avec les Niçois ou les Marseillais. La France est physiquement un pays à dominante septentrionale. Le pays avec lequel elle a les plus anciennes affinités n'est ni l'Italie ni l'Espagne, mais l'Allemagne. La France vénère en Clovis et Charlemagne deux de ses grands héros fondateurs : ce sont des Allemands. « La France, écrit Emmanuel Le Roy Ladurie, est le fruit de la rencontre entre le monde germanique et la civilisation romaine. » Les Français parlent une langue certes latine. Mais germanisée et orpheline de ses terminaisons latines.

Les Français seraient donc des gens du Nord, lourdauds comme les Allemands, froids comme les Britanniques ? Cette hypothèse révulse la France tout entière, qui ne veut rien avoir de commun avec ces peuplades laborieuses et tristes. Les Français, on l'a dit dès le début de ce livre, se veulent, et souvent à juste titre, spirituels, hédonistes, spécialistes universels de la beauté, des arts et des plaisirs. Ils ont entendu dire que la Méditerranée était le berceau de la culture et ont bien l'intention d'en demeurer une incarnation suprême. Et tant pis si les Italiens, qui ont quelques raisons de prétendre au titre, les trouvent raides et coincés : les Français n'ont rien à leur envier, car pour commencer François Ier ne fut-il pas le plus grand monarque de la Renaissance ?

Et de fait, malgré son climat, la France est bien un pays de culture méridionale. Paris, ville du Nord, est une capitale méditerranéenne. La Méditerranée a imposé ses mœurs et ses façons de faire aux Picards, aux Bretons et autres Nordistes. Un Niçois ou un Marseillais se trouvent plus naturellement à leur aise qu'un Lillois lorsqu'on les parachute dans la haute société parisienne, où l'atmosphère est florentine.

Songeons à la simplicité rustique des mœurs politiques en Grande-Bretagne, en Allemagne ou aux Pays-Bas. Dans le premier cas vous avez un bipartisme quasi intégral qui gouverne le pays depuis l'époque des William Pitt, Disraeli et Gladstone. On n'a jamais modifié d'un iota le scrutin uninominal britannique à un tour, dont la brutalité n'est plus à démontrer, puisqu'il élimine du partage des sièges tout parti qui ne réunit pas au moins 15 % des voix et n'accorde que des miettes

à un parti libéral qui se maintient pourtant autour
de 20 % des voix d'une élection sur l'autre. En
Allemagne, malgré un scrutin fortement teinté de
proportionnelle, l'éventail politique se résume
pour l'essentiel à deux sages coalitions, de gauche
et de droite, avec un parti dominant dans chaque
camp. Et lorsque, comme en 2005, les urnes
annoncent un match nul entre gauche et droite,
les deux partis dominants se résignent à gouverner ensemble au sein d'une « grande coalition ». Aux Pays-Bas comme dans les pays scandinaves, le consensus est tel que, malgré le scrutin à
la proportionnelle et l'éclatement relatif du paysage politique, on sent à peine la différence quand
on passe d'un gouvernement de centre droit à un
gouvernement de centre gauche. Dans ces pays, la
gauche est « réaliste » et la droite « sociale ». Aux
yeux de beaucoup de Français de ma connaissance (et parfois à mes propres yeux, soyons honnête), ces pays de consensus dégagent un ennui
incommensurable. Ce sont des pays du Nord,
désespérément raisonnables.

    Ah ! Parlez-nous plutôt de l'Italie, un pays où il
se passe toujours quelque chose ! Jusqu'en 1993,
année qui vit l'implosion du système politique en
place depuis l'après-guerre, un irréprochable
scrutin à la proportionnelle permettait à toute
organisation politique dépassant 0,5 % des voix
de prétendre au partage des sièges à la Chambre
des députés. À la télévision, les soirées électorales
donnaient lieu à de fascinants débats où d'élé-
gants journalistes politiques habillés de tweeds
fatigués dissertaient avec gourmandise de résul-

tats qui avaient pour caractéristique principale de ne changer strictement rien aux immuables problèmes du pays : les déficits abyssaux, la corruption institutionnalisée, la qualité effroyable des services publics, les incurables maladies du Mezzogiorno. On pouvait argumenter pendant des heures sur la question de savoir pourquoi la Démocratie chrétienne avait reculé de 0,7 % et le Parti communiste de 0,3. Ou l'inverse. Mais on pouvait également spéculer à l'infini sur les 3,4 % du Parti social-démocrate (qui aurait des ministres), les 2,8 % du Parti républicain (qui aurait lui aussi des ministres), et surtout les 1,2 % du Parti libéral, qui lui n'aurait pas de ministre mais tout de même cinq députés, dont leur chef, un noble barbu droit sorti de l'épopée garibaldienne. Pendant que tout ce petit monde pérorait à perte de vue et avec délices, la dette nationale continuait à exploser, le Sud à s'enfoncer dans la mer, les industriels à distribuer des pots-de-vin et toute la classe politique à les encaisser. C'était ce qu'on peut appeler un modèle de vie politique parfaitement méditerranéen : toujours amusant, plein de surprises, d'une inefficacité spectaculaire, sur fond de corruption généralisée à tous les étages. Après la gigantesque opération Mains propres des années 1992-93 qui a envoyé au rebut une bonne moitié de la classe politique en place, puis l'instauration d'un scrutin à dominante majoritaire, on croyait en avoir fini avec ces jeux politiques byzantins. En fait, les coalitions à sept ou huit partis se sont reformées en amont du premier tour. En avril 2006, le leader de gauche Romano

Prodi, réputé pourtant intègre, formait un gouvernement de 104 membres composé de trente ministres... et de 74 secrétaires d'État ! À titre de comparaison, le gouvernement d'Angela Merkel, en novembre 2005, comptait 16 ministres. Pas un de plus. Cherchez l'erreur.

À Paris, on a coutume de se gausser de l'Italie et de la faiblesse congénitale de son État. Non sans raison. Mais c'est indéniablement en Europe le pays qui ressemble le plus à la France. Ou l'inverse. Si l'on avait laissé l'Hexagone suivre le cours de ses passions latines, on aurait pu arriver à d'assez jolis résultats. Mais l'âme septentrionale de la France a enfanté sur plusieurs siècles un État qui lui sert de corset ou de garde-fou. La IVe République, avec ses diverses proportionnelles adaptées aux circonstances, son ballet de gouvernements éphémères, n'était pas loin du modèle italien, mais n'a pas eu le temps de parachever son œuvre. C'est pourquoi en France la corruption — qui étonne toujours autant les Anglo-Saxons[1] — n'a jamais été généralisée comme en Italie. Elle est restée discrète, presque dans les limites de la décence. Dans ce domaine comme dans d'autres, la France s'est toujours arrêtée au bord du gouffre. Pour faire aussi bien que de l'autre côté des Alpes, où la boîte à surprise a vu surgir un inimaginable Berlusconi, pire

---

1. « Ce qui en France étonne l'étranger, ce n'est pas tant le degré de corruption que la résignation du Français face à ce phénomène. Il tolère les magouilles des grands comme les petites libertés prises avec la loi par la France d'en bas car lui aussi en profite à l'occasion. » Ted Stanger, *op. cit*. p. 149.

que tout ce qu'on avait vu en quarante-cinq ans de règne démocrate-chrétien, il aurait fallu pour le moins que la France mette au pouvoir un homme providentiel genre Bernard Tapie, et encore c'eût été beaucoup moins farce.

La France n'en reste pas moins gouvernée selon les lois de la Méditerranée. La tendance à la division perpétuelle se maintient. Malgré l'institution dès 1958 d'un scrutin majoritaire à deux tours — que beaucoup de Français jugent d'ailleurs intolérable et antidémocratique —, le pays a finalement réussi à se doter d'un paysage politique totalement éclaté : une douzaine, une quinzaine de partis politiques ont maintenant pignon sur rue. À la présidentielle de 1995, les petits candidats qui n'avaient aucune chance de se faire élire ont obtenu 50 % des voix au premier tour. En 2007, grand sursaut du vote utile : mais on en était encore à 45 %. Inimaginable dans les pays du nord de l'Europe, si raisonnables et si ennuyeux. En 1985, le président Mitterrand a attendu de voir de quel côté soufflait le vent, à un an des législatives de 1986, pour changer le mode de scrutin. Et rétablir un scrutin à la proportionnelle qui donnerait 35 députés au Front national et priverait la droite de sa victoire. Si quelqu'un s'avisait de faire une chose pareille en Grande-Bretagne, il y aurait du sang dans les rues. Dans la France méditerranéenne, tout le monde trouva ça normal. À l'exception de Michel Rocard, qui démissionna le soir même, ce qui selon plusieurs chroniqueurs amusa François Mitterrand.

Un monde sépare la France de ses grands voisins du nord de l'Europe, et tout la rapproche de l'Italie. Mais elle n'a jamais basculé dans le modèle transalpin. Si elle baigne dans la Méditerranée, il reste toujours en elle cette âme septentrionale qui résiste à l'attraction fatale, qui refuse de se laisser engloutir. Ce qui expliquerait les relents d'autoritarisme de l'État. Les Français sont des Méditerranéens qui refusent de l'être entièrement.

Aux yeux des Anglo-Saxons et des Allemands, les Français, on l'a dit d'emblée, ne sont certainement pas des gens sérieux. Même Umberto Eco, dans une remarque un peu perfide, expliquait que « lorsque nous pensons au nord — c'est-à-dire aux gens qui comptent intellectuellement — nous pensons d'abord à l'Allemagne[1] ». Un Italien n'est pas le plus mal placé pour distinguer avec autorité les gens sérieux des frivoles. Et Umberto Eco a tranché. Avec d'autant plus de délectation que ces Méditerranéens ratés que sont les Français se prennent au sérieux. Mais faut-il vraiment le leur reprocher ? S'ils sont ainsi, c'est que manifestement, malgré leur nature profonde, ils essaient de bien faire. Cela part d'un sentiment louable, totalement étranger aux Italiens. En France on essaie de lutter contre sa nature profonde. En Italie on s'abandonne sans vergogne, et d'abord au sommet de l'État, aux délices de la *commedia dell'arte*.

1. Entretien avec l'auteur, mars 1987.

Cette double nature, pour ne pas dire la schizophrénie de la France, a toujours intrigué le voyageur attentif. Ainsi E.M. Cioran, qui, en 1941, faisait ce constat de base : « La France est une Méditerranée avec un supplément de brume[1]. » Les explications du phénomène varient, mais les descriptions sagaces ont toujours en commun de signaler cette curieuse ambivalence. Voici celle du Mexicain Carlos Fuentes publiée dans *Le Monde* du 25 août 1995 : « Pour nous, Latino-Américains, la France a toujours été le point d'équilibre entre le Sud hispanique réactionnaire de l'Inquisition et le Nord froid et matérialiste. » Brrr ! Sympa, le Fuentes !

Sur la France duelle, on a en magasin bien d'autres versions, certaines plus souriantes et aimables que celle de Carlos Fuentes. Qu'il suffise de dire que toutes ramènent au même diagnostic : la France est l'étrange point de rencontre de deux climats inconciliables, et pour cette raison elle est destinée à ne jamais connaître le repos.

1. *De la France, op. cit.*, p. 77.

14

Des anarchistes autoritaires

Les Français oscillent entre l'autoritarisme et l'anarchie molle[1] sans jamais réussir à s'arrêter à la case consensus. Ce qui leur confère un charme supplémentaire, celui de l'imprévisibilité.

En France, on cultive dans les entreprises, l'administration ou les sphères gouvernementales une obséquiosité impensable en Amérique du Nord. On n'en est plus à l'époque de *Monsieur not'bon maître*, mais les rapports hiérarchiques sont volontiers empreints de déférence et s'apparentent parfois aux mœurs de l'Ancien Régime. « Le soupçon et la défiance qui sont nés des rapports de servilité », dit Ezra Suleiman, spécialiste américain des élites françaises, « remontent très loin et permettent de comprendre la nature "non coopérative" ou contestataire des relations dans la vie politique française et même dans la vie tout court[2]. »

1. En bon français hexagonal de 2009, il faudrait dire : l'anarchie *soft*.
2. In *Schizophrénies françaises, op. cit.*, Grasset, 2008.

Le chef — de bureau, de cabinet, de rayon —, c'est le chef. On lui dit Monsieur, on s'exécute sans demander son reste et on devance ses desiderata. On donne cérémonieusement du *président* au responsable local d'un club de foot de sous-préfecture. Et du monsieur le ministre à quiconque a été six mois dans sa vie Secrétaire d'État aux Anciens Combattants. On a vu en public — entre mille exemples — un Jack Lang redevenu ministre de l'Éducation en 2000 traiter comme un paillasson un membre de son cabinet, devant une demi-douzaine de journalistes et pour un motif passablement futile. Oui, monsieur le ministre. Oui, monsieur le ministre, répétait le conseiller en s'épongeant le front. En Amérique du Nord — et sans doute dans les pays protestants européens — il y a autant de brutalité dans les rapports de pouvoir, mais davantage de familiarité. Il est vrai que Jack Lang était orfèvre en la matière : ayant toujours observé à l'égard de son maître François Mitterrand les manières d'un parfait courtisan de l'époque de Louis XIV, il ne pouvait faire moins que d'exiger la même servilité de la part de son entourage. Dans un portrait qu'elle brossait de celui qui était alors conseiller pour la culture de l'Élysée sous Sarkozy, Georges-Marc Benamou, sorte de clone aggravé de Jack Lang, mais l'endurance en moins, la journaliste Raphaëlle Bacqué notait : « À la ville, il traite les puissants comme des amis, les hauts fonctionnaires comme des sous-fifres, et le petit personnel comme des valets[1]. » Rien que de très habituel. Débarqué de son Amérique du Nord, le Huron observateur intermittent de la haute société française n'en finit pas de s'étonner de la manière dont s'affichent les rapports d'autorité, que ce soit dans les entreprises, les cabinets ministériels, les milieux intellectuels ou les médias.

Respect spontané de l'autorité, donc. Les jours pairs, chacun a le doigt sur la couture du pantalon. Et puis, un autre jour ou le mois suivant, changement de décor : tout le monde est dans la rue, c'est la grève, on brandit des pancartes vengeresses, les injures volent, les patrons sont séquestrés, les barricades se dressent sur les routes, les stations-service ne sont plus livrées et sont à sec, on prend d'assaut les centres des impôts, le purin se déverse devant les préfectures. Bureaucratie exemplaire où chacun est à son poste la casquette vissée sur le front. Ou alors champ de bataille vociférant : la guerre civile menace, on vilipende le bourgeois et des bandes sillonnent le pays en méditant ces paroles de Jean-Paul Marat imprimées en 1792 dans *L'Ami du peuple* et qui ne manquent pas d'envergure : « Quant à moi, j'éventrerais avec plaisir un noble, un riche, un homme d'État ou un homme de lettres, et je mangerais son cœur. » Le Français a deux âmes : celle du courtisan penché et celle du sans-culotte sanguinaire. Précisons tout de même pour ne pas effrayer le lecteur que, depuis un petit

1. « L'ombre des puissants », *Le Monde*, 22 novembre 2007, p. 20.

moment déjà, Dieu merci, le sans-culotte ne passe plus à l'acte. À l'occasion de la récente disparition de Maurice Grimaud, préfet de police lors du célèbre mois de mai 1968, l'ancien leader trotskiste Alain Krivine revenait sur ces événements extravagants qui, de son propre aveu, auraient tout aussi bien pu faire « des dizaines de morts » : « Notre service d'ordre, un soir, avait empêché qu'on dévalise une armurerie à la Bastille. Nous savions jusqu'où il ne fallait pas aller[1]. » Jusque vers la fin des années quatre-vingt, un fier à bras d'opérette répondant au nom de Georges Marchais venait faire de l'intimidation physique sur les plateaux de télé et de radio. Au polémiste Jean-François Revel, il avait lancé en plein « Club de la presse » d'Europe 1 : « Oh vous, Revel, tout le monde sait que vous êtes une canaille ! » À l'exception de Revel, aucun autre journaliste n'avait quitté le studio ni même protesté contre cette agression verbale. Puis Marchais fut remplacé par Le Pen dans le rôle de matamore. Mais Georges Marchais ne passait jamais à l'acte et ne frappait personne. Jean-Marie Le Pen insultait et menaçait et, à partir de l'âge de soixante ans, n'a plus tabassé presque personne, si ce n'est une candidate socialiste dans le sud de la France qui avait eu le malheur de croiser sa route.

Selon que vous débarquez à Roissy un lundi du mois d'octobre ou un autre jour, vous aurez droit à l'une ou l'autre des deux faces du même personnage. La France est une boîte à surprise. Contrai-

---

1. *Le Nouvel Observateur*, 30 juillet 2009, p. 33.

rement à la Grande-Bretagne, qui elle a le charme
de la placidité immuable.

Apparemment il s'agit d'une très ancienne exception culturelle, car dès la fin des années 1780
Sébastien-Roch, *dit* Nicolas de Chamfort, lui réglait
son compte : « L'Anglais, écrivait-il, respecte la loi
et repousse ou méprise l'autorité. Le Français, au
contraire, respecte l'autorité et méprise la loi[1]. »
  En Grande-Bretagne comme aux Pays-Bas ou
en Scandinavie, on considère volontiers la loi, à
l'instar de la démocratie, comme « le plus mauvais système à l'exception de tous les autres »,
pour paraphraser Churchill. En Grande-Bretagne,
on a cette lubie étrange de s'incliner devant le
code pénal et de prétendre le faire respecter. On
fait appel à la police ou aux tribunaux pour régler
ses différends. Longtemps, au XXᵉ siècle, on a
accordé confiance et sympathie aux *bobbies*. On
trouve normal de se plier aux lois édictées par le
Parlement ou alors, si on les trouve injustes ou
inadéquates, de les faire modifier par le même
Parlement.
  En France, les lois ont une valeur relative : elles
existent à titre indicatif. Certaines d'entre elles
disent l'idéal ou recommandent le simple bon sens
— tu ne tueras point, tu ne voleras point, etc. —,
étant bien entendu que l'idéal est inaccessible.

---

1. *Maximes et pensées, caractères et anecdotes.* Éd. Bever,
Paris, 1923. Maxime 517, ch. VIII, « De l'esclavage et de la
liberté ».

Le code pénal est rempli de lois très anciennes qui ne sont plus appliquées depuis des lustres. Y atterrissent chaque année de nouveaux textes de circonstance, dictés dans le feu de l'actualité et qui ne seront jamais mis en œuvre, faute de pertinence ou de décrets d'application. Les lois passent et vont mourir dans les profondeurs du code pénal, aussitôt recouvertes par une nouvelle couche de lois éphémères. Sous la république, une loi peut être un simple instrument de communication à l'intention de l'opinion publique. Trois jours d'émeutes en banlieue, un meurtre d'enfant, l'effondrement d'un immeuble ? Hop, on légifère. Depuis 2002, date de l'arrivée de Nicolas Sarkozy au ministère de l'Intérieur, le nombre de lois traitant de la sécurité a dépassé la demi-douzaine. « On va bientôt faire des lois sur les tondeuses à gazon, sous prétexte que quelqu'un s'est blessé en utilisant l'engin à mauvais escient », ironisait le leader parlementaire de la droite en personne, Jean-François Copé, en venant présenter son dernier livre à la télévision en mai 2009. On a adopté une loi sur les rassemblements de jeunes dans les cages d'escaliers des HLM. Une autre pour interdire le port de la cagoule dans les manifestations. Alors que les lois existantes sur le sujet sont déjà innombrables : il n'y aurait qu'à plonger sa main dans le sac pour en trouver une taillée sur mesure[1].

---

1. Sur la seule question de la récidive criminelle, on a compté cinq nouvelles lois entre 2002 et 2009, selon Robert Badinter (interview sur France Inter, 13 novembre 2009).

Cette hypertrophie législative a pour effet d'entretenir une profonde incrédulité au sein de la population, et même du personnel politique. La sagesse populaire a fini par comprendre deux vérités de base. Un : ce n'est pas parce qu'une loi est promulguée qu'elle sera appliquée et que l'illégalité sera sanctionnée. Donc on peut continuer. Deux : ce n'est pas non plus parce qu'une action paraît légale ou licite qu'elle vous met à l'abri de toutes représailles. La république, si elle dispose en quantité de lois pointues et inappliquées, a également en réserve quelques dispositions fourre-tout qui peuvent s'appliquer à volonté pour sévir contre presque toutes les catégories de déviants ou de gêneurs réels ou supposés : il y eut la notion de trouble à l'ordre public, la loi anticasseurs, et plus récemment celle réprimant l'association de malfaiteurs, chacune permettant d'accuser et de condamner qui s'est un jour trouvé dans le voisinage du crime ou du criminel.

Loin de garantir contre l'arbitraire, la loi apparaît comme l'expression de l'arbitraire. Elle ne vous protégera en rien le jour où les puissants auront décidé de vous persécuter, par exemple sous la forme d'un redressement fiscal. En revanche, si vous appartenez à une corporation qui a les moyens matériels de faire *reculer le pouvoir,* vous n'avez en général rien à redouter de la loi : elle ne sera pas appliquée. Donc pas la peine d'ouvrir votre code pénal avant de plonger dans la petite délinquance : ce n'est pas la loi qui le plus souvent déterminera votre sort, mais le rapport de forces.

Si vous êtes un obscur, vous serez condamné

illico dans le caravansérail d'une séance de flagrants délits. Ou alors vous moisirez des mois en
détention préventive sans jamais voir le juge d'instruction et guère davantage votre avocat commis
d'office.

Si vous êtes un puissant, il y a deux cas de figure.
Ou bien l'affaire demeure discrète, les connivences
entre notables fonctionnent à bon escient, les autorités judiciaires et policières s'abstiennent de tout
acharnement. Ou bien, c'est le contraire, le *piston
inversé* : des manifestations de rue réclament la
tête du ci-devant, TF1 se met de la partie, et alors
vous payez encore plus cher pour cause de notoriété ou de notabilité. Ce n'est pas la loi qui décide,
mais la rumeur populaire qui prévaut ce jour-là.
« On est quand même tenu par l'opinion publique »,
admettait récemment sans susciter la moindre
émotion un magistrat lors d'un débat télévisé où il
était question de détention préventive[1]. Quelques
manifestations de rue, la une de journaux télévisés,
une campagne de presse, et vous voilà en détention
préventive pour des mois, même si vous n'avez pas
tué et ne menacez personne.

Pendant des décennies, les partis politiques ont
vécu dans l'illégalité totale. Et confortablement.
Au travers des municipalités, des conseils généraux ou régionaux qu'ils contrôlaient, ils ponction-
naient un pourcentage sur les contrats publics,
monnayaient l'attribution des permis de construire

1. France 2, « Faites entrer l'accusé », le 27 janvier 2009.

ou l'implantation de grandes surfaces commerciales. Gauche et droite confondues, ils rackettaient la conscience en paix. Ils entretenaient aux frais de leurs administrés une foule de permanents de leur parti à qui ils avaient attribué des emplois fantaisistes. Dans les années soixante-dix, des journalistes politiques de haut vol et des politologues vous présentaient la situation de cette manière : « Les partis politiques ? Ils se financent au travers de leurs *bureaux d'études*. » Le système, connu de tous et à l'époque jamais sanctionné par la justice — sous le prétexte que les partis politiques, démocratie oblige, étaient au-dessus des lois —, n'avait rien pour encourager les larges masses à respecter la loi.

À partir de 1990, on eut droit à l'irruption des « petits juges » sur le devant de la scène et au grand déballage des « affaires ». La loi d'amnistie, votée en 1990 par l'ensemble du Parlement, était plutôt raisonnable puisqu'elle évitait une hécatombe aveugle au sein de la classe politique tout en excluant de l'amnistie les cas d'enrichissement personnel avérés. Il y eut quelques condamnations à la prison ferme — à l'encontre du maire de Nice, Jacques Médecin, du maire d'Angoulême, Jean-Michel Boucheron, ou de l'ancien ministre et « baron » de Grenoble, Alain Carignon. Et pour l'essentiel des peines de principe (sursis, inéligibilité pour un an ou deux) contre les trésoriers des partis politiques. Une énième loi sur le financement des partis accorda un généreux financement public aux principales formations politiques, et on constata que le train de vie de la classe politique restait fort confortable. Aux frais des contribuables. Rien à voir, il est vrai, avec les libéralités et les privilèges, petits et grands, dont bénéficient les élus italiens, champions incontestés en Europe pour ce qui est des salaires et des avantages marginaux en tout genre. La présidence de la République italienne ouvre la marche, car elle coûte plus cher aux contribuables que l'entretien de la monarchie aux Britanniques.

Mais les mauvaises habitudes du passé, les excès des années soixante-dix et quatre-vingt, la persistance d'un niveau de vie privilégié pour une bonne partie des élus, l'impunité dont avaient bénéficié les fraudeurs supposés, ont laissé des traces, et quelques doutes substantiels concernant le désintéressement et la parfaite honnêteté des responsables politiques en France. Et lorsque par hasard la police attrape un voleur de mobylette ou un lanceur de pavés, celui-ci ou son avocat aura beau jeu de dénoncer cette « justice à deux vitesses » impitoyable avec les petits et indulgente avec les gros. Rien de nouveau, en vérité : « Les lois sont des toiles d'araignée à travers lesquelles passent les grosses mouches et où restent les petites », écrivait Balzac, déjà, dans *La Maison Nucingen*[1].

C'était au moment de la grève des poids lourds, au printemps de 1992. Sans doute la plus longue

---

1. *Scènes de la vie parisienne*, Œuvres complètes, Bibliothèque de la Pléiade, vol. 5.

et la plus dure grève de transporteurs routiers
parmi les quatre ou cinq enregistrées entre 1984
et la première décennie du XXIe siècle. D'ailleurs le
terme de grève paraît déjà réducteur : les transporteurs routiers français, soit aujourd'hui environ 340 000 salariés et 38 000 entreprises, dont
27 000 de moins de cinq personnes, n'ont jamais
fait grève. Ils bloquaient purement et simplement
les grands axes de circulation dans le pays.

En 1992, l'objet principal du courroux était le
permis à points. Les routiers avaient décidé que
cette réforme relevait du despotisme et paralysé
autoroutes et routes nationales. Le blocage avait
duré une bonne dizaine de jours. Le gouvernement socialiste, déjà atteint par l'usure du pouvoir et quelques scandales, semblait frappé de
catatonie : la gauche n'a guère de sympathie pour
les routiers, classés à droite, mais le droit de grève
est sacré. On n'allait quand même pas envoyer
l'armée pour tirer sur les camions ! Au bout d'une
dizaine de jours, le ministre de l'Intérieur de
l'époque, Paul Quilès, prit l'initiative héroïque
d'envoyer ici et là des grues géantes pour déplacer
un à un les « gros culs ». Au rythme où ça allait,
les routes seraient aisément dégagées pour les
fêtes de fin d'année, six mois plus tard[1].

---

1. Il faut rendre ici justice à l'ingéniosité de Nicolas Sarkozy
qui, devenu ministre de l'Intérieur en 2002, fut confronté à un
nouveau mouvement des routiers, qui allèrent directement blo-
quer l'accès aux dépôts de carburant. Suivant les consignes de
Sarkozy, les policiers demandèrent simplement aux chauffeurs
de bouger leurs camions ou de leur donner leur permis de
conduire. Les barrages furent levés dans la matinée. Il suffisait
d'y penser.

Au journal télévisé, interviews de routiers étrangers bloqués aux frontières. En l'occurrence des Britanniques du côté de Calais et des Hollandais vers la frontière belge. Un camionneur anglais, petit maigre et l'air d'un dur, commentait la situation sans se départir d'un sourire goguenard, mélange d'ironie, d'agacement et de stupéfaction face à ces *crazy frogs* qui ne font jamais rien comme les autres : « Ce que j'en pense, je n'en sais rien. Seulement que je suis en train de perdre une semaine de salaire. Et que si ça se passait en Angleterre, les flics m'auraient depuis longtemps obligé à bouger. » Le fait est que, pour une histoire de permis à points, et alors que les contraventions continuaient de s'abattre sur les automobilistes parisiens garés dans des rues tranquilles où ils ne gênaient personne, des camions paralysaient l'activité du pays en toute impunité. Le conflit finit par s'épuiser tout doucement, car l'été arrivait, mais aucun de ces perturbateurs ne fut jamais poursuivi. En France, les corporations qui ont un vrai pouvoir de nuisance ont presque tous les droits.

Pour des *raisons historiques* — les Français adorent cette formule, qui met un terme à tout débat —, les agriculteurs, c'est-à-dire principalement ceux qui se réclament du plus puissant syndicat agricole, la FNSEA, sont au-dessus des lois[1].

---

1. « Les actions violentes et illégales perpétrées par des manifestants paysans pendant les deux dernières décennies

Des manifestations paysannes bloquent ponctuellement les routes : le péché, d'ailleurs véniel, est aussitôt absous. Ils brûlent un centre des impôts, saccagent les installations d'un grand distributeur : la police ne retrouve jamais les responsables, et tout le monde rentre à la maison. Un soir, par mégarde, de gros pétards égarés réduisent en cendres l'antique Parlement de Bretagne : on ne saura jamais qui a mis le feu. Un autre jour — en 1999 —, une bande de gros bras fait irruption au ministère de l'Environnement et saccage le bureau de la ministre Dominique Voynet, bête noire des syndicats agricoles : on passera l'éponge.

La France est un pays où certains groupes plus menaçants que d'autres échappent à la loi commune. Dans la première moitié de l'année 2009, à la faveur de la crise et des fermetures d'usines, on a vu réapparaître et se multiplier les séquestrations prolongées de patrons et de cadres, à qui on faisait signer sous la contrainte des promesses de reclassements ou d'indemnités plus généreuses. Pour appuyer des revendications similaires, des ouvriers menacèrent de faire exploser des usines en voie de fermeture. Aucune suite judiciaire n'est en général donnée à ces actions musclées.

Il y a parfois de légères exceptions. Le 17 juillet 2009, sept salariés de l'usine Continental (1 120 emplois) dont on avait annoncé la ferme-

ont généralement bénéficié d'une totale impu-nité », disait comme allant de soi le directeur de *Libération*, Laurent Joffrin, lors d'un débat télévisé consacré à des violences ouvrières récentes dans l'émission « Mots croisés », sur France 2, le 7 septembre 2009.

ture étaient jugés pour le saccage de la sous-préfecture de Compiègne, survenue le 21 avril à l'issue d'une manifestation. Peines requises : de trois à six mois avec sursis. « Nul ne peut être au-dessus des lois, a dit avec modération la procureure, même si on ne peut pas être indifférent à votre sort[1]. » Verdict prononcé le 1er septembre suivant : une relaxe et six peines de trois à cinq mois de prison avec sursis. Invité le 6 septembre 2009 à la télévision sur le plateau de l'émission « Mots croisés » en compagnie des porte-parole du PS et de l'UMP, Benoît Hamon et Frédéric Lefebvre, le délégué CGT Xavier Mathieu se montrait fort virulent. Et indigné de ce que les patrons de Continental n'aient pas été eux-mêmes traînés devant les tribunaux. « Est-ce selon vous l'utilisation de la violence qui vous a permis d'obtenir de meilleures conditions de règlement ? » demande l'animateur Yves Calvi. En l'occurrence une indemnité — pas négligeable — de 50 000 euros par salarié licencié. Après quelques circonlocutions et digressions, le leader syndical répond à la question : « Bien sûr que oui. Avant le saccage, on ne pouvait pas avoir le médiateur gouvernemental au téléphone. Aussitôt après, c'est lui qui téléphonait pour fixer un rendez-vous. »

Autres intouchables : les étudiants. Depuis deux décennies le scénario est parfaitement rodé. Un gouvernement — généralement de droite,

1. *Le Monde*, 19 juillet 2009, p. 11.

mais pas obligatoirement — tente pour la énième fois d'installer de la souplesse et des éléments de concurrence dans le système universitaire français. Ou alors prétend modifier le code du travail pour introduire de la flexibilité dans l'embauche des jeunes, avec éventuellement un smic au rabais. Les étudiants puis les lycéens descendent alors dans la rue, les manifestations succèdent aux manifestations. Dans les universités — dont beaucoup sont des parkings pour jeunes, gratuits mais sans débouchés —, les assemblées générales siègent sans discontinuer, les jusqu'auboutistes prennent forcément le dessus, les facultés ferment et les cours s'arrêtent. Les manifestations redoublent. Cela peut durer des semaines, parfois des mois. On n'en voit pas le bout. L'année académique est bientôt menacée. Et surtout : les pouvoirs publics ont la terreur de voir se produire un incident tragique en cours de manifestation. Et immanquablement le gouvernement retire piteusement son projet de loi. La loi Devaquet en 1986. Une loi Balladur en 1994 sur l'emploi des jeunes. En 2008 la loi sur la réforme des lycées. En 2009, une bonne partie de la loi Pécresse sur l'autonomie des universités, alors qu'une interminable grève-blocage des facultés avait compromis l'année universitaire pour beaucoup d'étudiants. À noter que pendant ce temps aucun mouvement ne venait troubler le bon fonctionnement des gandes écoles, de Sciences Po ou de Paris-Dauphine — dont on parlera dans un chapitre prochain. Le sommet fut atteint au printemps de 2006 à propos du Contrat première embauche, la

loi que Dominique de Villepin venait de faire
adopter par le Parlement. C'était une réédition de
la loi Balladur de 1994. À cette différence près que
cette fois le texte, approuvé par l'Assemblée nationale, avait déjà force de loi. Qu'à cela ne tienne.
Après deux mois de manifestations continues,
Villepin capitula en rase campagne. On trouva un
subterfuge pour entériner la disposition législative tout en la supprimant. Et les ambitions prési-
dentielles du dernier Premier ministre de Jacques
Chirac s'en trouvèrent réduites à néant.

On sait désormais en France qu'il est suicidaire
pour un gouvernement de légiférer de quelque
manière que ce soit s'il s'agit des jeunes et des
étudiants. Que la réforme soit mauvaise, bonne,
salutaire, rétrograde ou positive, peu importe :
face aux inévitables manifestations étudiantes, le
combat est perdu d'avance. Il convient donc de ne
plus rien changer, ni aux conditions d'embauche
des jeunes ni au sacro-saint principe du diplôme
national unique, de l'absence de concurrence
entre facultés, de la gratuité des cours et de l'interdiction de toute sélection. Tant pis si, en bout
de course, le fameux diplôme national ne vaut pas
grand-chose. La « rue » lycéenne et étudiante
aura toujours préséance sur la loi et l'Assemblée
nationale : « La France a cette particularité d'être
souvent gouvernée par la rue », constatait l'essayiste Gérard Chaliand dans un débat télévisé
organisé pendant les longues grèves étudiantes du
printemps 2009.

La France est donc le pays du rapport de force. Aux tenants de l'anarchie molle, du *fais ce qu'il te plaît et pas seulement au mois de mai*, répondent les tenants de la manière forte et de l'autoritarisme. La méfiance règne, et les deux camps s'encouragent mutuellement. Les premiers pensent que tous les moyens — ou presque — sont bons pour « arracher » des concessions et des avantages qu'autrement on ne leur accordera jamais. Les seconds estiment que tout recul est un aveu de faiblesse et que, sans « retour à l'ordre », le pays sombrera dans le chaos ou le déclin. En 2002, faut-il le noter, l'extrême droite (Le Pen et Bruno Mégret) avait obtenu 19 % des voix à la présidentielle.

Jusqu'au milieu ou à la fin des années soixante-dix, la France vivait — malgré ou à cause de mai 1968 — sous un autoritarisme qui étonnait beaucoup de ses voisins ainsi que les Nord-Américains. La police conservait des manières passablement rudes et arbitraires pour traiter le citoyen lambda, même le plus inoffensif. Dans beaucoup d'immeubles parisiens veillaient ces vieilles concierges françaises qui espionnaient, régentaient la vie des immeubles et parfois semblaient avoir appris le métier sous Joseph Fouché. Au bureau de poste, on vous faisait la faveur de vous remettre une lettre recommandée ou votre courrier poste restante si vous en faisiez la demande avec le respect dû à l'autorité. Aux PTT, un préposé qui découvrait sur votre ligne un répondeur « non autorisé », vous déclarait « en infraction » et menaçait de vous supprimer illico le téléphone, après quoi vous n'auriez plus qu'à refaire le parcours du combattant qui à Paris durait entre dix-huit mois et quatre ans selon les quartiers pour obtenir un nouveau numéro. L'État et ses agents vous accordaient des « faveurs » qu'ils pouvaient aussi bien vous retirer si vous n'utilisiez pas un ton convenable. Pour un rendez-vous dans l'une des nombreuses administrations, les soixante-huitards de la veille mettaient une cravate et adoptaient profil bas quand il était question de permis de conduire, de changement d'adresse à la préfecture ou de note d'électricité.

Politiquement, la France vivait depuis 1958 sous une Ve République passablement musclée. À droite un parti gaulliste qu'on avait fort justement qualifié de « bonapartiste » et à gauche un Parti communiste qui n'était pas franchement libertaire : à eux deux ils faisaient près de 50 % des voix. La télé était aux ordres, malgré un premier intermède libéral, en 1969 sous Chaban-Delmas. Elle continua à subir directement les pressions du pouvoir jusqu'au milieu des années quatre-vingt. La contraception ne fut tolérée qu'au milieu des années soixante. Jusqu'en 1974, les jeunes femmes « malchanceuses » allaient se faire avorter à Londres, à Amsterdam ou chez une faiseuse d'anges. La France, patrie des droits de l'homme comme on l'a dit et répété, fut le dernier pays d'Europe de l'Ouest à abolir la peine de mort, quinze ans après le Canada ou la Grande-Bretagne, plusieurs années après l'Espagne post-franquiste et monarchiste. Cette abolition est considérée aujourd'hui encore comme un exploit.

Au cours d'une longue interview accordée à bord du TGV Paris-Lyon en 1987, Raymond Barre, qui était tout ce qu'on voudra sauf un démagogue, m'expliqua avec les accents de la sincérité pourquoi il était partisan de la peine de mort, six ans après son abolition en France et alors que le débat était considéré comme définitivement clos dans tous les pays occidentaux, États-Unis mis à part. « Les Français ne sont pas des gens du Nord, ce sont des Latins, disait Raymond Barre, et il n'y a pas d'ordre social s'il n'y a pas la menace du châtiment suprême. » Encore une fois, la France pays ingouvernable.

On n'a pas rétabli la peine de mort. Les méthodes de la police française sont redevenues beaucoup plus civilisées, du moins dans les quartiers qui ne sont pas en crise permanente. Elles ne sont pas pires qu'ailleurs en Europe quand il s'agit de banlieues à problème, et les bavures ne sont pas plus nombreuses que dans les pays voisins. Les redoutables vieilles concierges françaises ont définitivement disparu. Avec la généralisation du téléphone portable, l'État a définitivement renoncé à contrôler les moyens de communication des citoyens. Bien que les tentations de reprise en main de l'audiovisuel soient récurrentes — Nicolas Sarkozy a même eu le culot étonnant début 2009 de rétablir la nomination en Conseil des ministres du président de France Télévisions, au nom de la « transparence[1] » —, la multiplication à l'infini des chaînes de télévision et le triomphe d'Internet rendent aujourd'hui la chose quasiment impossible. Abusant d'une disposition déjà discutable à l'effet que les interventions du président de la République ne sont pas comptabilisées dans les temps de parole du gouvernement, l'omniprésent Nicolas Sarkozy a occupé la télévision en permanence depuis son élection en 2007. Mais quand il lâche un *Casse-toi pauv'con* à un malotru au Salon de l'agriculture en février 2008, aucun ministre de la Communication, aucun conseiller de l'Élysée ne peut plus empêcher tous les grands journaux télévisés d'en faire leurs manchettes. C'est l'essentiel.

La France, *volens nolens*, a connu le rouleau compresseur inexorable de la libéralisation et de la modernisation. Certains nostalgiques d'une société à poigne finissent d'ailleurs par croire et proclament que cet abominable laisser-faire est à l'origine de la situation souvent cauchemardesque que les (jeunes) enseignants doivent affronter dans les collèges et les lycées professionnels de tous les quartiers « difficiles » : quelques châtiments corporels et le retour à la blouse du temps

---

1. Sous prétexte de mettre fin à l'hypocrisie des nominations « indépendantes » par le CSA, le président désignera lui-même le patron de la télévision. « C'est comme si, constatant que le travail salarié s'apparente à l'esclavage, on jugeait plus honnête de rétablir l'esclavage », ironisait un commentateur. Cela dit, les nominations même les plus « politiques » effectuées par la gauche ou la droite depuis un quart de siècle n'ont jamais produit la mise au pas sans doute souhaitée par le pouvoir.

jadis, une bonne pincée de latin, et l'ordre serait rétabli dans les établissements scolaires. Pour peu, bien entendu, que les mêmes enseignants cessent de véhiculer les « idées de mai 1968 », c'est-à-dire si on a bien compris l'éloge de l'anarchie et de la jouissance sans entrave. Si ce laxisme coupable du corps enseignant était réel, on suppose que le désordre devrait toucher l'ensemble du pays. Curieusement, il épargne les collèges et lycées du centre bourgeois des grandes villes ainsi que ceux des petites villes de province, où le tissu social a mieux résisté que dans les quartiers périphériques, en permanence au bord de l'explosion. Si le fameux « esprit de mai 1968 », soi-disant propagé par la majorité des profs, était à la source du marasme scolaire, les lycées Montaigne et Louis-le-Grand devraient également être en proie à l'insurrection. Ce n'est pas le cas. Le problème doit donc se situer ailleurs que dans le relâchement de la discipline dans les salles de cours. Mais les partisans de l'autorité aiment penser qu'il existe des solutions simples, pour ne pas dire expéditives, aux problèmes sociaux, alors qu'ils sont infiniment complexes et dépassent le cadre du système éducatif. Même quand l'autoritarisme a depuis longtemps rendu les armes, la tentation autoritaire subsiste. Ah! La discipline d'antan!

En comparaison des États-Unis, qui comptaient 2,3 millions de prisonniers en 2007, la France n'emprisonne pas beaucoup. La population carcérale tourne depuis des années autour de 60 000 personnes. Il y en a un peu moins sous la gauche, et un peu plus sous la droite, mais les chiffres sont à peu près stables. Si l'on appliquait à la France les ratios américains, il y aurait aujourd'hui plus de 500 000 prisonniers dans les geôles de la République. On est très loin du compte. Mais cette mansuétude n'est pas une spécificité strictement française : elle est dans la moyenne européenne.

En revanche, la France se distingue pour l'état épouvantable de ses prisons, et particulièrement des maisons d'arrêt, où les gens mis en détention préventive attendent de passer en jugement. Alors que jusqu'à ces dernières années la constitution néerlandaise interdisait de placer plus d'un détenu par cellule, les maisons d'arrêt françaises en mettent quatre, et parfois jusqu'à six. L'insalubrité, la crasse, la violence qui y règnent sont connues depuis des lustres, et régulièrement pointées du doigt ou condamnées par les défenseurs des droits de l'homme ou des organismes européens. En 2008, on a dénombré 115 suicides dans les prisons françaises, un record absolu en Occident — étrange titre de gloire « pour la patrie des droits de l'homme », ironise le journaliste italien Alberto Toscano[1]. Devenue présidente en France de l'Observatoire international des prisons, la journaliste Florence Aubenas rappelait que son pays avait été condamné à plusieurs reprises par les plus hautes autorités européennes pour les « traitements inhumains et dégradants » constatés dans

1. *Op. cit.*, p. 9.

les prisons[1]. Le 8 juillet 2009, le tribunal de Nantes condamnait l'État à verser des indemnités de 6 000 et 5 000 euros à trois anciens détenus de la maison d'arrêt de la ville en raison des conditions de détention « ne respectant pas la dignité humaine[2] ».

Mais quand on ne dispose pas d'un pouvoir de nuisance majeur, on n'obtient guère que le minimum vital. Et la population carcérale ne constitue pas franchement un groupe de pression menaçant ou susceptible de brûler une préfecture. Elle est donc servie en dernier en matière budgétaire. Si l'on avait mauvais esprit, on dirait — avec une grosse pincée d'exagération — que les conditions de détention s'apparentent davantage à celles de la Turquie qu'à celles du Danemark.

Pour ne rien arranger, la justice française a cette singulière originalité de pratiquer à tour de bras la détention préventive, qui remplit les prisons dans une proportion de 40 %. Elle a également été souvent pointée du doigt pour sa lenteur inacceptable : une affaire qui arrive en six mois devant les tribunaux britanniques ou canadiens met trois ans à être jugée en France. Dans les cas où il y a eu violence grave, les justices de tous les pays estiment normal de garder les prévenus en prison jusqu'à leur procès : à condition que celui-

1. France Inter, le 20 août 2009. On apprenait le même jour que, pour l'année 2009, on en était déjà à 92 suicides selon les associations de défense des prisonniers (81 selon le ministère de la Justice), soit 30 % d'augmentation sur l'année précédente.
2. *Le Monde*, 19 juillet 2009, p. 10.

ci se tienne dans des délais acceptables. En France, on en était arrivé à garder les gens en préventive jusqu'à trois ans. Depuis, on a réduit le délai maximum à six mois, mais avec possibilité de rallonge à la condition de requalifier l'accusation. La détention préventive, qui en principe dans le code pénal devrait être l'exception, est la règle. On l'applique systématiquement aux pauvres gens pour des affaires mineures, et on l'utilise à l'encontre de suspects contre lesquels on n'a pas de preuves matérielles, dans le but affiché de les faire craquer. Ce qui a abouti dans les dernières décennies à de monstrueuses erreurs judiciaires : des gens enfermés sans preuve pendant dix-huit mois et qu'on ressortait de leur geôle avec de plates excuses ou pas d'excuses du tout. En guise de feu d'artifice final, on eut l'épouvantable affaire d'Outreau.

La dénonciation de ce recours systématique à la détention préventive aurait pu être un cheval de bataille pour le Syndicat de la magistrature, qui regroupe les magistrats de gauche. Rien n'empêchait les juges d'instruction qui se réclamaient de cette obédience d'appliquer à la lettre le code pénal et de réserver la détention préventive à des affaires de violence grave. Au lieu de quoi, nouvelle version de l'égalité de tous devant la loi, les « petits juges », y compris ceux qui se réclamaient de la gauche, entreprirent de placer en détention ici un notable soupçonné de corruption, là un patron de PME poursuivi dans une affaire d'accident du travail. Le premier juge qui ouvrit la voie — à la fin des années soixante-dix — subit les foudres de sa hiérarchie et fut muté dans une petite localité du Nord, supposé inhospitalier, à Hazebrouck. Mais par la suite il devint courant de placer en détention de grands patrons : en 1994, un homme politique de premier plan, Alain Carignon, passa sept mois en détention avant son procès. L'ex-patron d'Elf, Loïc Le Floch-Prigent, fit ses six mois réglementaires avant d'être libéré sous caution.

En France, les juges d'instruction — souvent jeunes et inexpérimentés — ont le pouvoir suprême d'envoyer un suspect au trou pour hâter ses aveux. Sauf rarissime exception ou, par extra-ordinaire, une vague de réprobation soudaine dans les médias et l'opinion, cette incarcération ne sera jamais remise en cause par le juge des libertés — création récente — ou sa hiérarchie. Et même quand une instruction menée contre tout bon sens tourne au désastre, comme à Outreau — des vies brisées, des familles éclatées, un mort en prison —, le juge peut affirmer sans se soucier de présenter des excuses qu'il a suivi les règles de droit et qu'il a eu l'aval de tous ses supérieurs. Le scandale ayant fini par éclater au grand jour, le juge Burgaud a certes été rétrogradé à la modeste Direction de l'exécution des peines, mais a échappé à toute réelle sanction. En France, un juge peut avoir de gros problèmes lorsqu'un de « ses » condamnés, libéré après avoir purgé les deux tiers de sa peine comme cela est prévu dans les textes, récidive dans le crime. En revanche, tous les juges d'instruction de la République ont le doit de « se tromper » en envoyant machinalement des inno-

cents en détention préventive pour de longs mois :
personne dans les médias ni au sein de sa hiérarchie ne lui en tiendra vraiment rigueur. La
magistrature, dans ce pays, est une corporation
exemplaire, qui a du pouvoir, l'exerce sans complexe. Et qui fait corps. Avec cet avantage que,
contrairement aux chauffeurs routiers, quand elle
pourrit (ou détruit) la vie de tel ou tel citoyen, elle
est toujours dans la légalité et sûre de son bon
droit. Il n'est pas du tout certain que la suppression envisagée de la fonction du juge d'instruction
suffise à changer radicalement cette situation.
Pas plus que la création du poste de juge des
libertés ne l'avait fait quelques années plus tôt. La
tendance à incarcérer n'est pas inscrite dans les
textes, comme on l'a vu, mais dans les mentalités.
Et dans une solide tradition.

15

Saints et pécheurs

Les Français sont des idéalistes. Impénitents et sincères. Quand ils ne sont pas trop énervés par leur journée de travail, les heures cumulées matin et soir dans des transports en commun bondés, le bruit des nouveaux voisins de palier ou des bandes de jeunes qui se livrent à des rodéos nocturnes sous leurs fenêtres, ils imaginent le bonheur universel, la création d'un ministère de la Générosité pourvu d'un budget illimité, un spacieux logement gratuit pour tous, l'amitié entre les peuples, une Assemblée nationale élue par un scrutin à la proportionnelle qui attribuerait des sièges de députés à toute formation ayant obtenu plus de 1 % des voix — de manière que le débat politique ne s'arrête jamais et que personne ne *confisque le pouvoir*, selon l'expression sacrée. Quand ils ne s'autorisent pas une petite bouffée de racisme, d'exaspération voire de violence, ou ne s'adonnent pas à quelques magouilles qui permettent de boucler les fins de mois, les Français rêvent d'une démocratie ineffable qui ferait s'extasier le monde entier. Ils n'ont jamais totalement renoncé — du moins en songe — à édifier cette société parfaite où artistes, cheminots, chirurgiens, footballeurs, directeurs d'agences bancaires locales, repris de justice et gardiens de prison auraient des salaires interchangeables et, le soir, feraient de joyeuses farandoles dans les rues des villes et des villages.

Mais comme ce sont également des gens pratiques, ils constatent que ce modèle social tarde à venir et se résignent, en attendant le grand jour, à *se débrouiller* — frauder le fisc, laisser les bouteilles en plastique sur les plages, entrer sans payer dans les boîtes de nuit, détecter les radars de vitesse sur les routes. Comme le dit joliment le professeur Claude Got, grand pourfendeur de la délinquance routière, « le goût pour la fraude et l'incivisme est une déviance structurelle de la société française[1] ». Pourquoi se gêner lorsqu'on a affaire à un système aussi pourri ? On aura toujours le temps d'être vertueux le jour où la société le méritera. Le Français ne demande qu'à faire l'ange. Et comme il voit que ce n'est pas possible, il se résout sans état d'âme à faire la bête.

Dans *Le Confort intellectuel*[2], un récit de Marcel Aymé, il est question d'un écrivain à succès qui publie des romans de gare où évoluent d'élégantes cavalières en tenue d'amazones et aux

---

1. Débat sur la violence routière, « C dans l'air », la 5, 31 juillet 2009.
2. Publié en 1949. Réédité au Livre de poche, 2002.

interminables jambes effilées. Dans la vraie vie, nous signale l'auteur, le romancier n'aimait que les femmes trapues et bien en chair, à la pilosité abondante.

Les Français sont un peu comme ça dans le domaine politique. Ils vénèrent les héros immaculés, sans peur et sans reproche, les mettent sur un piédestal et au premier rang des sondages de popularité, là où ils écrasent les vrais professionnels et les vieux routiers de la politique. Et puis, le moment venu, les mêmes Français portent au pouvoir l'un de ces vieux requins de la vie publique, de préférence le plus retors, démagogique et cynique. En simplifiant à peine, il y a cinquante ans comme aujourd'hui, on dirait que les Français vouent un culte sans faille à Pierre Mendès France et installent Guy Mollet à l'hôtel Matignon. Ou, pour rajeunir quelque peu notre exemple, ils idolâtrent l'abbé Pierre et sont prêts à voter pour Bernard Tapie. Avec l'abbé Pierre ils sacrifient au principe de plaisir (moral). Avec Bernard Tapie, ils s'inclinent devant le principe de réalité (amoral). D'un côté ils souhaiteraient presque tous avoir les qualités humanistes de l'abbé Pierre, de l'autre ils se résignent à se mettre les mains dans le cambouis avec le pragmatique et débrouillard Bernard Tapie. Si l'on jugeait les peuples sur leurs intentions, les Français remporteraient le premier prix de vertu dans le concert des nations. Mais comme ils doutent que ces bonnes intentions se réalisent jamais et que la morale triomphe en ce bas monde, les mêmes confient leur sort à des chefs qui, eux, n'ont rien de naïf ou de vertueux, mais savent comment y faire.

Pendant un nombre incalculable d'années, l'abbé Pierre a donc occupé la première place dans le palmarès mensuel des personnalités préférées des Français publié par le *Journal du Dimanche*. Les dieux du stade, les stars de cinéma, les prix Nobel de médecine et même les vedettes les plus familières de la télévision passaient et disparaissaient, l'abbé Pierre demeurait en première position, hiver comme été, jusqu'à ce qu'il demande à être retiré de la liste en 2004. En fin de parcours il avait été rejoint en tête du peloton par une autre figure du même type, sœur Emmanuelle. Lui-même avait succédé à l'inamovible commandant Jacques-Yves Cousteau, en qui les Français voyaient déjà l'incarnation suprême de la pureté inaccessible. Plus on jette des papiers gras en bord d'autoroute, plus on vénère le défenseur mono-obsessionnel de la virginité des océans.

En ce qui concerne le commandant Cousteau, au vu de son sens des affaires peu commun, on nous permettra de réserver notre jugement. Mais, pour ce qui est des deux autres saints patrons de la France moderne, admettons qu'ils sont irréprochables : désintéressés, vivant dans la pauvreté et voués à la défense des pauvres. Ils incarnent le contraire de ce que sont les Français, d'où la fascination qu'ils exercent. Dans ce pays porté aux interminables discussions byzantines, ils ont répété tout au long de leur carrière médiatique un message d'une simplicité indépassable : la pauvreté est un scandale, donnons aux pauvres ! Un discours limpide que chacun pouvait comprendre aisément et que peu de gens pouvaient contester. L'abbé Pierre et sœur Emmanuelle appuyaient ce propos d'une indéniable liberté de ton et de comportement : sœur Emmanuelle tutoyait avec aplomb personnalités publiques et vedettes de la télévision, l'abbé Pierre avait soutenu la candidature de Coluche à la présidentielle et frayait avec Bernard Kouchner. Plus curieux : en 1984, il avait fait une grève de la faim pour dénoncer les conditions de détention des Brigades rouges en Italie, ou plus exactement d'un ami à lui, abusivement accusé de terrorisme. Ce que les Français durent mettre, on suppose, au crédit d'un anticonformisme qui les réjouit toujours. Lorsque, en 1996, il poussa l'originalité jusqu'à soutenir le négationniste Roger Garaudy, au nom d'une vieille amitié mais en termes ambigus, il rétrograda en seconde position dans le palmarès du *JDD*, mais cela ne dura pas.

Cousteau, l'abbé Pierre, sœur Emmanuelle : de pures icônes, qui ressemblent à des idoles muettes à force de répéter sans fin le même message stéréotypé. Dans ce pays où l'on aime tant parler pour ne rien dire ou presque, et entretenir des querelles philosophiques sans fin à propos des sujets les plus divers, on place au sommet du podium les champions de la bonté sans prise de tête. Qui ne se prennent pas pour des intellectuels.

Depuis la disparition de ces trois figures tuté-
laires, le palmarès du *JDD*, par force, a évolué. Il
faut le prendre avec précaution puisque, selon
une méthode pas tout à fait transparente, les
sondeurs soumettent à leur échantillon de sondés
une liste préétablie, et que certains noms pourtant célèbres n'en font pas partie. On sait qu'en
2003, las d'être présenté en permanence comme
le bon apôtre du show-biz, le chanteur Jean-Jacques Goldman, qu'on retrouvait immanquablement aux cinq ou dix premiers rangs, avait
demandé de voir son nom retiré. La marge d'erreur n'est donc pas précisée avec une parfaite
clarté.

La tendance est cependant invariable. Les
Français continuent, mois après mois, à porter
aux nues ce qu'ils ne sont pas mais souhaiteraient
être. On les accuse souvent d'être racistes — ce
qu'ils sont parfois, mais moins qu'on ne le dit, et
en tout cas plutôt moins que la plupart de leurs
voisins européens. Ils s'empressent de proclamer
le contraire. Dans le palmarès de décembre 2008,
c'est le Franco-Camerounais Yannick Noah qui
occupe la première place. Héros absolu de la
comédie grand public, nouveau chantre de la
réconciliation sociale et des bons sentiments,
Dany Boon, moitié kabyle et moitié ch'ti, est en
seconde position. Le taciturne Franco-Algérien
Zinedine Zidane, dont la gloire sportive commence pourtant à être lointaine, arrive en troisième. Sans doute à cause de son éviction tragique du journal de TF1, qui se conclut en direct
au 20 heures sur des accents sobrement shakes-

peariens, Patrick Poivre d'Arvor est au cinquième rang. En fin de vie, Charles Aznavour, figure ancienne mais idéale de l'intégration réussie, est sixième. La comédienne la mieux notée n'est ni Catherine Deneuve ni Isabelle Adjani, mais Mimi Mathy, la populaire héroïne « de petite taille » d'une série télévisée (8ᵉ).

Les Français ne plébiscitent donc ni les prophètes inspirés, ni les guides suprêmes annonçant des lendemains qui chantent, ni même les géants de l'art ou de la littérature qui expliquent le monde, encore moins, bien entendu, les grands entrepreneurs. Ils votent pour les braves gars, ceux qui ont le cœur sur la main. Pour les chantres de la bonté. Pour ceux qui, partis de rien, sont arrivés à s'en sortir : Jamel Debbouze en neuvième position. Pas de héros bruyants et controversés : on préfère les modestes, les discrets, à l'image de Francis Cabrel (13ᵉ). On aime également les vieux de la vieille, ceux qui rassurent par leur persévérance, comme Michel Sardou (10ᵉ), Jean-Paul Belmondo (15ᵉ) et, bien entendu, Michel Drucker (14ᵉ). On aime les héros inoffensifs. Ou charitables

Ne serait-ce qu'en raison de leur notoriété, les personnalités politiques devraient apparaître quelque part au tableau d'honneur. Ils sont presque absents, ou abonnés aux dernières places. En décembre 2008, Nicolas Sarkozy pointait en 43ᵉ position et Ségolène Royal en 47ᵉ. Elle était d'ailleurs battue d'une courte tête par le révolutionnaire trotskiste Olivier Besancenot (46ᵉ) — mais celui-ci est-il la rassurante réincarnation de

Tintin ou un homme politique? La question se pose.

Les pros de la politique, ceux qui s'offrent pour défendre la Cité, la refonder ou la nettoyer, ne gagnent pas les concours de sympathie. On ne leur fait pas confiance, ou ils ennuient. Dans une certaine mesure, rien que de très banal : un peu partout en Occident, les vedettes des feuilletons, les chanteurs et les animateurs télé écrasent tout sur leur passage. Il faut donc réserver aux personnalités politiques des sondages à part. Car autrement la plupart d'entre eux n'apparaîtraient même pas dans le Top 100.

Mais les Français ont trouvé la parade. Ils accordent leurs suffrages à des personnalités dont on peut raisonnablement croire qu'elles n'ont aucune chance d'arriver au pouvoir, ou d'y revenir.

En juillet 2009 — sondage IFOP pour *Paris Match* — le champion de la popularité politique, indétrônable depuis plusieurs mois, était un certain Jacques Chirac. Président, il avait passé pratiquement les douze années de ses deux mandats dans des abîmes d'impopularité. À tel point qu'il s'était trouvé dans l'incapacité de simplement songer à une nouvelle candidature à la présidence en 2007. Mais c'est désormais de l'histoire ancienne. Âgé de soixante-dix-sept ans — à l'été de 2009 —, Jacques Chirac ne risque plus de revenir à l'Élysée. Les Français pourraient lui tenir rigueur d'un exercice du pouvoir pas très glorieux sur le plan de l'économie ou des réformes. Ou alors le considérer à jamais disqualifié par les dossiers toujours en cours dans des affaires de corruption et de financement illégal. Mais ses concitoyens, qui ne sont pas eux-mêmes toujours irréprochables côté magouille, ne lui en tiennent pas rigueur. Ce qui compte avant tout, c'est que, devenu un vieux sage de la république, il ne menace en aucune manière de revenir au pouvoir.

Dans le même sondage, Dominique Strauss-Kahn décrochait une étonnante première place ex aequo avec ledit Chirac. Brillant économiste et communicateur, ambitieux mais dilettante, séducteur mais un peu trop coureur, DSK n'a pas vraiment le profil du dirigeant populaire. Mais voilà : il a été propulsé à Washington à la tête du FMI. Non seulement cette désignation flatte l'orgueil national, mais encore — éventuellement à tort, on verra — elle donne à penser que le candidat à la candidature socialiste de 2007 est définitivement hors course pour 2012. Ce qui le rend d'autant plus sympathique. On peut lui chanter la rengaine bien connue *Je t'aime encore plus quand tu n'es pas là*. Et ce ne sont pas ses fredaines avec une jeune économiste hongroise qui empêcheront les Français de le hisser sur le grand pavois pour un tour d'honneur. Il sera toujours temps de le renvoyer aux oubliettes le jour où il manifestera l'intention réelle de briguer la direction des affaires.

Dans les sondages de popularité concernant la politique, les Français privilégient donc les personnalités qui ne menacent pas de les gouverner. Ils adorent avec démesure une certaine Rama

Yade, trente-deux ans en 2009, et qui a à peine plus de chances de faire une carrière politique nationale majeure que son prédécesseur aux Sports, Bernard Laporte. Bien sûr, elle est une fort jolie femme, elle fait preuve à son jeune âge d'un bel aplomb dans ce monde politique impitoyable et brutal, et elle n'est pas dénuée d'intelligence. Mais qu'est-elle sinon un gadget médiatique, à l'image même de cet éphémère secrétariat d'État aux Droits de l'homme où on lui concédait le droit d'avoir une petite audace bien calibrée une fois tous les trois mois, et toujours à l'encontre de pays dictatoriaux sans importance stratégique majeure ? Elle est femme, elle est jeune, elle est noire, ce qui suffit largement aux Français pour en faire une icône : « Heureusement qu'elle n'est pas lesbienne et handicapée, elle serait Premier ministre ! » aurait ironisé Roselyne Bachelot selon une méchante langue après la formation du gouvernement en mai 2007[1].

Les femmes, réputées victimes de la misogynie ambiante et donc n'ayant aucune chance d'accéder au vrai pouvoir, ont volontiers la faveur des Français. Si l'on met de côté le retraité Chirac dans ce sondage de juillet 2009, on trouve cinq femmes dans les dix premières places. Ce qui est nettement plus — c'est une litote — que leur poids au gouvernement ou à l'Assemblée nationale. Le côté inoffensif des femmes politiques leur assure une popularité éternelle. Même Michèle Alliot-

1. « L'insolente Rama Yade », *Le Point*, 16 juillet 2009, p. 24.

Marie, malgré son côté mère supérieure de Port-Royal, profite de ce préjugé favorable (10e). Guère plus farceuse que MAM, Martine Aubry, devenue d'extrême justesse en novembre 2008 la patronne du PS, ou plutôt de la coalition anti-Ségolène au sein du Parti socialiste, se débattait dans un tel marasme huit mois plus tard et subissait tant d'avanies qu'elle en était alors devenue populaire (11e position) : en voilà une qui ne nous fera pas de mal ! se disaient les Français. Et pour compléter le tableau des Inoffensives, ils plaçaient la quasi-retraitée Arlette Laguiller en huitième position. Et la sympathique mais bien marginale secrétaire d'État à la Ville Fadela Amara en 9e.

Il n'y a pas que des femmes dans ce tableau. Mais les hommes politiques plébiscités — dans les sondages — ont, on l'a dit, ceci en commun avec elles : ils ne sont pas ou plus des candidats sérieux au pouvoir. Soit qu'on ne les prenne absolument pas au sérieux, soit qu'ils aient un jour dégringolé de leur piédestal sans espoir d'y remonter. Les uns divertissent, d'autres inspirent la pitié à cause de leur infortune : du coup ils deviennent *sympas*. Ce qui ne veut pas dire que le jour venu, dans l'isoloir, on voterait pour eux. Ne pas confondre bons sentiments et *realpolitik* : le Français est idéaliste, il n'est pas naïf. Les sondages mensuels sur les politiques ont l'avantage de désigner ceux qui ne seront jamais élus au plus haut niveau : ce sont les plus populaires *dans le journal*.

En ce mois de juillet 2009, outre Dominique Strauss-Kahn et Jacques Chirac, les lauréats provisoires du concours étaient des personnalités qui ont en commun de n'avoir pas les mains sales car ils n'ont pas ou plus de mains.

Le ministre d'État à l'écologie, Jean-Louis Borloo, n'a jamais été aussi populaire dans l'opinion que depuis qu'il a disparu de la liste des éventuels prétendants aux plus hautes fonctions. Submergé par l'activité vibrionnante de Nicolas Sarkozy, ce Jean-Louis Borloo, jusque-là si séduisant et efficace dans les médias, est-il encore en vie, ou n'est-ce pas plutôt un mannequin ou un sosie qu'on ressort du placard pour poser ici et là face aux caméras sur les lieux d'une catastrophe à côté du président ? Il y a quelques années, Borloo avait tellement la cote dans l'opinion que certains l'imaginaient candidat à la présidence. Aujourd'hui, il ne dérange plus personne : le voilà donc en 7ᵉ position.

Alain Juppé fut — à égalité avec Laurent Fabius à gauche — l'un des hommes les plus impopulaires en France. Par la suite, lui est tombée sur la tête cette énorme tuile des malversations à la mairie de Paris à l'époque où il était adjoint aux finances, puis sa condamnation définitive à un an d'inéligibilité. Lui qui était le chef officiel du parti dominant à droite, le dauphin désigné de Jacques Chirac, soudain n'était plus rien. À tel point qu'il se retrouva prof d'université invité à Montréal, ce qui est toujours mauvais signe. De surcroît, Juppé avait la réputation d'être hautain, ce qui n'est jamais bien vu non plus en république. Après son exil canadien, il revint en France se faire réélire à la mairie de Bordeaux mais, poursuivi par la malédiction, fut battu de justesse aux législatives de juin 2007, ce qui le força à renoncer à son poste de numéro deux du gouvernement. Au début de la soixantaine, face à un Sarkozy jeune et triomphant, Alain Juppé était un homme tellement lessivé — sorte de vieux boxeur qui en serait réduit à faire des combats dans des salles de quartier — qu'il en est redevenu sympathique aux yeux de ses concitoyens : un 14e rang dans le sondage de juillet 2009. Autre ancien puissant de la république, aujourd'hui revenant pathétique inspirant de ce fait la compassion générale : Dominique de Villepin. Vers la fin pitoyable de son mandat de Premier ministre, il était tellement bas dans les sondages qu'on se demandait s'il n'allait pas sombrer dans le néant, disparaître des registres de l'état civil sans laisser d'adresse. Tel Mickey Rourke dans *The Wrestler*, il a eu tellement de malheurs, de plaies et de bosses — y compris son implication dans la fâcheuse affaire Clearstream, pour laquelle on attendait un verdict début 2010 — que les Français ont recommencé à le trouver séduisant : 13e rang, rien de moins, à l'été 2009.

Dans un autre genre, qui étonne toujours l'observateur, Bernard Kouchner et Jack Lang se maintiennent aux tout premiers rangs, mois après mois, depuis un nombre d'années incalculable. Ils n'ont pourtant pas *a priori* des gueules de perdants[1]. Ce sont des battants. Les télés se les arrachent — du moins quand elles se croient obligées d'inviter des hommes politiques. Bernard Kou-

---

1. De *losers*, en français *up to date*.

chner a eu beau abuser du coltinage des sacs de riz somaliens un peu trop mis en scène devant les caméras, sa popularité n'a jamais faibli. Même lorsqu'il fut révélé — par le journaliste Pierre Péan — qu'il avait accepté de juteux contrats de consultant pour des clients africains peu recommandables — ou Total en Birmanie —, il est resté dans le cœur des Français ce joyeux mousquetaire des droits de l'homme qui plaît aux femmes par son panache et amuse la galerie de ses bons mots. On le retrouvait au 4e rang.

Plus étonnante encore : l'éternelle popularité de Jack Lang. Il aura été pour l'essentiel un inamovible ministre de la Culture, un abonné frénétique des émissions de télévision où il est bon de se montrer, jadis un courtisan un peu ridicule de son président Mitterrand, et depuis toujours un indestructible Rastignac prompt à offrir ses services aux puissants du jour. Il est resté à plus de soixante-cinq ans l'idole des Français de tous âges et de toutes conditions. Une incarnation du brillant jeune homme qui aurait passé un pacte avec le diable et ne vieillit jamais. Le « microcosme » a beau se moquer de lui, en juillet 2009, il était 6e.

Ceci expliquant peut-être cela : les deux jeunes premiers perpétuels de la vie publique ont en commun de n'avoir jamais réussi à transformer sur le terrain politique cette adulation médiatique dont ils sont l'objet. Quand il s'est présenté à de vraies élections (législatives), Kouchner a été sèchement battu. Au Parti socialiste, il n'a jamais réussi à faire sa place. Il n'aura finalement réussi, à soixante-six ans, qu'à négocier en 2007 son ralliement au camp adverse en échange d'un poste ministériel prestigieux où, de toute évidence, il ne décide de rien d'essentiel.

Jack Lang pouvait se présenter devant ses camarades comme le socialiste le plus charismatique du pays et l'idole des jeunes, il n'a jamais réussi non plus à transformer l'essai. Dans la perspective des municipales de 2001, toujours snobé par le Premier ministre Jospin qui ne veut pas de ce cheval de retour au gouvernement, il décide de laisser la direction effective de la ville de Blois à son premier adjoint et de se présenter à l'investiture socialiste à la mairie de Paris. Bertrand Delanoë n'est pas alors un adversaire bien dangereux, et Jack Lang aurait dû rafler la mise. Il n'en est rien. Les pronostics sont tellement incertains qu'à quelques semaines de l'échéance il préfère jeter l'éponge et accepter le poste de ministre de l'Éducation que lui offre Jospin. Dans la foulée, il se représente à Blois et réussit à perdre la mairie. Pour la présidentielle de 2007, qui s'annonce tout à fait ouverte au PS, il jure que cette fois il ira jusqu'au bout : avant même le dépôt officiel des candidatures, il se retire de la course. Et sans combattre apporte son soutien à Ségolène Royal, donnée gagnante dans les sondages. Kouchner et Lang : deux comètes qui se désintègrent lorsqu'elles entrent en contact avec la réalité. Les Français en ont fait des héros de la politique, mais à condition qu'ils ne fassent pas vraiment de politique. Autre version : ils séduisent *parce que*, malgré leur image de battants, ce sont de vrais *losers*.

L'histoire politique des dernières décennies est jalonnée d'épisodes de ce genre. Régulièrement, les foules connaissent un fol engouement pour de nouveaux saints républicains. Car il faut être un saint en ce pays pour se présenter aux élections en négligeant de dérouler devant les électeurs un catalogue de promesses mirifiques et intenables. Et le jour venu, le pays leur préfère des pécheurs habiles à la manœuvre et prompts à la démagogie.

La gauche a eu avec Pierre Mendès France un héros sans tache, qui avait cette vertu redoutable de ne rien promettre sinon, à la Churchill, « du sang et des larmes ». Mis à part un passage de sept mois aux affaires comme chef de gouvernement en 1954, Mendès France n'a connu que des déboires sur le plan électoral et dans la lutte pour le pouvoir. On le vénérait comme une conscience de la nation. La classe politique lui a préféré un pur politicien prompt à trahir ses promesses comme Guy Mollet en 1956, puis François Mitterrand par la suite. Et quand, sur un étrange coup de tête, il se présente à la présidentielle de 1969 sur le « ticket » de Gaston Defferre, c'est la bérézina : 5 % des voix ! Bien sûr, l'attelage avec un vieux requin comme Defferre avait une allure bizarre. Mais PMF était une icône de la politique : de celles qui ne peuvent garder leur statut qu'à la condition de ne pas se présenter aux élections.

Par la suite, il y eut Michel Rocard, immensément populaire, à la fois estimé de ses pairs et aimé de ses concitoyens. Au moment crucial, après le milieu des années quatre-vingt, Mitterrand eut sa peau et l'emporta. Mitterrand, le plus habile, le plus florentin de tous les hommes politiques de son époque. Celui qui n'ouvrit ses bras au Parti communiste que pour l'étouffer. Qui promit tout ce qu'on souhaitait pour arriver au pouvoir en 1981, car, après avoir vidé les caisses de l'État, on aurait toujours le temps de virer à cent quatre-vingts degrés une fois en place, et tant pis pour les déficits publics. Qui fit de nouvelles promesses rassurantes en 1988 et fut triomphalement réélu. Même si on peut le créditer de quelques convictions — l'Europe ou le mépris de l'économie —, Mitterrand n'était pas un enfant de chœur, et avait surtout la passion et le génie du pouvoir. Il n'avait jamais gagné les concours de popularité, mais les Français le croyaient assez cynique pour faire un bon président.

À la fin de 1994, un Parti socialiste en déroute supplia Jacques Delors de se présenter à la présidentielle de mai 1995. Le président sortant de la Commission européenne était au sommet de sa gloire. Il avait aux yeux des Français le prestige de l'homme intègre qui avait toujours gouverné avec sérieux et responsabilité. Miraculeusement, les sondages le donnaient à égalité avec le favori de la droite, Édouard Balladur. Avec de bonnes chances de l'emporter. N'importe qui à sa place aurait accepté cette candidature servie sur un plateau d'argent. Delors décida de ne pas y aller. Peut-être avait-il raison : après tout, ce dirigeant de premier plan n'avait jamais affronté le suffrage universel. Et la dévotion dont il était entouré tenait peut-être justement à cette particularité : il n'avait jamais vraiment *fait de politique*. L'icône se serait-elle fracassée sur le champ de bataille électoral ? Dans les années quatre-vingt, une figure aussi respectable et populaire que Simone Veil avait eu le malheur de tâter du suffrage universel en menant la liste centriste aux élections européennes. Elle dépassa de peine et de misère les 8 % résiduels du centrisme.

À deux reprises on vit se dérouler le même scénario grandeur nature à droite. En 1987, Raymond Barre battait des records de popularité. Parce qu'il ne promettait rien, qu'il prétendait dire toutes les vérités, même désagréables. Un conservateur, certes, mais un homme d'État et pas un démagogue. Jacques Chirac entra dans la partie pour la présidentielle de 1988 avec passablement d'argent, des méthodes musclées, et un tombereau de promesses. Barre fut nettement distancé au premier tour. Même histoire en 1995. Balladur était peut-être hautain et un peu trop Ancien Régime. Mais lui non plus ne promettait rien. Cette fois Jacques Chirac remplit la barque à promesses à tel point qu'on risqua le naufrage, et fut près de doubler Jospin sur sa gauche. Les promesses sur la fracture sociale, auxquelles les électeurs n'avaient peut-être pas vraiment cru, allaient quand même coûter quelques dizaines de milliards à l'État à l'automne de 1995 et provoquer les grèves du mois de décembre suivant. Mais Chirac avait éliminé Balladur et était entré à l'Élysée. C'était l'essentiel.

Même dans un domaine aussi impur que la politique, on commence par vénérer les héros immaculés et vertueux. Entre deux élections majeures. Et, prudemment, le jour venu, on préfère confier son sort à de vrais professionnels. Les Français ont adoré Poulidor, mais c'est Anquetil qui gagnait et ils le savent.

Le rêve passe. Il faut bien se faire une raison.

16

Privilèges pour tous !

« Comment expliquer cette passion des Français pour l'égalité ? »

C'est comme un cri du cœur, poussé en plein seizième arrondissement de Paris, face à la Seine. Au micro, l'animatrice d'une émission de radio a l'air sincèrement étonnée par cette bizarrerie nationale : la république n'a-t-elle pas déjà réalisé une société qu'envient — ou devraient envier — tous les autres pays européens ? Ne fait-elle pas tous les jours la démonstration de son souci de l'égalité réelle et concrète entre tous les citoyens ? Et voilà qu'en plus, à longueur de semaines, des formations politiques, des syndicats, des groupes de pression, en redemandent : encore, toujours plus d'égalité ! La France a déjà la démocratie la plus admirable au monde — au regard de la Grande-Bretagne, pays du chacun pour soi et de l'égoïsme libéral, de l'Allemagne au consensus pesant, de l'Italie corrompue et mafieuse —, mais cela ne suffit toujours pas. À force de chercher la perfection en ce bas monde, les citoyens finiront par exiger la construction de cités HLM dans le sixième arrondissement de Paris! Et à Neuilly bien sûr. L'idéalisme et la générosité des Français n'ont pas de limite.

Cela se passait en juin 2008 dans un studio de France Culture, autrement dit l'organe officiel de la caste des lettrés de la république. Ou de la haute intelligentsia parisienne, comme on voudra. La plupart des pays développés ont une chaîne de radio culturelle de ce genre, généralement publique. Ce qui est exceptionnel, c'est l'élitisme mandarinal sans faille qui règne à France Culture. Ailleurs, il arrive qu'on cultive un certain souci de la pédagogie, qu'on essaie d'amener à la culture un public plus large : en mettant la pédanterie en sourdine, en abordant des sujets d'actualité, et même en traitant parfois de phénomènes littéraires ou culturels moins élitistes. Nulle préoccupation de ce genre à France Culture. Ici, l'essentiel consiste à faire savoir qu'on appartient au cercle magique des détenteurs du savoir. On y pratique un humour pour initiés, le langage codé, et les débats sont forcément compassés. La chaîne culturelle pourrait sans déchoir diffuser une émission de débat entre critiques comme celle de France Inter « Le Masque et la Plume », élitiste et partiale, mais également instructive et amusante. Il semble que cela serait bien trop accessible pour France Cu (comme disent les aficionados pour faire étalage de leur désinvolture) où communient d'un côté les mandarins officiels, qui maîtrisent le langage sacré, et de l'autre tous ceux qui rêvent de l'apprendre ou sont encore dans leur phase d'apprentissage. Bien que majoritairement fort à gauche et hostile à l'argent, ce cénacle ne paraît pas pour autant fondé sur l'égalitarisme prolétarien. On peut être très à gauche et ne pas vivre en banlieue ou selon les canons de mère Teresa.

L'interpellation de l'animatrice au sujet de cette étonnante « passion de l'égalité » dans l'Hexagone était d'autant plus étonnante que l'émission était consacrée à l'institution la plus étonnamment monarchique du pays, l'Académie française, haut lieu de l'art officiel et d'un protocole Ancien Régime voisin de celui du Vatican, malgré quelques évolutions récentes.

L'auteur de ces lignes, qui avait l'honneur d'avoir été invité pour avoir un jour écrit un livre sur les Immortels du Quai Conti, a donc sursauté à ces mots de l'animatrice et n'a pu contenir à son tour un cri du cœur : « Les Français n'ont pas la passion mais l'obsession de l'égalité parce que c'est un pays particulièrement inégalitaire, un pays de castes. » Il n'est pas certain que j'aie convaincu tous les auditeurs.

Il existe en France un éternel psychodrame national, qui retombe parfois en hibernation mais ne demande qu'à se réveiller pour mettre le pays en transe. Il s'agit de la guerre scolaire, vieille de plus d'un siècle, où deux armées de dimension comparable campent derrière une ligne d'armistice aussi fortifiée que celle séparant encore aujourd'hui la Corée du Nord et la Corée du Sud. Qu'un bataillon de francs-tireurs s'avise un soir de soûlerie de faire irruption en territoire ennemi, et les hostilités reprennent sur le modèle de la guerre de 14-18. Puis, de part et d'autre du front, quelques esprits sensés s'avisent de ce que l'équilibre des forces en présence interdit tout espoir de victoire. Et on en revient aux termes de l'armistice.

En 1984, dans un moment d'égarement, la gauche au pouvoir sous Mitterrand avait cru pouvoir régler son compte aux « calotins » après avoir rongé son frein depuis le début du siècle. L'heure de la lutte finale avait sonné. Pour la défense de l'école « libre », un million de parents d'élèves, curés, bonnes sœurs et autres évêques descendirent dans la rue et foulèrent le pavé de Versailles, sans se soucier des ricanements. Le projet de loi assassin des tenants de la Gueuse fut retiré sur un ordre de repli de Mitterrand, d'ailleurs lui-même pur produit de l'école des bons pères. Nouveau retour à la paix armée.

Décembre 1993, nouveau coup de folie, mais dans le camp adverse. Peut-être parce que les sondages étaient trop bons pour Édouard Balladur, qu'on pensait profiter de la trêve des confiseurs, et que la gauche paraissait complètement à la dérive, un ministre de l'Éducation d'apparence aussi inoffensive que François Bayrou prétendit enfoncer les lignes ennemies et ainsi offrir un beau trophée à la fraction traditionaliste de ses troupes. Il y eut derechef un million de manifestants. Mais cette fois entre Bastille et Nation : la moitié de l'Éducation nationale, les francs-maçons en tenue et une partie de Saint-Germain-des-Prés. De nouveau le vaisseau gouvernemental se trouva près de sombrer. Édouard Balladur, aussi bien avisé que Mitterrand neuf ans plus tôt, retira le projet de loi infâme. Et de part et d'autre de la ligne de démarcation, les armées en présence recommencèrent à bivouaquer en ressassant les vieilles haines et les récits d'horreurs. La figure historique du comte de Falloux, ministre de l'Éducation nationale de Napoléon III, redevint familière.

Dans la plupart des pays occidentaux, sinon dans tous, y compris les démocraties les plus consensuelles, il existe, au niveau de l'école primaire, du collège et du lycée, un secteur privé de l'enseignement. Ce n'est pas une situation idéale, et cela encourage en partie les inégalités, mais cela constitue le plus souvent une manière de réguler le système d'enseignement. Si le fiston, à onze ans, est un abominable trublion qui a de gros problèmes scolaires, une famille, même aux revenus modestes, s'arrangera pour le placer dans un établissement privé, fût-ce temporairement. Cela se pratique depuis la nuit des temps à Paris, New York, Montréal ou Londres. Le collège privé, dans certains cas, sera un établissement hors de prix pour enfants de la haute société. Mais il y en a de moins chers. Le plus souvent c'est donc une banale soupape de sécurité utile à l'ensemble du système. Les fonds publics assurent la plus grande partie du budget de ces établissements — en échange d'une mise en conformité des programmes avec ceux de l'école publique —, et les familles paient le reste. Cela fait partie de ces petits arrangements avec la démocratie qui ne sont pas bien méchants.

Mais en France il s'agirait, selon les militants du camp laïc, de la source majeure des inégalités survivant en république. Supprimez l'école « des curés », et l'avenir radieux s'offre à nous ! Même si la quasi-totalité de ces établissements n'ont plus de religieux que le passé et le nom, on se raconte volontiers que ce sont des foyers d'infection où se mijote la revanche de la réaction, de l'obscurantisme et de la religion d'État. Le retour en force des curés, des nostalgiques de Pétain et Joseph de Maistre serait comme chacun sait — et si l'on nous permet cette légère exagération — l'un des principaux dangers qui guettent aujourd'hui la république !

Le devoir sacré d'un républicain de progrès consiste donc à mettre ses enfants dans le public. Certains se considèrent héroïques de le faire, ou simplement d'en manifester l'intention. Ainsi ce couple d'amis vivant à Paris près de la place d'Italie. Lui médecin spécialiste, elle artiste un peu dilettante. De l'immobilier et de l'argent de famille les mettant pour l'éternité à l'abri du besoin. Une fille unique. « Nous trouverions absolument scandaleux de mettre notre fille ailleurs qu'à l'école de la république », explique la mère de famille au volant de sa Mercedes classe A (pour les déplacements en ville). Mais elle ajoute finalement : « Bien sûr, dans le quartier le problème ne s'est jamais posé car les collèges sont de très bon niveau. Si nous avions habité dans un autre quartier, nous aurions été peut-être obligés de transiger sur nos principes. » Pour être d'irréprochables républicains à ce chapitre, le plus simple consiste à habiter le cinquième ou le sixième arrondissement de Paris. Ailleurs, cela se juge au cas par cas. La principale d'un lycée de Stains, une banlieue « difficile », l'admet sans détour : « Les familles de classe moyenne déménagent pour pouvoir placer leurs enfants dans des collèges plus calmes. Ou se saignent aux quatre veines pour les inscrire dans le privé. » Dans des quartiers intermédiaires, cela dépend de la configuration du terrain, me dit cette attachée de presse, mariée à un pilote d'Air France, vivant à la Butte-aux-Cailles dans le treizième arrondissement : « Comme la carte scolaire est tournante, il y aura trois possibilités pour notre gamin : si ce sont les collèges A ou B qui sortent du chapeau, on le mettra dans le public avec plaisir. Si c'est le collège C, qui est peu fréquentable, on le mettra dans le privé. » Pour des raisons qui n'ont rien à voir avec le contenu de l'enseignement, mais avec la dégradation des conditions de vie dans la quasi-totalité des banlieues des villes françaises de plus de 100 000 habitants, toutes les familles qui en ont à peu près les moyens — ou même qui ne les ont pas — se résignent à payer un collège privé lorsqu'elles sont confrontées à ce genre de situation. Et ce n'est pas pour que leurs enfants aillent au catéchisme. En 2009, on évaluait la part du privé à plus de 35 % de a population scolaire au niveau du collège. Quant aux familles bourgeoises des sizième, septième ou seizième arrondissements de Paris, elles peuvent se comporter en citoyens républicains exemplaires et faire des économies, car les collèges publics de leurs quartiers ont un niveau irréprochable.

Les Français ont parfois l'indignation sélective. L'école privée les met en transe. Or le fait qu'un adolescent soit passé ou non par un collège privé n'est pas déterminant pour son avenir. D'ailleurs les lycées les plus prestigieux, à quelques exceptions près, sont tous publics.

En revanche, on n'entend guère protester contre le statut des gandes écoles ou des facultés de médecine.

Depuis une vingtaine d'années, pour nous en tenir à une époque récente, toutes les tentatives de réforme ou de modernisation de l'Université ont provoqué immanquablement des mouvements de protestation et des manifestations étudiantes qui, dans tous les cas, ont fait reculer le gouvernement. Seule exception mineure : la réforme adoptée à l'été de 2007 dans la foulée de l'élection de Nicolas Sarkozy. Mais amputée des deux tiers de sa substance pour éviter de provoquer une nouvelle insurrection étudiante à la rentrée de septembre.

Depuis vingt ans — et la loi Devaquet de 1986 —, les points d'achoppement sont à peu près les mêmes. Côté gouvernement, à droite en tout cas, on souhaite une véritable autonomie des universités. Que celles-ci puissent pratiquer une sélection à l'entrée des facultés. Qu'elles gèrent elles-mêmes leur budget et aient le droit de faire appel à des financements privés, qu'il s'agisse de partenaires économiques ou de fondations. Que le diplôme de fin d'études soit émis par chaque université et non pas par le ministère de l'Éducation nationale. Qu'il y ait une véritable concurrence entre les universités françaises, comme cela existe dans la plupart des pays.

Chaque fois que ces projets sont revenus sur la table, nouvelles levées de boucliers chez les étudiants. Pour la majorité d'entre eux, l'université doit évidemment rester gratuite, hors frais d'inscription. Ce qui n'a d'ailleurs jamais été remis en cause par aucun gouvernement. Mais, de surcroît, toute idée de sélection est intolérable. Tout étudiant a le droit de s'inscrire dans la discipline de son choix, même si celle-ci mène à des professions déjà pléthoriques. Ou si les facs en question sont déjà surpeuplées : lettres, histoire, psychologie.

Dans l'état actuel des choses, les diverses universités pratiquent finalement, sans s'en vanter, la bonne vieille sélection physique : lorsque telle filière est pleine à craquer on ne prend plus de nouvelles inscriptions. Mais elles n'ont pas le droit de sélectionner sur dossier : les premiers arrivés sont les premiers servis, telle est la règle. Et enfin, pas question de voir la faculté de Montpellier délivrer des diplômes en médecine, ou Bordeaux un doctorat en droit : le diplôme universitaire doit être national, que vous ayez étudié dans une petite antenne universitaire en région ou une grande faculté de Lyon ou de Toulouse. Ainsi doit fonctionner l'égalitarisme républicain.

En feignant d'ignorer qu'à la sortie de l'université, la concurrence rattrape tout le monde sur le marché du travail. Peu importe : en république, tout bachelier a le droit d'étudier ce qu'il veut aux frais de la nation. Même si, dans beaucoup de cas, les études universitaires servent de parkings pour jeunes, et mènent au chômage ou à des boulots peu qualifiés.

Dans certains cas — principalement la médecine —, on pratique une sélection radicale mais en sauvant les apparences : tout étudiant titulaire du bac adéquat est admis en première année. Et au terme de cette première année, on élimine un candidat sur deux, de manière à respecter des quotas non officiels établis à l'avance.

Aucun pays ne laisse proliférer à l'infini les diplômés en médecine. La France a déjà beaucoup de médecins — près de deux fois plus par habitant qu'au Canada, qui a une médecine strictement publique de type soviétique —, et on trouve beaucoup de jeunes docteurs fraîchement diplômés à la recherche d'un poste de remplacement en province, de « piges » à SOS médecins ou d'un engagement à Médecins sans frontières. Tout le monde finit par trouver sa place sur le marché du travail et gagner confortablement sa vie. La médecine est un secteur qui garantit un bon emploi à vie — généralement aux frais des budgets publics. Pas question, donc, de laisser augmenter de 30, ou 50 ou 100 % le nombre annuel de diplômés. L'arrangement satisfait tout le monde et a l'avantage de ne pas paraître fouler aux pieds le sacro-saint égalitarisme. En oubliant que cette impitoyable sélection *a posteriori* se fait au détriment de tous les recalés de la première année, qui parfois tentent de nouveau leur chance une seconde fois et, au bout du compte, perdent le plus souvent deux précieuses années.

De manière comparable, le système des gandes écoles ne suscite pas une véritable indignation, car il respecte en apparence les principes sacrés. Du moins certains d'entre eux : l'argent, par exemple, n'entre pas en ligne de compte dans la sélection de l'élite de la nation. L'ENA ne coûte pas plus cher à vos parents que des études à Ville-taneuse.

Mais on y pratique une sélection féroce à l'entrée. Les conditions de travail y sont extrêmement privilégiées. Bref, le parfait opposé de l'égalitarisme pratiqué à l'université. Ne s'agit-il pas là d'un scandale inouï? « Pas du tout, vous répondent divers universitaires, par ailleurs impeccables républicains : les gandes écoles ne font pas partie de l'université. » C'est le distinguo qui change tout : « Ceci n'est pas une pipe », proclamait le tableau où Magritte avait peint une pipe!

« Tocqueville parlait de l'attrait des Français pour les théories générales et leur mépris pour les faits, explique le politologue américain Ezra Suleiman. Vous avez aussi ce goût pour la rhétorique : si l'éloquence permet de se débarrasser de la réalité, alors la réalité passe au second plan[1]. »

1. *Le Nouvel Observateur*, octobre 2008.

Trois exemples qui n'étonneront pas les bons connaisseurs de l'université française et du marché du travail.

Voici d'abord Nicolas, aujourd'hui trente ans. Des parents au revenu modeste, mais la mère était membre de l'Éducation nationale, et donc bien au fait des filières qui mènent à l'emploi en béton armé. La famille habitait le onzième arrondissement de Paris mais, par un tour de magie bien connu des initiés, Nicolas s'est retrouvé au très convoité lycée Henri-IV dans le cinquième. Il a fait sa « prépa + », comme on dit pour les classes préparatoires aux grandes écoles, où l'on n'entre qu'après sélection. Puis s'est retrouvé à l'école d'ingénieurs Télécom de Lyon, après avoir raté de peu les Mines. École de très bon niveau. Avant la fin de sa dernière année, il avait un emploi assuré et très convenablement rémunéré au sein d'un groupe industriel bien coté. Sécurité d'emploi assurée pour la vie, sauf guerre mondiale.

Ensuite Anne-Marie. Fille de soixante-huitards séparés. Bohèmes mais « dans le coup ». Et une mère ambitieuse pour sa fille. Anne-Marie et son père habitaient déjà le cinquième à Paris. Elle s'est donc retrouvée d'office au prestigieux Louis-le-Grand. « Prépa » en hypokhâgne puis en khâgne. Puis admission à l'École normale supérieure, la voie royale des enfants de la bourgeoisie éclairée. Elle y est payée mensuellement un peu plus que le smic pour étudier la philosophie dans des conditions de rêve. Quand elle en sort diplômée, elle a tout juste le temps de tâter pendant quelques mois des redoutables conditions d'enseignement dans un lycée parisien « difficile » puis se met à la rédaction de sa thèse de doctorat. Spécialité : philo médiévale, un secteur austère où la concurrence n'est pas trop rude. Aussitôt le doctorat en poche, elle décroche à trente-deux ans un poste au CNRS, c'est-à-dire un emploi à vie, pas formidablement payé mais permettant de jouir d'une liberté inimaginable.

Et enfin Pascale. Habitant à la frontière du cinquième, elle était au lycée Buffon, l'un des meilleurs du pays. Elle aurait pu faire une « prépa », ses parents l'y poussaient mais n'ont pas insisté. Elle a finalement fait cinq années de fac, en histoire et sciences politiques. À trente-deux ans, après avoir quelque peu galéré à gauche et à droite, elle vit de contrats à durée déterminée pour des boîtes privées du secteur de l'audiovisuel, où elle est chargée de trouver des candidats pour diverses émissions de télé-réalité. Pas trop mal payée pour une « jeune ». Mais sans aucune sécurité de l'emploi, bien au contraire. Elle travaille trois mois puis retourne quatre mois au chômage, où elle a — bien sûr — le statut d'intermittente du spectacle, autre arrangement social curieux à la française. D'une année sur l'autre, elle ne sait jamais si telle chaîne de télé ou l'une des boîtes privées la réembaucheront et si elle pourra conserver ce statut de « chômeuse privilégiée » à mi-temps.

Il est possible qu'en France l'université affiche des principes égalitaires comme aucun autre pays au monde n'en connaît. Le problème, c'est que la fracture sociale ne passe pas au milieu de l'université, mais entre l'université d'une part et un secteur totalement protégé et privilégié de l'autre : l'ENA, Normale Sup, les grandes écoles d'ingénieurs et de commerce, Sciences Po qui a un statut voisin, l'université Paris-Dauphine qui fonctionne comme une grande école sans en avoir le statut. Et les facultés de médecine, plus haut mentionnées. Tous ceux qui en sortent sont, sauf rarissimes exceptions, assurés d'un emploi à vie. De l'autre côté de la frontière, l'université ne garantit rien du tout. Les grandes villes sont pleines de jeunes sans travail qui se promènent avec en poche un bac + 3, voire un bac + 5. Bien sûr, c'est mieux que pas de diplôme du tout et c'est une garantie de bonne culture générale. Mais — et ici on ne parle évidemment pas des filières « techniques » — cela ne mène à aucun emploi précis. Ce qui donnera à coup sûr un travail, c'est l'obtention du CAPES ou de l'agrégation pour pouvoir enseigner dans l'Éducation nationale. Ou, généralement un cran au-dessous, les divers concours de la fonction publique. Pour le reste, un « bac + 4 » qui n'a pas de relations familiales, le sens de la débrouillardise ou le charme qui ouvre les portes des salons, a de bonnes chances de se retrouver vendeur à la librairie de la FNAC. Dans le no man's land de l'université française, on trouve près d'un million d'étudiants. Et quelque 100 000 dans l'enclos hyperprivilégié des grandes écoles et autres établissements comparables. Entre les deux univers, un mur de béton.

Mais ne dites surtout pas aux Français qu'ils

ont une société inégalitaire, où les familles disposant du savoir et/ou des relations connaissent et monopolisent les bonnes filières qu'il faut impérativement emprunter à un âge très précoce et qui mènent aux gandes écoles. La consolation suprême pour les familles « républicaines » : si prospères ou richissimes que soient vos parents, vous ne rattraperez jamais le train des gagnants et de l'élite si, à vingt ans, vous constatez que vous vous êtes trompé à une bifurcation académique majeure à l'âge de quinze ans.

Les Français auraient plutôt tendance à se gausser des Britanniques et de cette société de castes qu'ils perpétuent au travers des Public Schools de Cambridge et Oxford. Car l'ENA, pur produit de la république, n'est en rien un lieu de reproduction des castes, qu'on se le dise ! Quant aux États-Unis, n'en parlons même pas : l'université y coûte si cher qu'il faut être milliardaire pour y envoyer ses enfants ! Qu'importe si, dans la réalité, il y existe un important système de bourses, si Harvard a également des facultés de lettres ou de grec ancien de haut niveau mais qui ne donnent pas directement accès au marché du travail, et même des « ateliers d'écriture » ! Qu'importe si des universités bien moins prestigieuses que Princeton sont de bon niveau et permettent de faire par la suite des carrières brillantes. Qu'importe si en définitive la mobilité sociale y est beaucoup plus importante qu'en France. Les États-Unis sont une société d'argent, a décidé une fois pour toutes l'idéologie dominante hexagonale. Ce qui suffit à clore un peu rapidement le débat.

Mais peut-être la France a-t-elle réussi cet exploit historique de réaliser — dans le monde de l'éducation en tout cas — cet égalitarisme sans tache qui ne doit rien à l'argent. Tout en maintenant les plus grands privilèges héréditaires.

De Gaulle, dès la fin des années trente, avait deviné l'ambivalence de ses compatriotes : « Le désir du privilège, écrivait-il dans *La France et son armée*, et le goût de l'égalité : passions dominantes et contradictoires des Français de toute époque. »

Le miracle français consiste donc, à cet égard également, à marier les contraires et les extrêmes, ou plutôt à les juxtaposer tout en prétendant incarner le juste milieu. C'est également le pays où l'humoriste Alphonse Allais appelait de ses vœux « des villes construites à la campagne ». On n'en est pas si loin.

Le roman est mort

Les gens aiment qu'on leur raconte des histoires. Des histoires simplettes, horribles, romantiques, à l'eau de rose, sublimes, vulgaires, grandioses ou banales, peu importe. Des romans. Pour s'évader, rêver, se divertir, parfois y trouver leur propre reflet comme le disait Martin Scorsese à propos du cinéma : « Un pays sans mémoire cinématographique est comme une maison sans miroirs[1]. » Pour une part non négligeable, l'identité française prend sa source dans *Les Misérables*, *Les Trois Mousquetaires* ou *Le Père Goriot*. Dans Marcel Proust, Albert Camus ou François Mauriac.

Les Français aiment les histoires même si, on l'a dit, ils lisent beaucoup moins que les Allemands ou les Britanniques. Et encore, la grande majorité des lecteurs sont des lectrices. Peu importe : les Fran-

---

1. Lors de la présentation de sa fondation pour la réhabilitation et la conservation des films, notamment dans les pays en voie de développement, au festival de Cannes 2007.

çais considèrent le roman comme le genre littéraire suprême. Dans un pays où la littérature elle-même est considérée comme l'art national par excellence. Nous sommes au pays de Balzac, Flaubert, Stendhal et Céline, mais aussi de Zola, Eugène Sue, Théophile Gautier et Alexandre Dumas. Au XIXe siècle, la France est le pays du roman, malgré la richesse de la production russe et anglaise.

La majorité des enseignants et journalistes français que vous croisez — on l'a vu plus haut — finissent par vous confier qu'ils ont une ébauche de livre, le plus souvent un roman, dans le tiroir. Des épouses d'avocats vous glissent avec un air mystérieux entre la poire et le fromage : « Mon mari est en train de terminer son roman. » Dans tous les milieux un peu cultivés de l'Hexagone, on considère l'écriture d'un roman — et sa publication — comme l'un des plus grands accomplissements de son existence. Quand on demande aux mêmes Français quels écrivains les ont le plus marqués, ils citent presque toujours des romanciers. Avec ici et là de rares exceptions pour des poètes ou des philosophes. En France, le roman est depuis deux siècles une institution nationale.

Mais voici la surprise. La France ne produit pour ainsi dire plus aujourd'hui de romans, au sens traditionnel du terme. Et surtout pas de « grands » romans. Les écrivains qui font de la littérature ne font pas de romans. Et ceux qui écrivent des romans ne font pas de littérature. On les considère souvent à juste titre comme des romanciers de gare. Romans policiers de consommation courante, romans historiques, romans équestres, romans de genre. De Marc Lévy à Max Gallo en passant par Régine Deforges, les romanciers « à histoires » sont tenus pour des écrivains mineurs, dans le meilleur des cas.

Au rayon de la « grande » littérature, la France produit des monographies intimistes, d'innombrables avatars du Nouveau Roman, de l'anti-roman, de brillants jeux littéraires comme ceux du génial Georges Pérec ou de membres talentueux de l'Oulipo[1], des textes majeurs qui s'apparentent à de la poésie en prose, des pastiches de roman, des parodies de roman, des collages vaguement romancés de fragments autobiographiques et, bien entendu, des wagons entiers d'autofiction. À raison de 700 ou 800 romans « littéraires » dans l'année, la France propose, dans un genre souvent raffiné et non moins souvent codé, tous les dérivés imaginables de la forme romanesque, à l'exception du modèle originel. C'est devenu un leitmotiv chez la plupart des libraires du pays : il y a de gros romans à succès qui se vendent bien et qu'ils détestent, il y a aussi de petits essais littéraires, brillants, subtils ou tarabiscotés, qu'ils aiment davantage, mais il n'y a plus de ces grands romans qui donnent l'impression de prendre l'époque à bras-le-corps. Où trouve-t-on, dans les vingt dernières années, l'équivalent français du *Bûcher des vanités* de Tom Wolfe ? Le grand roman sur la société actuelle est

---

1. L'Ouvroir de littérature potentielle, fondé entre autres par Raymond Queneau dans les années cinquante.

introuvable. Parfois, en remontant plus loin dans le temps, on se souvient d'une exception ponctuelle qui confirme la règle. Ainsi *La Vie devant soi*, prix Goncourt 1975, d'Émile Ajar — alias Romain Gary —, qui traitait avec style et inspiration d'un vrai sujet contemporain, et non pas de la vie intime de son auteur dans les douze derniers mois.

Les différents essais littéraires qui paraissent à longueur d'année ont parfois de très grandes qualités. Encore que, dans ce genre à l'atmosphère raréfiée, il est conseillé d'avoir du génie plutôt que simplement du talent. Mais pourquoi ne trouve-t-on jamais des œuvres littéraires de haut niveau qui racontent une véritable histoire ? C'est à peu de chose près ce que répète le libraire Gérard Collard chaque semaine sur LCI dans l'émission « Les coups de cœur des libraires » : « C'est très difficile pour un romancier français de ne pas faire chiant », dit-il volontiers dans son style direct. Suivent alors les critiques habituelles : les soi-disant romans actuels n'inventent rien ; quand ils ne tombent pas directement dans l'autofiction, c'est-à-dire le journal intime à peine retouché, ils se cantonnent dans de toutes petites histoires personnelles qui ne dépassent pas les limites de deux arrondissements parisiens. En conséquence de quoi, ce sont les romans étrangers — américains en grande partie, mais également britanniques, asiatiques, russes ou latino-américains — qui sont encensés par les libraires et les critiques des journaux « de référence ». Et plébiscités par les lecteurs. Au nom d'un argument qui fait consensus : *eux au moins ils racontent quelque chose.*

Prenons les prix littéraires. Et d'abord le Goncourt. En 2007, il est attribué à Gilles Leroy pour *Alabama Song*, variation élégante sur un sujet historique déjà bien visité : Zelda et Scott Fitzgerald. En 2005, François Weyergans est couronné pour *Trois jours chez ma mère,* un petit récit brillant et malicieux, mais qui n'a rien à voir avec l'idée qu'on peut se faire d'un véritable roman. En 2003, *La Maîtresse de Brecht* de Jacques-Pierre Amette, autre biographie d'homme illustre. En 2000, *Ingrid Caven*, beau récit littéraire de Jean-Jacques Schuhl à propos de cette chanteuse allemande qui est également sa femme. Interallié 2006 : nouvelle fantaisie biographique, signée Michel Schneider, *Marilyn dernières séances.*

Côté Fémina, Marc Lambron a été récompensé en 1993 pour une bio romancée de la photographe américaine Lee Miller. En 1994, *Port-Soudan*, texte autobiographique d'Olivier Rolin. En 2000, une autofiction de Camille Laurens, *Dans ces bras-là*. En 2002, subtil roman historique de Chantal Thomas, *Les Adieux à la reine*. En 2007, c'est carrément un essai littéraire, *Chagrin d'école* de Daniel Pennac, qui décroche le Renaudot.

Grand roman, avez-vous dit ? Nous en avons un en magasin, proclame le même jury Renaudot en 2004 : *Suite française*, inédit d'Irène Némirovsky... morte en déportation en 1942. Le jury avait raison : il s'agit d'un des meilleurs romans jamais écrits sur la débâcle de juin 1940. Mais il ne s'agit pas vraiment d'une œuvre contemporaine ou d'une jeune romancière en plein envol !

Mieux encore : le titre qui décroche en 1997 à la fois le Goncourt et le Grand Prix du roman de l'Académie française est *La Bataille*, joli tour de force de Patrick Rambaud qui ne se cache pas d'avoir fait — avec beaucoup de talent — un pastiche de Balzac !

Oublions les prix de l'automne. Qui pourrait être considéré comme l'auteur le plus emblématique de la dernière décennie, sinon Christine Angot, dont l'unique sujet est Angot Christine ? Avant elle, il y eut le règne de Sollers, inauguré avec *Femmes*. C'est de la littérature, mais est-ce du roman ? Marc Dugain a beaucoup de succès en librairie, mais avec des récits inspirés de l'actualité, presque journalistiques — le dernier portant sur la vie d'Edgar Hoover. Jean Échenoz, depuis longtemps adulé à raison par un public exigeant, a d'abord fait avec inspiration et subtilité des parodies de romans (policiers, d'aventure, exotiques, etc.). Ses deux derniers « romans » sont consacrés, l'un à Ravel, le second au coureur Zatopek.

De temps à autre, certains dérogent à cette règle du non-roman. Mais on les compte à l'unité. On a cité *La Vie devant soi*, le texte date de plus de trente ans. Plus récemment, et dans un genre tout à fait différent — éminemment littéraire, mais romanesque —, *Truismes*, de Marie Darrieussecq. Il y eut Marguerite Duras, mais elle est morte. Il reste Le Clézio : la question reste posée de savoir s'il écrit plutôt des romans ou de la poésie narrative en prose. Mentionnons pour finir un romancier incontestable, même s'il évoque rarement les temps actuels et préfère s'en tenir à la sombre période de l'Occupation : Patrick Modiano. Mais il n'est pas en début de carrière.

Restent deux exceptions majeures dans un passé récent. Qu'on les apprécie ou non ne change rien à l'affaire. Si vous dites à un éditeur, un critique ou un libraire : il n'y a plus de romans en France, presque tous vous citeront les deux mêmes contre-exemples.

Le premier : Michel Houellebecq. Certains le jugent insupportable. Mais il faut se rendre à l'évidence : *Extension du domaine de la lutte* et *Les Particules élémentaires* sont des œuvres très originales par la forme et le fond, un mélange de liberté de ton et de prétentions scientifiques, de prophétisme et de trivialité, des romans qui à la fois mettent en scène divers Houellebecq, réels ou inventés, mais traitent indéniablement de notre époque.

Le deuxième exemple est pour le moins paradoxal. En 2006 surgit un monstre, un ovni littéraire : *Les Bienveillantes*, dont on n'a pas fini de scruter les bizarreries. Par l'ambition, la volonté de transgression en terrain miné (un *héros* et narrateur nazi), l'ampleur, c'est le plus important roman français, pour ne pas dire le premier de cette envergure, sur la Seconde Guerre mondiale, un sujet pourtant majeur. Sans que ceci ait un rapport automatique avec cela, le livre a connu un triomphe en librairie avec 700 000 exemplaires,

raflé à la fois le Goncourt et le Grand Prix du
roman de l'Académie française. Les droits se sont
vendus à prix d'or en Europe et aux États-Unis.
Un énorme retentissement des deux côtés de l'Atlantique. Seul problème : son auteur, un jeune
homme sardonique, élevé en France la plus grande
partie de son enfance, est parfaitement américain
par la nationalité et la langue maternelle. Pour
des raisons qu'il ne veut pas expliciter — il est le
traducteur de Flaubert ou Maurice Blanchot, ce
qui n'explique pas tout —, Jonathan Littell a, un
jour à Moscou, décidé qu'il écrirait ce roman de
920 pages en français. Il l'a publié chez Gallimard. Et le Quai d'Orsay s'est empressé, quelques
mois après le Goncourt, de lui faire obtenir la
nationalité française qu'on lui avait refusée quelques années plus tôt. Ce qui n'efface en rien la
tache originelle : l'un des deux romanciers français les plus marquants des temps récents est
un Américain. Cosmopolite et francophile, mais
Américain.

Paradoxal, puisque, dans la majorité des cas,
les romanciers (littéraires) plébiscités par les lecteurs français sont étrangers — et d'abord américains. Quelques autres plumitifs se mêlent à la
liste — un Günter Grass, un Vassili Axionov, et
plusieurs Latino-Américains —, mais les Anglo-
Saxons, une poignée de Britanniques et un bataillon d'Américains occupent une grosse moitié de
la place sur les tables des libraires consacrées
au roman, dans les pages littéraires des grands
journaux et dans les listes de best-sellers section
« fiction ».

Sète, ville portuaire de la Méditerranée de 40 000 habitants. Mais trois véritables librairies de qualité, qui se comparent avantageusement à leurs homologues parisiennes. Printemps 2006 : l'une d'elles organise une rencontre-débat avec le romancier américain Russell Banks. Il y a plus d'une centaine de personnes dans la salle. Russell Banks ne parle pas deux mots de français. Le journaliste qui anime le débat ne parle pas lui-même un seul mot d'anglais — pas plus d'ailleurs que les gens dans le public. Honte à moi : je suis nord-américain, capable de lire en anglais, mais je n'ai jamais ouvert un roman de ce Russell Banks, par ailleurs fort sympathique et amateur de vin blanc.

Dans cette salle, indécrottablement unilingue, et où la majorité des gens n'ont jamais mis le pied aux États-Unis, Russell Banks est un auteur familier : ils ont lu deux, trois, quatre de ses œuvres. On ne sait pas exactement quels États-Unis ils voient au travers de ses livres, mais en tout cas pour eux c'est du réel. Il n'est pas impossible que, classé « à gauche », Russell Banks soit considéré par ses lecteurs sétois comme un contempteur du « système » américain. « La fascination des intellectuels de gauche des années cinquante pour le roman américain et surtout le roman noir n'avait rien de contradictoire. Aujourd'hui encore cette fascination va de pair avec un solide fond d'antiaméricanisme : au travers de ces romans — ou de leurs équivalents cinématographiques —, ils ont toujours lu la condamnation de la "mauvaise"

Amérique », disait l'éditeur et romancier Yves Berger[1]. En somme, les lecteurs de Russell Banks seraient les mêmes qui, sous le mandat de Bush, ovationnaient le documentariste et pamphlétaire Michael Moore.

Six mois avant cette rencontre avec Russell Banks, tout le monde s'était déplacé dans une grande librairie de Montpellier pour saluer le passage de Jim Harrison. Autre personnage familier pour des gens qui, en majorité, ne savent pas grand-chose de l'Amérique réelle.

Dans cet engouement des lecteurs français pour une vingtaine de romanciers américains actuels, on ne sait pas quelle est la part du malentendu. Mais peu importe : le fait est qu'il existe au pays de Proust et Stendhal un continent imaginaire peuplé d'auteurs et de romans américains. Les libraires, les critiques et les amateurs ont dans la tête un palmarès aussi inattendu qu'impressionnant, comme si les auteurs en question faisaient partie depuis toujours du patrimoine national. On y trouve — dans le désordre et parmi les auteurs vivants — des gens aussi divers que James Ellroy, Don DeLillo, Richard Brautigan, Paul Auster, Cormac McCarthy, Raymond Carver, John Fante, Brett Easton Ellis, Jonathan Franzen, Thomas Pynchon, Richard Ford, Tom Wolfe. Et bien sûr Philip Roth, que l'on décréta dans plusieurs journaux ou revues littéraires il y a quelques années plus grand romancier de sa génération, à la parution de *La Tache* très exactement,

---

1. Entretien avec l'auteur, mars 1998.

bien que ce ne soit pas, loin de là, son meilleur roman. Cela fait beaucoup. Et de l'avis général, personne ne saurait opposer à ce palmarès ne serait-ce que le début d'une liste comparable de romanciers français contemporains.

Comme il ne s'agit pas ici d'auteurs de best-sellers mondiaux à la Ludlum, Crichton ou Dan Brown, on ne peut soupçonner la main de l'impérialisme culturel américain derrière cette invasion romanesque. Y aurait-il tout de même un effet de mode ? Sans doute : en France, une fois que les faiseurs d'opinion ont décrété que Philip Roth est le plus grand romancier vivant, il est assuré de faire un triomphe en librairie jusqu'à sa mort.

Mais il y a aussi une vérité dans cet engouement. Les romanciers américains jouent de styles totalement différents les uns des autres, et parfois de styles divers à l'intérieur d'une même œuvre. Certains d'entre eux, très probablement, ne se sont même pas posé la question du style et de la forme romanesque. Paradoxalement, lecteurs et critiques français les portent aux nues justement pour cette raison. Parce qu'ils ne s'embarrassent pas de considérations formelles, ne se réclament d'aucune école. Beaucoup d'aficionados estiment qu'un auteur spécialisé dans les récits d'horreur comme Stephen King a produit deux ou trois chefs-d'œuvre, dont *Shining* et *Misery*, tout en restant strictement respecteux de son cahier des charges : le déroulement implacable d'une histoire terrifiante.

Mais si un romancier français « officiel » s'avisait d'écrire de manière aussi décontractée et désinvolte, ou de s'amuser à donner dans le roman de genre, il serait immédiatement expulsé de la république des lettres. Sans vouloir porter Philippe Djian aux nues, il a construit sur la durée un véritable univers romanesque. Il écrit ou a écrit de véritables romans, de manière assez curieuse, comme des romans américains qui auraient la particularité d'être rédigés en français et de se dérouler en France. Pendant une quinzaine d'années, Djian a eu droit en même temps à l'accueil fervent de lecteurs fidèles et au silence méprisant de la critique. Parce qu'il écrivait à l'américaine, de manière spontanée et sans doute inclassable pour les gardiens du Temple : « Dans la première lettre de refus que j'ai reçue de Gallimard, me disait-il à la fin des années quatre-vingt, on me disait que je m'étais délibérément placé en dehors de la littérature. » De son côté, un écrivain plutôt intéressant comme Bernard Werber — en tout cas à ses débuts — a été lui aussi totalement ignoré par la critique, au motif que la science-fiction ne peut être qu'un genre mineur. Comme de surcroît le genre ne peut être qu'anglo-saxon aux yeux des amateurs, un tel roman français était considéré invendable par son éditeur. En jouant de ce patronyme passe-partout de Werber, on a donc publié *Les Fourmis* — qui deviendra un énorme bestseller — en laissant croire que l'auteur était américain.

Avec tant d'autres, Dominique Fernandez impute d'abord à Flaubert cette dérive formaliste, « la sacralisation du roman, le culte de l'écriture poussé jusqu'à la religion, le sacrifice de la vie à l'art ». En se plaçant lui-même dans ce « corset » formaliste, Flaubert a transformé le roman « en laboratoire d'où le public non professionnel serait peu à peu exclu ». Et que dire de ses héritiers qui, « de Joyce aux pontifes du Nouveau Roman, se sont emparés du roman pour leurs expériences langagières, dans la vaine tentative de l'élever au niveau de la poésie... Il est vrai que haïr la vie [comme Flaubert en faisait profession] ne dispose pas à s'accommoder du roman, le genre littéraire le plus représentatif de la vie, le plus compromis avec sa nécessaire trivialité[1] ». En simplifiant beaucoup, on dira que nul romancier ne sera admis dans le cercle magique, n'aura *la carte*, s'il ne fait pas d'entrée de jeu démonstration de flaubertisme, avec la distanciation, le décalage, la déstructuration du récit qui s'imposent. Toujours selon Fernandez, cette chape théorique abattue sur le roman équivaut à pourchasser en permanence le simple plaisir de la lecture : « L'écrivain qui se veut *moderne* est celui qui, renonçant à préparer des gâteaux, se voue à la fabrication des hosties[2]. » Il est vrai que les romanciers américains, à une ou deux exceptions près, ne se posent pas ce genre de problèmes théologiques. Pas plus que leurs confrères anglais qui ne se sont jamais sentis condamnés à faire du Joyce ou du Virginia Woolf sous prétexte que Joyce et Woolf ont existé. Les bons romanciers américains connaissent l'histoire littéraire mais beaucoup s'en inspirent sans

1. *L'Art de raconter*, Grasset, 2006, p. 18,19, 25.
2. *Ibid.*, p, 20.

la subir : Tom Wolfe se réclame de Zola — ce qui serait du dernier ringard en France — mais fait du Zola revu par la modernité, la télé, le cinéma, la pub. En 2006, Gallimard publiait en traduction le premier roman d'une charmante universitaire de vingt-huit ans, Marisha Pessl : *La Physique des catastrophes*. Un roman qui n'était peut-être pas totalement achevé, mais qui constituait une démonstration époustouflante réussie avec trois bouts de ficelle : une ado de seize ans, son père prof itinérant d'un campus à l'autre. *Road movie*, jeux de langage, érudition volontairement insupportable : un vrai plaisir de lecture sur 620 pages grand format. *Les Corrections* de Jonathan Franzen ne faisait pas non plus dans le genre anémié. Quel romancier littéraire en France oserait se lancer aujourd'hui dans de telles œuvres symphoniques ou marathoniennes, terrorisé qu'il serait par le regard de ce Big Brother de Flaubert ? Un seul l'a vraiment osé récemment, à vrai dire : Jonathan Littell.

Y aurait-il une autre raison, plus irrémédiable, à cette panne romanesque ?

Voici ce qu'en disait Bernard Pivot dans les années quatre-vingt, lorsqu'on lui demandait pourquoi, somme toute, il invitait fort peu de romanciers à « Bouillon de culture ». D'abord, selon lui, « les romanciers font généralement de moins bons invités que les essayistes et les auteurs de livres d'actualité ». Mais il y avait davantage : « Les grands romans français sont plutôt rares.

Pourquoi ? J'ai toujours pensé que la littérature romanesque avait besoin de sociétés convulsives pour s'épanouir. Une société pacifiée et policée comme la France ne lui convient pas. Le terrain favorable, ce sont les grandes sociétés violentes et imprévisibles comme l'Amérique latine ou les États-Unis[1]. » Dominique Fernandez, dans *L'Art de raconter*, fait au passage le même constat : en Europe et ailleurs en Occident, « l'embourgeoisement des mœurs, la stabilité politique, la sécurité physique des personnes » font « des conditions moins propices à l'essor romanesque[2] ».

« En France, aujourd'hui, il n'y a plus matière à romancer, et l'idée de roman n'a plus grand-chose de pertinent », me dit un ami éditeur et romancier. Le grand roman « symphonique » a sans doute besoin d'une société inachevée, encore partiellement sauvage et primitive, comme les pays latino-américains, la Russie ou les États-Unis. Et la France apparaît comme une société finie, achevée, définitivement structurée, où semble-t-il plus rien de vraiment surprenant ne peut advenir. Si ce n'est ce lent pourrissement sans violence extrême justement décrit dans les deux premiers romans de Houellebecq. Aux États-Unis, même les histoires les plus folles paraissent vraisemblables. Les Américains naissent à New York et réapparaissent sous une autre identité en Californie ou en Arizona. Ils ont changé de métier ou de sexe, fondé une secte. Au plus profond de l'Amé-

---

1. Entretien avec l'auteur, avril 1991.
2. *Ibid.*, p. 26.

rique profonde, où le visiteur ne va jamais, des régions et des populations entières, elles, n'ont pas changé depuis un siècle. Les Amish se promènent à cheval. Et en même temps un romancier ou un cinéaste pourraient vous raconter que les Témoins de Jéhovah ont pris le pouvoir au Texas, et vous le croiriez le temps que dure la lecture ou la projection. Prenez un tueur fou comme celui qu'incarne Javier Bardem dans le film *No Country for Old Men* des frères Cohen : on ne doute pas un instant qu'un extraterrestre du genre puisse exister aux États-Unis. Un tel personnage, en France, est impensable, il tournerait tout de suite au grand guignol. Essayez de mettre en scène des extraterrestres dans un film français : vous aurez aussitôt la tentation de leur demander s'ils viennent du Loir-et-Cher ou des Alpes-Maritimes, s'ils ont fait l'école de la république ou la « libre », s'ils préfèrent le brie ou le camembert. La France est un pays bien trop civilisé depuis trop longtemps pour qu'on y puisse imaginer des histoires extraordinaires et stupéfiantes. Aussitôt le récit commencé, on en connaît la fin, et le seul plaisir qui reste au lecteur (ou au spectateur) consiste à voir par quel détour et avec quelles astuces le romancier ou le cinéaste nous mèneront à cette fin prévisible. Tous les dénouements ont déjà été écrits, les plus grandes œuvres également. Il ne reste plus qu'à broder avec talent ou génie sur une matière certes complexe mais fondamentalement sans surprise.

Ce sentiment de finitude n'est pas exclusif. On le retrouve ailleurs dans cette Europe qui, au

xxᵉ siècle, a expérimenté et subi l'horizon indépassable du pire. Qui pourrait imaginer que la
France, l'Italie ou l'Allemagne puissent produire à
nouveau et en vrai de tels scénarios d'apocalypse ?
Des romanciers comme Thomas Mann, Robert
Musil, Joseph Roth ou Marcel Proust, de façon
prémonitoire, annonçaient déjà à leur manière la
fin de ce monde ordonné et raffiné. La fin de ce
monde est arrivée au-delà de toutes les prévisions.
Que reste-t-il à dire sur l'avenir de ces sociétés ?
Rien. Sinon qu'elles rejoueront, en bien ou en
mal, des scénarios déjà connus et répertoriés dans
les manuels d'histoire.

Dans la biographie qu'elle lui consacrait en
2008, Marie-Dominique Lelièvre s'interrogeait au
passage sur la « légèreté » de Françoise Sagan,
son refus de faire sérieux, son silence désinvolte
sur les années de guerre toutes proches qu'elle a
connues enfant, et que certains de ses amis proches ont vécues dans la tragédie. Au fond, dit-elle,
l'apocalypse avait eu lieu, et il n'y avait plus rien à
en dire. Il n'y avait d'ailleurs plus rien à dire de
grandiose : « En 1953, Raymond Guérin publie
Les Poulpes, le récit de sa captivité au stalag. Le
flop total. [...] La même année, Robbe-Grillet
ouvre la voie au Nouveau Roman avec *Les
Gommes*, véritable coup de gomme sur la nar-
ration classique... [...] Nathalie Sarraute, Françoise Sagan, Marguerite Duras, les trois écrivains
les plus intéressants de l'après-guerre, sont des
femmes qui travaillent dans l'intime. » Et c'est
ainsi que, « depuis plus de cinquante ans, le
roman français ne raconte pas d'histoire... La

veine s'est arrêtée dans les années cinquante, avec le Nouveau Roman, qui se passe d'intrigue, de personnages, de descriptions. Il explore de nou-velles pistes, mais il s'agit d'explorations néoro-manesques, pas de roman. [...] Rien sur les guerres, les révolutions ou les mutations dont rend compte le roman depuis deux siècles...[1] ».

Peut-être parce qu'il n'y a plus en Europe ni grande guerre ni révolution, ni même de profonde mutation sociale à espérer ou à redouter. À moins de remonter sans fin dans l'écheveau du passé, de bricoler à l'infini ce gigantesque puzzle, certes infiniment complexe mais dont toutes les pièces ont été irrémédiablement numérotées. Que reste-t-il vraiment d'important à raconter ? La fin des histoires, en somme.

Une maladie incurable ? Restons prudent et modeste en ce qui concerne l'avenir. « Le pire n'est pas toujours sûr », écrivait Paul Claudel en exergue du *Soulier de satin*.

---

1. *Sagan*, Denoël, 2008. p. 109-110.

IV

PESANTEURS

18

La guerre des tribus

Le Français se méfie du Français.

À l'étranger, tout le monde fera bloc, on respectera la vieille devise du tous pour un et un pour tous. Le Breton se portera s'il le faut à la défense du Niçois, le rural du citadin, et même le provincial du Parisien. Mais de retour au pays, les vieilles méfiances reprendront le dessus. Le Français est un loup pour le Français. À moins que les deux n'appartiennent à la même famille, étroite ou élargie, au même clan, à la même tribu. « La France est le seul pays où si vous ajoutez dix citoyens à dix autres, vous ne faites pas une addition mais vingt soustractions », notait déjà Pierre Daninos, il y a un demi-siècle, dans ses célèbres *Carnets du major Thompson*[1].

Cela peut sans doute expliquer l'espèce de hargne sournoise et policée, ce quant-à-soi armé qui régit les rapports sociaux à Paris, vaste capitale où ces innombrables tribus, clans et familles

---

1. *Op. cit.*

viennent livrer le grand combat pour le pouvoir, la richesse ou la survie. À Paris, lorsqu'un Français croise un autre Français, le face-à-face prend vite une allure inquisitoriale : l'interlocuteur vient-il d'une région vaguement amie de la sienne ? Est-ce un Breton têtu ou un Bordelais coincé ? Un homme de la plaine ou de la montagne ? Un catho, un bouffeur de curé ou un parpaillot ? Vote-t-il à gauche ou à droite ? Tendance bonapartiste ou orléaniste ? Les deux interlocuteurs se toisent donc avec une courtoisie appuyée de pure forme, et un air de dire : « Je sais que je ne vous suis pas sympathique mais rassurez-vous, cela ne me dérange pas car c'est réciproque. » Il sera toujours temps de signer la paix des braves et de trinquer si l'on se découvre des liens familiaux, même lointains, des origines régionales communes précises ou une appartenance à une même corporation à forte identité.

Encore là, il doit s'agir d'une histoire passablement ancienne. À preuve ce texte bien senti de Louis-Sébastien Mercier (1740-1814), un écrivain des Lumières quelque peu tombé dans l'oubli mais respecté des spécialistes de cette époque, et prolifique[1]. Dans son ouvrage le plus

1. Des très nombreux ouvrages qu'il a écrits — essais, pièces de théâtre, contes, poésie —, seuls ont été régulièrement réédités un récit d'anticipation, *L'An 2440*, et son volumineux *Tableau de Paris*, reportages et notations sur la vie de la capitale. Mais on vient récemment de publier son surprenant ouvrage sur le vocabulaire et ses inventions,

célèbre, *Tableau de Paris*, rédigé entre 1782 et 1789, voici les quelques amabilités qu'il sert aux Auvergnats :

> (Ils) font à Paris le métier de chaudronniers, de raccommodeurs de faïence, de parasols, de rémouleurs. Semblable aux oiseaux que le froid chasse dans une plus douce contrée, ce peuple fuit la neige qui couvre huit mois de l'année ses montagnes. Il y retourne tous les ans, fait un enfant à sa femme, la laisse entre les mains des vieilles et des curés, et parcourt ensuite le royaume sans avoir un domicile fixe.
>
> Chaque Auvergnat, l'un portant l'autre, rapporte quatre ou cinq louis d'or dans sa triste patrie. L'enfant de dix ans en a gagné deux : ils les cousent dans la ceinture de leurs culottes, et les enfants mendient le long des chemins.
>
> Ces hordes voyagent ainsi depuis Jules César, et plus anciennement encore[1].

Gageons que, ce jour-là, Louis-Sébastien Mercier avait dû se lever du pied gauche, et que dans un accès de mauvaise humeur il avait légèrement forcé le trait : car le tableau qu'il peint de ses compatriotes du Massif central n'a rien à envier aux descriptions dantesques des peuplades du Nouveau Monde faites à peu près à la même époque — en 1768 plus exactement — par le fameux Cornelius de Pauw, déjà cité[2]. Ou alors, comme cela se constate encore aujourd'hui chez tel ou tel

Néologie (Éd. Belin). Voir *Le Monde des livres*, 3 juillet 2009, p. 3.
1. *Le Tableau des Paris*, La Découverte, 1998, p. 144.
2. Voir chapitre 9, « Le complexe de La Fayette ».

Français qui, suite à une mauvaise expérience de location saisonnière à Bayonne, ferait une fixation mono-obsessionnelle sur les Basques, il n'est pas exclu que Louis-Sébastien Mercier ait eu un compte personnel à régler sous le prétexte qu'un chaudronnier de Saint-Flour lui avait un jour vendu à prix d'or des casseroles de mauvaise qualité. Il s'était fait rouler et vouait de ce fait aux Auvergnats une haine inextinguible.

Grossière exagération, donc.

De tels excès de langage sont rares de nos jours, et le temps est révolu où les Français poussaient la mauvaise foi jusqu'à traiter certains de leurs lointains concitoyens de primitifs dangereux, de troglodytes ou de cannibales. Mais la vieille méfiance plus haut mentionnée reste monnaie courante : pratiquement toute personne qui n'est pas issue du même clan familial ou — sur plusieurs générations — du même village que vous est sujette à caution. Cela commence par de grandes oppositions géographiques et historiques. Le Nord contre le Sud évidemment, pays d'oïl contre pays d'oc. La province contre Paris, on l'a déjà dit. Après quoi on commence à raffiner. En Île-de-France, toutes les banlieues ont en commun de détester les habitants de l'intra-muros, mais comme il y a plus de deux mille communes en région parisienne et à peu près autant de contentieux, l'union sacrée réalisée sur le dos des habitants de l'intérieur du périphérique ne constitue qu'une trêve de courte durée, et les guerres ancestrales peuvent vite recommencer, entre Saint-Cloud et Suresnes, entre Saint-Denis et Sarcelles. Dans Paris, l'Ouest parisien bourgeois méprise ce qui subsiste de l'Est prolétaire, qui bien entendu vilipende le bourgeois. Là où le prolo a disparu pour cause de hausse des loyers, le « bobo » a pris la relève : le prolo le déteste parce qu'il lui a volé la place, et à son tour le bobo n'a que mépris pour les vieux bourgeois décatis ou les nouveaux riches des « beaux quartiers ». À la manière des amibes qui passent leur vie à se subdiviser à l'infini, l'Est se déchire à son tour. Le onzième, à qui les agences immobilières prêtent désormais une personnalité « forte », se dresse contre le douzième, incurablement petit-bourgeois. Chaque arrondissement à son tour se fragmente : il y a le « bon » et le « moins bon » onzième, et la remarque vaut tout aussi bien pour le septième, le dix-huitième. De guerres de sécession en lignes de démarcation, les identités se reconstituent autour de deux ou trois pâtés de maisons, de leurs commerces et bistrots attitrés : d'un côté les « gens sympas », de l'autre « les autres », c'est-à-dire, selon le cas, les ploucs, les snobs ou tout simplement « les connards ».

Dans un petit livre fort amusant[1] qu'il consacrait à divers lieux de la province française — Saint-Flour, Le Havre, Sète, etc. —, le chroniqueur Philippe Meyer, parti sonder l'île d'Ouessant,

1. *Dans mon pays lui-même*, Flammarion, 1993.

au large de Brest, soutenait que, même s'agissant d'un petit îlot rocheux peuplé de 850 habitants l'hiver, la population avait réussi à y reconstituer un Nord et un Sud antagonistes et jamais réconciliés. Au Sud la douceur du climat, mais aussi la tendance à la paresse et aux compromissions avec les « envahisseurs ». Au Nord les gens durs à l'ouvrage mais âpres au gain, droits dans leurs bottes face au « continent » mais également naufrageurs et pilleurs d'épaves.

Rosine Morin, originaire de la région parisienne mais mariée et installée à Ouessant depuis trois décennies, correspondante locale d'*Ouest France* — entre autres —, plaisante sur ce qu'elle considère comme une invention : « Cette fable est née du fait que le bourg est au sud et la campagne au nord. Donc d'un côté les "notables" et de l'autre le "peuple". Mais tout ça est très exagéré. »

Soit. On concédera que l'île d'Ouessant n'est pas irréductiblement divisée, contrairement à la France elle-même. D'ailleurs les Ouessantins, en matière de rivalités ancestrales, ont déjà de quoi s'occuper avec les frères ennemis de Molène (250 habitants l'hiver), du moins quand les deux îles ne font pas cause commune contre Brest, lointain et orgueilleux siège du pouvoir départemental, forcément mal vu des insulaires.

On aura compris que la propension des Hexagonaux à se regarder en chiens de faïence n'est pas un petit détail. Les divisions peuvent aisément traverser une ville moyenne ou une petite commune. Mais la commune elle-même constitue un espace naturel pour l'épanouissement de l'esprit de clocher. Et comme la France compte encore aujourd'hui le nombre extravagant, unique en Europe, de quelque 36 500 communes, autant qu'à la veille de la révolution de 1789, cela nous assure déjà un programme généreux de petites haines locales et de conflits séculaires.

Prenez l'exemple de C***, village de 220 habitants de l'Hérault, à dix kilomètres de Pézenas. Une histoire qui remonte à une dizaine de siècles. Aujourd'hui un premier clan de cinq ou six familles d'un côté, un second de trois ou quatre de l'autre, avec ce que cela suppose d'affrontements rituels aux élections municipales. Cependant, un sujet met tous les vieux habitants de souche d'accord : le village de Saint-P***, 1 400 habitants, à un kilomètre et demi de là, est tout simplement infréquentable[1]. Si vous demandez à Jean-Yves, un colosse employé aux abattoirs de Pézenas, s'il ira cette année-là à la fête annuelle de Saint-P***, il vous regarde bouche bée : « Je ne vais jamais là-bas. Et surtout pas pendant la fête annuelle. Les gens de Saint-P***, ce sont des gangsters. C'est Chicago. »

Un cran au-dessus vous avez de vieilles inimitiés régionales plus lourdes. Voici Pézenas, petit bijou architectural qui pourrait se comparer à Sarlat dans le Périgord, une moitié de la ville en pierre de taille d'une belle couleur presque jaune, des hôtels particuliers, et même un « ghetto du

---

1. Vu l'ampleur et l'acuité des contentieux locaux, l'auteur a choisi de préserver l'anonymat de ces deux bourgades et ainsi se mettre à l'abri de possibles représailles.

xive siècle ». Pézenas était au xviie siècle une ville
royale, où le prince de Conti avait élu demeure —
d'où le long séjour qu'y fit Molière à ses débuts
dans le théâtre. On y tint les États généraux du
Languedoc en 1688. Pézenas était alors sinon la
première, du moins l'une des villes les plus importantes du Languedoc-Roussillon. À peine moins
peuplée que Béziers à la veille de la Révolution, et
beaucoup plus prestigieuse du fait de l'onction
royale. Malgré les soubresauts révolutionnaires,
en 1793 elle comptait encore 7 149 habitants,
contre 12 501 pour Béziers. Mais Béziers fit le bon
choix de la république et bénéficia d'un grand
essor dû à la viticulture. Dans les années 1950,
sa population était montée à 80 000 habitants,
contre 8 000 à peine pour Pézenas. Une telle histoire laisse des traces. Les habitants de Pézenas
considèrent volontiers les Biterrois comme des
« ploucs » et des « brutes », et ces derniers tiennent les Piscénois pour d'incurables snobs et fins
de race.

   Dans une petite commune voisine, distante de
Béziers de cinq kilomètres, Maraussan, 2 400 habitants, les luttes de clans n'ont jamais manqué, et la
vieille église du village porte sur ses murs en lettres
géantes les traces vengeresses des vieux affrontements du début du xxe siècle : PROPRIÉTÉ DE LA
RÉPUBLIQUE FRANÇAISE. De cette manière pas
d'ambiguïté : chaque fois qu'ils vont à la messe,
les calotins passent sous les fourches caudines de
la laïcité. Cependant, les habitants de Maraussan
sont capables de mettre leurs vieilles querelles en
sourdine pour se liguer contre l'ennemi principal.

Ainsi cette vieille commerçante retraitée à qui vous demandez s'il est bien vrai qu'on a retiré du service les redoutables haut-parleurs très « démocraties populaires » qui, dans tous les villages de l'Hérault, pétaradent et grésillent trois fois par jour pour vous annoncer l'ouverture du marché hebdomadaire sur la place ou l'heure d'une tombola à la salle des fêtes. Avec accompagnement de vieux tubes de Sheila ou de musique techno. « Bien sûr qu'on les a supprimés, pensez donc, expliquait un jour la dame avec aigreur, il n'y a plus que des étrangers ici, et il paraît que ça les dérangeait, les annonces au haut-parleur. Et maintenant qui préviendra le médecin à minuit s'il y a un malade ? » Vous essayez avec servilité d'aller dans son sens : « C'est vrai, avec tous ces Britanniques... » Elle : « Des Britanniques ? Il n'y en a pas ici. » Vous comprenez finalement : les « étrangers » qui sont venus coloniser le village et tout régenter, ce sont ces gens de Béziers, qui ont fait cinq bons kilomètres pour venir bouleverser la vie locale.

Les prétextes à divisions et subdivisions sont multiples. Chacune des 36 500 communes du pays a une personnalité qui ne saurait se confondre avec celle du village voisin. Elles se sont constituées dans des régions ou des sous-régions lourdement chargées d'histoire. Là-dessus, au début du siècle, Napoléon est venu plaquer 95 départements dont les limites purement administratives ne coïncidaient, sauf exception, avec aucune frontière natu-

relle : des territoires de dimension comparable
avec au beau milieu une préfecture que tout
citoyen pouvait atteindre à pied en vingt-quatre
heures au maximum. Admirable création carté-
sienne. Mais, deux cents ans plus tard, les frontières artificielles sorties armées du cerveau napoléonien sont devenues à leur tour des lignes
infranchissables. Une amie originaire de Hyères,
et qui tenait à Paris une boutique de mode, finit
par lâcher un jour à propos de Nice : « Dans le
Var, on considère les gens des Alpes-Maritimes
comme des Ritals. » Au-delà de la référence historique évidente — le comté de Nice n'a été ratta-
ché à la France qu'en 1860 — il y avait de lourds
sous-entendus concernant ces gens de Cannes
ou de Nice qui, bien entendu, ne sont pas de la
même espèce que ceux de Hyères ou Toulon. Pour
cette amie, il s'était forgé, sur les bords de la Méditerranée, une identité varoise qui, bien entendu,
n'avait strictement rien à voir non plus avec celle
des Bouches-du-Rhône. Un distinguo qui ne frappe
pas par son évidence vu depuis Lille ou Strasbourg.

Il arrive que le découpage napoléonien ait produit une bizarrerie géopolitique, un mouton à
cinq pattes dont l'incongruité saute encore aux
yeux malgré deux siècles d'habitudes administratives. C'est du moins ce que pensait Jean Char-
bonnel, vieux gaulliste et maire de Brive-la-Gaillarde de 1966 à 1995. L'une de ses idées fixes : la
création du département de la Corrèze avait été
une insulte à l'histoire, à la géographie et au bon
sens, car le sud du département — la région de

Brive — n'avait strictement rien en commun avec le nord, c'est-à-dire Tulle et Ussel. Il convenait donc, toute affaire cessante, de mettre fin à cette malformation et de créer un nouveau département, celui de la Vézère, du nom d'une rivière qui traverse la région. Cela ne s'est jamais fait, mais autour de Brive-la-Gaillarde des journalistes locaux — entre autres — vous expliquent encore avec passion comment la Corrèze du Sud n'a rien à voir avec sa partie septentrionale. « À Tulle et Ussel, confirme un enseignant du coin, les gens sont réservés et peu bavards. À Brive, les gens sont exubérants, conduisent des voitures tape-à-l'œil, klaxonnent et parlent fort. » En somme, le vieil antagonisme qui sépare Nice de Brest, mais en modèle réduit. Les partisans d'une sécession de la Vézère ont un argument de poids : la frontière linguistique entre langue d'oïl et langue d'oc passe très exactement au milieu du département. Un journaliste de *La Montagne* me montre sur la carte cette frontière invisible : « D'un côté, ces petits villages ont l'accent méridional, et de l'autre, trois kilomètres au nord, ils ont l'accent du Nord. » Et si la frontière passe au milieu d'un village ? « Eh bien, la moitié de la population parle la langue d'oc, et l'autre moitié la langue d'oïl », répond-il sans se démonter.

On comprend parfois pourquoi l'unité et l'indivisibilité de la république sont un combat jamais gagné, qui exige une vigilance de tous les instants.

À Paris, une infinité de réseaux plus ou moins invisibles structurent la vie sociale et la lutte pour le pouvoir. Les corporations les mieux organisées pèsent de tout leur poids : chauffeurs de taxi, kiosquiers, bistrotiers, médecins, pharmaciens... Il faut éviter de leur marcher sur les pieds, car ils accourent et se rassemblent à la première agression pour punir le malotru.

Il y a aussi les réseaux tribaux, les vieilles solidarités régionales et locales qui agissent dans l'ombre. « Bien entendu, il existe des réseaux lyonnais à Paris, et fort efficaces, mais, comme il se doit, ils sont aussi discrets que les Lyonnais eux-mêmes », explique un journaliste originaire de la capitale des Gaules qui a fort bien réussi à Paris. Il y a de multiples réseaux bretons. Des filières bordelaises ou toulousaines. Une toile d'araignée dont les ramifications se croisent, s'enchevêtrent et se démultiplient *ad infinitum*. Dans l'ombre et les chuchotements.

Les Auvergnats — on y revient — ont la réputation de tenir le métier de la limonade à Paris et, on le suppose, un peu partout en Île-de-France. Plus exactement, ils tenaient au début du xxe siècle les bois et charbons ancêtres des bistrots de quartier, qui eux-mêmes sont à l'origine de petits empires parisiens de la restauration.

Pendant deux décennies, j'ai eu à cent mètres de chez moi, dans le quartier de la Bastille, l'un des journaux les plus sérieux du pays : *L'Auvergnat de Paris*, installé dans de rutilants locaux boulevard Beaumarchais. Sur le trottoir d'en face, une agence de placement à l'intitulé mystérieux

— il y était question d'Armor et d'Auvergne, car les Bretons, comme les gens du Sud-Ouest d'ailleurs, ne sont pas absents dans ce secteur — centralisait une bonne partie des offres d'emploi dans la limonade parisienne. Offres que les candidats avaient déjà repérées dans les pages de *L'Auvergnat*, dont les annonces classées faisaient également autorité en matière de cession de fonds de commerce.

Je ne sais plus quelle année, on avait pu voir autour de la Bastille une impressionnante procession de gens en costume traditionnel défilant derrière de grandes oriflammes. Il était question d'un quelconque centenaire de l'installation des Aveyronnais dans la capitale. De quel centenaire était-il précisément question ? Le mystère est resté opaque. En tout cas, les « Aveyronnais de Paris » défilaient à la Bastille comme sur un terrain jadis ennemi et conquis de haute lutte. Aujourd'hui encore on peut voir des reportages à la télévision sur des cercles aveyronnais de Paris, où jeunes et vieux se rencontrent pour des danses et des chants traditionnels et où se mijotent beaucoup de mariages. Rien de tel qu'un mariage entre Aveyronnais de souche, dit-on, pour étoffer le fonds de commerce ou repousser les frontières du petit empire familial.

À force de mettre bout à bout ces bribes d'information, l'observateur candide finissait par constater avec perplexité que, bien sûr, « les Auvergnats tiennent les cafés à Paris », mais qu'il y a plus auvergnat encore que les Auvergnats, même si ces déracinés ne sont pas officiellement origi-

naires de la région Auvergne délimitée dans les
années soixante-dix. Ce sont les Aveyronnais.

Ils constituent l'aristocratie au sein des exilés
du Massif central. La famille Lafon qui en 1925
ouvrit La Coupole, la plus célèbre brasserie de
Montparnasse. La famille Costes, ses cafés haut
de gamme, son hôtel discret et branché de la rue
Saint-Honoré, fréquenté par le Tout-Paris. L'établissement Ma Bourgogne qui règne sur la place
des Vosges. Tout comme le joli bistrot Chez
Camille dans la rue des Francs-Bourgeois. Il
arrive que la filiation soit légèrement impure,
mais cela se remarque aussitôt. Longtemps Le
Réveil, situé boulevard Henri-IV, à deux pâtés de
maisons de la Bastille, fut l'un des derniers bistrots de qualité du quartier — plats mijotés, ser-
veurs en veste blanche. Il était tenu par un couple
charmant. La patronne était comme il se doit
aveyronnaise, mais elle ajoutait aussitôt : « Mon
mari est du Cantal. » Sur le ton de la confidence,
comme si en des temps reculés, au mépris des
haines ancestrales et des interdits familiaux, ils
avaient franchi la ligne de démarcation entre le
Cantal et l'Aveyron pour vivre le grand amour puis
l'aventure parisienne. Les amants de Sarajevo
version Massif central.

Cette histoire serait-elle encore plus compliquée qu'il n'y paraît ? C'est ce que laissait entendre,
dans la mélancolie d'un soir d'automne en 1994,
celui qui était alors le patron du Café Martini, un
petit établissement branché de la rue du Pas-de-
la-Mule, à côté de la place des Vosges. C'était un
franc-tireur de la profession, manifestement bien

informé de tout ce qui s'y tramait, et par ailleurs un fin connaisseur des arcanes de la politique locale et nationale. Car au fond, estaminets et campagnes électorales, n'était-ce pas un peu la même chose ? Alors qu'en cette fin de novembre, le sort de la présidentielle de mai 1995 paraissait réglé et que plus personne ne pariait un kopeck sur les chances de Jacques Chirac face à Balladur, il avait laissé tomber cet oracle : « Je vous le dis tout à fait entre nous : dans les semaines qui viennent, Chirac va ratatiner Balladur. » Prophétie alors audacieuse, mais qui se réalisa comme chacun sait. L'homme — sans doute originaire de l'un de ces départements montagneux, rudes en toute saison et froids l'hiver — était donc un observateur avisé et de bon sens. Le même soir, décidément en veine de confidence, ou peut-être démoralisé par l'absence de clientèle, il avait lâché : « Je vais vous dire une chose. Ce n'est pas l'Aveyron qui tient Paris, c'est l'Aveyron nord. » Aussitôt il s'était tu, comme s'il regrettait d'avoir ainsi trahi un aussi gros secret de famille.

Un complot nord-aveyronnais à Paris ? Il ne fallait pas tirer de conclusions hâtives. Cinq ans plus tard, une amie journaliste, issue de la nébuleuse *Libération* mais native de Laguiole, patrie des couteliers — et peut-être des rémouleurs chers à Louis-Sébastien Mercier —, s'empresse de clarifier les choses, « qui sont beaucoup plus simples et beaucoup plus compliquées ».

« Entre l'Aveyron nord et sa partie sud, dit-elle d'un ton catégorique, il y a une barre de montagne. Au sud de cette barre montagneuse, il n'y a

plus que Millau pour l'essentiel. Or Millau, ce
n'est rien, c'est la porte d'entrée du Languedoc et
des vacances. Le véritable Aveyron, chacun le sait
là-bas, c'cst Rodcz. »

Rodez maître de Paris ? La thèse avait en tout
cas l'avantage de la clarté. Presque trop d'ailleurs.
J'y vis, plutôt qu'une explication définitive sur les
réseaux d'influence et de pouvoir en ce pays,
matière à méditer sur l'infiniment complexe
capable d'accoucher de la parfaite simplicité, elle-
même dépourvue de toute vraisemblance, sans
qu'on puisse accorder foi à aucune des deux théories en présence.

J'apprenais la méfiance.

19

Soldats de plomb

Le 14 juillet 1989, pour le bicentenaire de la Révolution française, les Champs-Élysées avaient été le théâtre de l'un des plus somptueux et réjouissants défilés nationaux qu'on ait eu l'occasion de voir. Les Français, qui avaient choisi pour une fois de céder à leur pente naturelle, avaient enrôlé un vrai frivole, un frivole de génie, l'artiste et publicitaire à tout faire Jean-Paul Goude, pour mettre en scène un monumental spectacle ambulant de quatre heures à la gloire de 1789.

Il avait fait venir de la place Rouge à Moscou une dizaine de gardes soviétiques du mausolée de Lénine qui, tout en exécutant un pas de l'oie impeccable, escortaient un tank baptisé Glasnost tirant des salves de neige artificielle. On découvrit les Tambours du Bronx, percussionnistes venus de la paisible ville de Nevers et qui tapaient sur des barils de métal. Des danseuses africaines vêtues de blanc comme pour danser *Le Lac des cygnes* se déhanchaient sur une plate-forme motorisée au son des percussions d'un vieux musicien

juché sur le toit du véhicule. Sur une scène installée place de la Concorde, l'Afro-Américaine
Jessye Norman, drapée dans un immense drapeau
tricolore, exécutait une vibrante *Marseillaise*.

Comment un être aussi léger que Jean-Paul
Goude avait-il pu résumer de manière aussi
brillante et sensible ce qu'il y avait de mieux à la
fois dans 1789 et dans l'âme de Paris ? Le mieux,
c'est-à-dire l'amour de la liberté, du progrès, des
sciences et des arts, le goût pour l'internationa-
lisme et le mélange des cultures. Ce défilé de 1989
conviait la Russie en voie de démocratisation de
Gorbatchev, l'Afrique, la province française, une
chanteuse noire américaine, l'Europe et l'Amérique latine. Paris, redevenu carrefour mondial
des arts, de la culture et des idées, comme il l'avait
été aux plus belles heures de l'histoire contemporaine.

On se souvient d'autant plus de ce 14 juillet
1989 qu'il fut l'exception confirmant la règle. Et
cette règle se résume à une particularité française
tout à fait incongrue mais à laquelle personne ne
fait plus attention tant on y est habitué.

On a beau regarder autour de soi, passer en
revue les grandes démocraties d'aujourd'hui, on
ne trouve rien de comparable. La France est bien
le seul pays occidental dont la fête nationale s'organise autour d'un événement central et quasi
unique : un défilé militaire de trois heures aux
Champs-Élysées devant le président de la République, les plus hautes autorités de l'État, et de

prestigieux invités de l'étranger. Grâce à une dérogation exceptionnelle, des avions de combat survolent la capitale. En 2008, on vit des lâchers de parachutistes sur la place de la Concorde. Les barbus de la Légion étrangère, tout droit sortis du film *Morocco* avec Marlene Dietrich, se font acclamer comme chaque année. Les chars d'assaut les plus récents massacrent un peu le bitume, qu'il faut colmater par la suite. Les grandes chaînes de télé françaises retransmettent l'événement dans son intégralité — chez beaucoup d'hommes sommeille l'enfant passionné de *kriegspiel* et de soldats de plomb — et cela fait beaucoup de monde à la fin devant le poste de télévision et les barrières métalliques sur les Champs-Élysées. Un 14 juillet, ce sont également une garden-party à l'Élysée, des bals populaires — qui tombent un peu en désuétude — et des feux d'artifice, surtout en province. Mais l'événement majeur et central, c'est ce défilé militaire grandiose et interminable. Un cas d'espèce en Occident.

Demandez autour de vous. « Le 4 juillet [où l'on célèbre aux États-Unis l'Independance Day]? Il y a des défilés de majorettes, des concerts de musique des plus divers, et surtout des piqueniques par milliers », résume un intellectuel américain installé à Paris depuis de longues années, et qui n'a aucune indulgence pour son pays d'origine. Cela ne se discute même pas : la plus grande puissance militaire du monde actuel ne fait pas défiler ses armées le jour de sa fête nationale. Pas plus que la Grande-Bretagne, l'Italie ou — bien entendu — l'Allemagne. Y aurait-il en Europe un équivalent au déploiement armé du 14 juillet? Oui : il y a — ou il y avait — le défilé du 1er mai à Moscou, pour autant que l'on considère la Russie comme partie intégrante de l'Europe. La colossale parade militaire de la place Rouge, qui était destinée à intimider le monde entier — et l'Europe pour commencer —, est-elle vraiment un modèle à imiter? Et quel danger mystérieux guetterait donc la France de ce début de XXIe siècle pour qu'elle se croie obligée de faire une démonstration de force militaire aux Champs-Élysées, au beau milieu de l'été? Mais bien sûr, à peu près personne en France n'irait jusqu'à formuler explicitement un tel raisonnement. Pour la plupart des gens, cela fait partie de la tradition, et c'est tout.

Une amie journaliste originaire de Lorraine — ce qui, en l'occurrence, n'est pas tout à fait un détail, bien sûr —, va un peu plus loin : « La France, dit-elle, est un pays qui a été envahi deux fois au XXe siècle, c'est pourquoi le culte de l'armée y reste aussi fort. » Elle ne poussait pas davantage son argumentation, car il est aujourd'hui difficile de prétendre qu'il y a menace sur les frontières de l'est. Elle voulait peut-être dire par là que la France a besoin aujourd'hui encore de faire une démonstration publique de force, de manière tout à fait symbolique, justement pour effacer le souvenir de ces deux invasions. Sous-entendu : l'autre ancienne puissance dominante en Europe, la Grande-Bretagne, n'a jamais été envahie, elle,

depuis dix siècles; et, si elle n'a pas vraiment
gagné la Seconde Guerre mondiale, elle a en tout
cas joué les brillants seconds rôles dans le camp
des vainqueurs. Ce qui la dispense de faire de
rituelles démonstrations de force : à Londres, on
fait faire un tour de carrosse à la reine, laquelle
passe en revue la garde de Buckingham Palace, et
chacun fait mine d'être rassuré sur la place de la
Grande-Bretagne dans le monde.

Il y a des pays où le problème ne se pose pas.
Les « petits » pays bien entendu, car ils n'ont
jamais eu la prétention de dominer ni l'Europe ni
le monde, et leur seul espoir, le plus souvent déçu,
se bornait à ne pas servir de champ de bataille
aux grandes puissances du continent. L'armée
hollandaise, pas plus que l'armée danoise, n'a
jamais espéré gagner des guerres. Dans ces
« petits » pays, comme au Canada, l'institution
militaire fait partie du décor. On fait appel à
l'armée en cas de désastre naturel. Et pour fournir
des « casques bleus » à l'ONU. À deux reprises
au XXe siècle, la question militaire a été un peu
plus conflictuelle au Canada : en 1917 et 1941, la
population québécoise, qui avait massivement
voté au référendum contre l'entrée en guerre du
pays, a été enrôlée de force sous la bannière de
l'Empire britannique. Mais ce sont des souvenirs
lointains. Même ceux qui n'aiment pas la chose
militaire ont bien peu à reprocher à l'armée canadienne — sinon qu'elle fut longtemps exclusive-
ment dirigée par les Canadiens anglais, et qu'elle

l'est encore largement aujourd'hui. Mais l'armée est invisible, absente des médias, et ce n'est pas un sujet auquel on pense. Sauf, brièvement, quand il y a des morts au scin du contingent envoyé en Afghanistan. Ou quand un incident de sous-marin vient rappeler la mauvaise qualité de l'équipement des forces armées de la reine du Canada. Une occasion de ricaner quelque peu, sans plus.

En Allemagne, on l'a dit, la question militaire est devenue à peu près taboue, pour des raisons qui tombent sous le sens. Mais d'autres grands pays qui n'ont pas le même passif historique pourraient comme la France avoir des nostalgies militaires. Or ce n'est pas le cas. Le journaliste italien Alberto Toscano, dans le livre qu'il consacrait récemment à la France, et où pour l'essentiel il reprochait à ses habitants leur prétention à régenter le monde et leur arrogance en divers domaines, s'empressait dès les premières pages d'administrer à son propre pays une petite volée de bois vert de manière à pouvoir dire que, s'il se moquait des Français, il savait se montrer au moins aussi sévère avec ses compatriotes. Et de quel trait de caractère national parlait-il en citant une blague allemande pas franchement désopilante ? « Les Allemands se demandent : Quels sont les deux livres les plus courts qui existent ? Celui des recettes gastronomiques du Biafra et celui des héros de guerre italiens[1]... » On l'aura compris : l'armée est pour l'essentiel un sujet de plaisanterie

1. *Critique amoureuse des Français*, *op.cit.*, p. 7.

de l'autre côté des Alpes. Les Italiens sont les premiers à admettre qu'ils n'ont jamais brillé sur les
champs de bataille : le fasciste Mussolini avait
beau rouler des mécaniques et, depuis les hauteurs de piazza Venezia dans la Ville éternelle,
invoquer les lointains souvenirs de l'Empire
romain, son seul exploit de grand stratège aura
consisté à battre non sans mal les pauvres Éthio-
piens, à déclarer la guerre à la France une fois
que la débâcle eut été consommée en juin 1940,
et à subir une humiliante défaite face aux petites
armées grecques au printemps de 1941.

Dans un pays aussi instable et si faiblement
gouverné, où dans les années soixante-dix le Parti
communiste — converti à la démocratie parlementaire mais tout de même soupçonné d'entretenir des liens avec Moscou — avait atteint 33 %
des voix, diverses officines liées à l'extrême droite
et à la CIA ne manquaient pas de s'affairer dans
l'ombre, et les services secrets de l'armée italienne
trempèrent dans des affaires troubles mais surtout quelque peu minables. Le service militaire
était une source d'ennui, et les « exploits » des
forces armées faisaient rigoler. Après Garibaldi,
la chose militaire n'a plus jamais fait rêver. Ni
vibrer la fibre patriotique. Mais les Italiens n'en
font pas une maladie : peut-être bien seraient-ils
prêts à faire le coup de feu pour l'honneur de leur
sœur, pour défendre leur famille, leur village ou
leur région, mais la gloire de leur État les laisse
manifestement froids. Les Italiens ne placent certainement pas leur orgueil dans les faits d'armes
nationaux.

La France est donc seule de son espèce. La patrie des arts et de la culture accorde une place éternelle aux forces armées. Le pays autoproclamé des droits de l'homme, il est vrai, a souvent confié son destin à des militaires, qui balançaient entre la dictature et la démocratie autoritaire. Longtemps elle a entretenu — à tort ou à raison — la hantise d'un coup d'État couleur kaki. Et jusqu'à une date récente, on a vu à intervalles réguliers quelques personnages ayant vécu dans les casernes ou crapahuté dans le djebel se rappeler au bon souvenir de leurs compatriotes. À lui seul Bernard Pivot, dans ses émissions littéraires, en a invité une bonne demi-douzaine sur deux décennies. Même si les épisodes les plus dramatiques de cette histoire commencent à appartenir à un passé révolu et à l'Histoire tout court, les comptes ne sont toujours pas totalement apurés. Régulièrement les Français — ou une partie d'entre eux — se demandent comment ils ont pu en arriver à faire cette terrible guerre d'Algérie. Fallait-il, après 1962, s'empresser de jeter un grand manteau sur ces affreux souvenirs ? Fallait-il au contraire se vautrer dans la culpabilité et faire un compte précis et détaillé des horreurs, ne serait-ce que pour rendre justice aux victimes ? Régulièrement, des historiens ou critiques se demandent pourquoi le cinéma et la télévision ne reviennent pas davantage sur ces pages sombres, les crimes et les responsabilités des uns et des autres. La fin de la guerre d'Algérie datera bientôt d'un demi-siècle, et apparaît comme une chose passablement lointaine et abstraite à tous les Français qui ont moins de soixante ans. Il n'empêche que, ces toutes dernières années encore, on a pu voir les généraux Bigeard ou Aussaresses, tout comme Massu avant sa mort, faire la une des journaux à propos de l'usage de la torture en Algérie. L'un des titres de « gloire » de Jean-Marie Le Pen ne consistait-il pas à avoir été engagé volontaire en Algérie en 1957 ? D'ailleurs le défilé d'anciens combattants d'Algérie ou d'Indochine couverts de médailles n'était-il pas l'un des *must* de toute manifestation du Front national ?

Quand il n'est plus question de la guerre d'Algérie, c'est « l'humiliante défaite aux mains des Allemands en juin 1940[1] » qui remonte à la surface. Pour la millième fois, on essaie de comprendre comment une telle catastrophe a pu se produire, qui en porte la responsabilité et qui, sous l'Occupation, s'est encore plus mal conduit que les autres. La France n'en finit pas de régler ses comptes avec ses mauvais souvenirs militaires.

1. Richard Bernstein, *Fragile Glory*, Knopf, 1990. L'ancien correspondant à Paris du *New York Times* voyait dans cette catastrophe l'une des sources majeures de l'antiaméricanisme français : « La France avait besoin de faire sentir sa présence dans le monde. »

La France a été au XVIIIᵉ siècle la patrie des Lumières. Donc de l'esprit, de la pensée. Mais comme elle était encore — et de loin — le pays le plus peuplé d'Europe, elle a également été la puissance militaire dominante de cette époque. Une hégémonie qui s'est conclue sur le feu d'artifice de la grande aventure napoléonienne, pour laquelle les Français de tout bord gardent aujourd'hui une nostalgie à la fois naturelle et surprenante : sous prétexte de porter la bonne nouvelle « révolutionnaire » (?) au reste de l'Europe, Napoléon a tout de même été un envahisseur qui a provoqué des millions de morts et cultivé la curieuse manie de placer tel frère ou tel compagnon d'armes sur des trônes où ils n'avaient rien à faire. La plupart des Français lui vouent encore aujourd'hui un culte pas tout à fait avouable, pour cette simple raison que l'Empire coïncida avec l'apogée absolu de la puissance française. Suivie d'un déclin relatif mais évident.

Elle subit une première défaite catastrophique face aux Prussiens en 1870. En 1914, elle frôla de nouveau le désastre militaire, et pendant quatre ans la guerre se déroula sur son territoire, dont une portion importante du nord-est était occupée par l'armée allemande. Malgré l'important concours des Britanniques, il n'y eut jamais de victoire décisive contre les Allemands. Bizarrement — car cette rébellion de la société civile aurait aussi pu se produire en France —, ce fut l'effondrement du front intérieur en Allemagne qui scella la fin du conflit. Les militaires français n'ont donc pas eu la revanche dont ils rêvaient sur le champ de bataille. Puis arriva juin 1940, et cette humiliation suprême pour un pays dont on disait encore qu'il avait « l'armée la plus puissante du monde ». Comme si, tout ce temps, la France avait continué à se considérer comme la grande puissance militaire du continent, et tentait de plus en plus désespérément de s'en convaincre sans jamais en fournir la preuve. Plus elle perdait, plus l'obsession militaire gagnait en frénésie : voir l'hystérie guerrière et nationaliste de la fin du XIXe siècle, notamment pendant l'affaire Dreyfus. Après 1945, l'armée française pensait retrouver son honneur perdu en Indochine, et cela se termina à Diên Biên Phu. En Algérie, elle jura que cette fois rien ne la priverait de la victoire. Elle a peut-être réussi à contenir la rébellion armée algérienne proprement dite, mais au prix du déploiement de 500 000 hommes dans un pays qui comptait au maximum 8 ou 10 millions d'autochtones, après avoir « regroupé » des centaines et des centaines de milliers d'« indigènes » dans des camps et utilisé systématiquement la torture. Tout cela pour une guerre que la France n'avait de toute façon aucune chance de gagner sur le terrain politique et diplomatique.

Le psychodrame guerrier n'avait fait que monter en régime sur un siècle et demi. La patrie des philosophes, des lettrés, puis des instituteurs, est donc étrangement restée une société passablement militaire, où les haut gradés étaient des personnages intouchables. Lorsque la France, après beaucoup de détours et d'errements autoritaires, bascula définitivement en république à partir de

1871, les responsables de l'armée maintinrent
leur poids considérable au sein de la société.
Comme s'ils étaient en quelque sorte les garants
de l'existence et de l'unité de la nation. De temps
à autre un haut gradé plus agité que les autres
menaçait de s'emparer du pouvoir, comme le
général Boulanger. Le reste du temps, les gouver-
nants civils — et la presse respectable — faisaient
preuve d'un respect apeuré vis-à-vis des institutions militaires. Au xxᵉ siècle, c'est le maréchal
Pétain qui incarna la collaboration aux heures
les plus noires de l'histoire du pays. En 1958, c'est
le général de Gaulle qui, à la tête d'un régime
démocratique passablement autoritaire, incarna
le redressement du pays. Sans oublier, pendant
les premières années de la Vᵉ République et tandis
que s'éternisait la guerre d'Algérie, la menace bien
réelle d'un coup d'État militaire.

Bien entendu, on ne trouve nulle trace de cette
agitation militaire dans l'histoire britannique des
deux derniers siècles. On vénère la mémoire de
quelques grands chefs de guerre — Nelson, Wel-
lington, Montgomery —, mais même à l'acmé des
crises les plus graves de cette histoire, le pouvoir
est toujours resté sans aucun conteste aux mains
des civils et du Parlement. Les héros de la Grande-
Bretagne, dans les périodes les plus critiques de
son existence, s'appellent William Pitt, Lloyd
George ou Winston Churchill, et la suprématie du
Parlement britannique n'a jamais été remise en
cause un seul instant.

Les rapports de la France avec l'armée relèvent
en quelque sorte du conflit jamais résolu, de la

blessure mal refermée, du phénomène du membre fantôme. De la même manière qu'un amputé conserve à jamais le souvenir et la sensation du membre qu'on lui a enlevé, la France continue — ou en tout cas a longtemps continué — d'avoir mal à sa grandeur militaire, laquelle date de l'époque napoléonienne.

Cette persistance d'un passé lointain doit expliquer, on le suppose, un autre trait de caractère français qui étonne l'observateur étranger[1] : l'antimilitarisme légèrement obsessionnel qu'on retrouve dans des milieux de gauche et qui inspire de nombreux dessinateurs ou humoristes. L'antimilitarisme va — ou allait — souvent de pair avec l'anticléricalisme. Petite nuance pourtant : la marginalisation de la religion catholique et du clergé est une histoire ancienne et irréversible. Tandis qu'au contraire, on a encore vu en France dans les années soixante-dix et quatre-vingt quelques vieilles « gloires » des guerres coloniales jouer les vedettes sur les plateaux de télévision.

Bien entendu, les guerres européennes ne sont plus guère d'actualité aujourd'hui, et les guerres coloniales encore moins. On aurait plutôt besoin ces jours-ci de techniciens de la lutte antiterroriste ou de petites unités de commando hyperprofessionnelles. Les grands chefs de l'armée française sont désormais de parfaits inconnus pour le public et ne songent certainement pas à fomenter des coups d'État à la Bonaparte. Le psy-

---

1. En particulier s'il est originaire d'un pays qui n'a même jamais connu le service militaire.

chodrame a pris fin il y a deux ou trois décennies.
Mais il avait été si intense et avait duré si longtemps que son souvenir demeure. De même que
les vieux réflexes. Le 14 juillet, on vient donc aux
Champs-Élysées « voir et complimenter l'armée
française ». Comme s'il s'agissait encore de l'institution la plus importante. Celle qui tient la
France.

20

Au-delà du périphérique

Y a-t-il une vie hors de Paris, au-delà du périphérique ?

Vous observerez une petite gêne chez vos interlocuteurs français si vous abordez le sujet. Celui-
ci fait partie des vieux secrets de famille — comme
parfois ces haines ancestrales bétonnées sur trois
générations, ou le casier judiciaire du grand-oncle
Gustave, ou la faillite retentissante en 1962 de la
branche cadette dans les spiritueux —, ceux qu'on
préfère ne pas étaler sur la place publique ni
même évoquer devant des étrangers. Le sujet a
quelque chose à voir, disons, avec la question
des nationalités jadis dans la Yougoslavie de Tito.
Les Serbes avaient-ils un contentieux avec les
Croates ? Ceux-ci aimaient-ils vraiment les Bos-
niaques ? Si un visiteur étranger de passage, grisé
par la *slivovitz*, la beauté des femmes et la liberté
de ton inhabituelle en régime « communiste »,
hasardait de telles questions dans les années
soixante ou soixante-dix en fin de soirée, il provo-
quait un silence embarrassé, des haussements de

sourcil incrédules ou des étonnements apitoyés. Comment pouvait-on être assez ignorant des choses de la vie, assez étranger en somme, pour lâcher de telles inepties ? Vos interlocuteurs s'en tiraient par quelques phrases vite expédiées. Du genre : vous savez, il y a des contentieux dans tous les pays, ce sont de vieilles histoires et ça va beaucoup mieux aujourd'hui. Puis vos interlocuteurs changeaient abruptement de sujet, se resservaient un verre, ou vous tournaient le dos.

En France, il y a longtemps qu'on ne fait plus la guerre — contrairement à ce qui se passa récemment en ex-Yougoslavie —, et votre remarque sera finalement accueillie avec politesse et placidité. Certains vous diront avec le sourire patient du pédagogue pour groupe scolaire attardé : il ne faut pas dire ça, il se passe des choses très bien, des choses *très importantes* en province. Ou bien : la vraie France, ce n'est certainement pas Paris. Ou alors : ce fut vrai à une époque, mais la situation n'a plus rien à voir aujourd'hui, les vrais créateurs ne sont plus à Paris, mais en province. De loin en loin, les news magazines parisiens, dans les périodes creuses où l'actualité tombe à zéro, concoctent un « spécial province » de dix pages, pour expliquer comment « la province bouge ». On vous parlera d'un chef d'orchestre heureux à Lille comme Dieu en France. D'un romancier qui pour rien au monde ne quitterait sa Touraine natale. D'un architecte bordelais mondialement connu et qui passe sa vie dans des avions entre les quais de la Gironde et New York, ou Tokyo, sans jamais daigner faire escale à Paris. La coupure entre Paris intra-muros et le reste du pays a peut-être été une réalité, et encore ce n'est pas sûr, vous assurent les Parisiens. En tout cas ce n'est plus vrai aujourd'hui. Les « provinciaux », de leur côté, balaient la question d'un revers négligent de la main : s'ils ne vivent pas à Paris, ou s'ils n'y vont à peu près jamais, c'est par choix. Aucun notable ou artiste local ne vous dira : je déteste la capitale parce que personne ne m'y connaît et qu'on me traite de haut. Mais non : tous, ils pourraient très bien y passer leur vie, ou la moitié de leur vie, mais ils ont choisi de ne pas le faire. « J'ai étudié deux ans à Sciences Po et j'ai plein de relations à Paris. J'y vais quand je veux », dit un jeune journaliste. « J'ai à disposition un appartement de 250 mètres carrés à l'Étoile, vous jure un commerçant prospère en bord de Méditerranée, et avec voiture ! Mais Paris me prend la tête. »

Tout cela est dit avec désinvolture. Comme s'il s'agissait d'un détail subalterne. Après tout, il peut se trouver des gens de Lille ou de Bordeaux pour vous dire : je déteste Marseille et son esprit, jamais je n'y habiterais. Pourquoi ne le dirait-on pas de Paris ? Mais chacun sait qu'il ne s'agit pas du même ordre d'idée : aimer ou pas Marseille ou Bordeaux, préférer le nord de la Loire au sud, cela relève des choix habituels de l'existence, comme de préférer la viande au poisson, la bière au vin, le ski alpin au ski de fond. Habiter ou non Paris relève de l'ontologie : c'est la bifurcation vers l'être ou le non-être, l'être ou le néant.

Le néant ? Disons que la vie au-delà du périphérique est d'une autre nature. Une vie du deuxième type. Les différences entre l'Alsace et la Bretagne, le Nord et le Bordelais sont relatives. Entre Paris et le reste de l'Hexagone — c'est-à-dire « la province » — elles sont essentielles. La France est le seul pays où, depuis des temps immémoriaux[1], pour distinguer un îlot urbain représentant 3 % de la population du pays de tout le reste du territoire, on utilise un seul et unique terme : la province. Peu importe que sous cette dénomination on désigne le nord, le sud, la cuisine au beurre ou la cuisine à l'huile, la province est un no man's land, un terrain plutôt vague dont la caractéristique principale et suffisante se résume au fait qu'il n'est pas dans Paris intra-muros.

Entre Paris — 2,2 millions d'habitants aux dernières nouvelles[2] — et « la province », on trouve une zone tampon au statut incertain, l'Île-de-France, peuplée de ces « Franciliens » dont Alain Schifres évoquait l'existence incertaine dans son spirituel ouvrage *Les Parisiens*[3]. Ces gens ne sont justement pas des Parisiens puisqu'ils vivent au-delà du périphérique. Cependant, la plupart d'entre eux connaissent bien Paris car la majorité

---

1. Dans *L'Émile*, déjà, Jean-Jacques Rousseau avait recours à cette distinction pour lui évidente et banale : « Une vie dure est plus facile à supporter en province que la fortune à poursuivre à Paris. »
2. 2 203 817 habitants au 1er janvier 2009, selon l'INSEE.
3. *Les Parisiens, op cit.*

de ceux qui ont un emploi traversent chaque jour la ligne de démarcation pour venir y travailler dans des bureaux, des commerces, des services. Pas loin de cent pour cent des chauffeurs de taxi parisiens habitent la banlieue — et qui incarne mieux un certain esprit parisien que le chauffeur de taxi ? Depuis que l'envol du prix du mètre carré a gagné la quasi-totalité des arrondissements, le vieil esprit parigot a émigré dans le 9-3, le 7-8 ou le 9-4. Chauffeurs de taxi, livreurs, déménageurs, poseurs de moquette, vendeurs du BHV ou du Castorama de la Nation, et même fonctionnaires ou enseignants, ils savent tout de Paris, ou prétendent le savoir. Raison pour laquelle, quand ils participent de la grande transhumance de l'été pour aller poser leur camping-car en bord de Méditerranée ou sur la côte atlantique, ils sont reçus avec autant d'aménité que s'ils étaient de vrais Parisiens, c'est-à-dire avec des sourires entendus sinon des tomates. D'ailleurs, bien que traités avec une condescendance polie par les habitants de l'intra-muros, les Franciliens ont pour habitude de se montrer aussi insupportables que ces derniers lorsqu'ils s'éloignent de la région parisienne. Pour être certains d'être considérés comme de vrais habitants de la capitale, ils tiennent le crachoir, jouent les M. Je-sais-tout. Ils ont un jour pris Belmondo dans leur taxi — oui, monsieur ! —, posé la moquette chez Marc-Olivier Fogiel, croisé à plusieurs reprises Michel Drucker au bistrot de la rue François-Ier où celui-ci a ses habitudes. Le Parisien essaie de se fondre dans le paysage ou invoque ses racines rurales quand il est en province. On reconnaît le Francilien au fait que dans les campings il ne manque jamais une occasion de se faire passer pour un vrai Parisien, fin connaisseur des allées du pouvoir. De manière à attirer ainsi... les quolibets d'usage.

Le vieux secret de famille que les Français évoquent parfois entre eux à voix basse, et dont ils nient la réalité en public, est un secret de polichinelle et une évidence pour tous les observateurs étrangers un peu avertis.

« Paris est la ville où vit et travaille l'élite, écrit le politologue américain Ezra Suleiman. Les mêmes gens se rencontrent dans les mêmes réceptions, les mêmes dîners, les mêmes cérémonies. Tout ce qui a trait au travail, aux promotions, au pouvoir se déroule à Paris. Aucune autre capitale au monde n'a une telle prépondérance dans le pays[1]. »

En Allemagne, il est impossible de désigner la ville la plus importante du pays. Berlin est redevenue la capitale politique, mais n'a pas connu le boom économique espéré. Francfort et sa région restent sans conteste le cœur financier du pays. Mais, question business et rayonnement, il y a aussi Hambourg et Munich. Un universitaire ou un créateur peuvent passer leur vie à Munich ou Hambourg sans avoir le sentiment de vivre « en province ». L'Italie, autre pays décentralisé : selon le point de vue, vous aurez deux capitales, ou

1. *Schizophrénies françaises*, *op. cit.*, p. 109-110.

alors une demi-douzaine. À Rome les activités et les turpitudes gouvernementales. À Milan l'activité financière et artistique, la mode et le design, le dynamisme industriel. Les deux villes font jeu égal. Mais si vous élargissez un peu l'angle, vous ajouterez à la liste les villes de Turin, Florence ou Naples. Peut-être même Venise, Gênes ou Bologne, voire Palerme. À partir du moment où il y a dans un pays plus qu'une métropole, la frontière entre capitale et province devient plus floue, et le statut de « grande ville » plus relatif. En Espagne, Madrid et Barcelone sont deux rivales de poids comparable, et cet « équilibre de la terreur » permet à leur tour à Séville ou Bilbao de faire valoir leurs prétentions. Même en Grande-Bretagne, où la concentration des pouvoirs et des activités à Londres pourrait faire penser à la situation française, la domination de la capitale est loin d'être aussi absolue : les deux universités les plus prestigieuses du pays ne sont pas à Londres, mais à Oxford et Cambridge, et des villes comme Glasgow ou Édimbourg ont une existence réelle, indépendante de Londres.

Dans toutes ces grandes villes européennes, il est envisageable de faire une carrière « nationale » sans jamais, ou presque, passer par la capitale politique du pays. Sauf bien entendu si l'on entend se lancer dans la vie parlementaire ou gouvernementale. Il y aura certes des différences de qualité dans tel ou tel domaine, mais vous pourrez prétendre au meilleur niveau ici ou là dans le domaine universitaire et scientifique, dans l'édition, le théâtre, l'opéra. La plupart de ces

grandes villes ont des musées de réputation internationale, des orchestres symphoniques. Des
artistes ou écrivains célèbres y vivent encore
aujourd'hui.

Plus révélateur encore : dans presque tous les
cas, vous trouverez dans ces non-capitales des
journaux quotidiens de dimension nationale. En
Italie, *La Repubblica* est publiée à Rome. *La
Stampa* à Turin. Et le *Corriere della Sera* à Milan.
On trouve à Venise, Florence ou Bologne, entre
autres, de grands journaux, certes moins prestigieux ou influents, mais qui ressemblent à de
vrais titres nationaux. *Idem* en Allemagne : le
Frankfurter Allgemeine Zeitung à Berlin, le *Spiegel*
à Hambourg et le *Süddeutsche Zeitung* à Munich.

En France, on a opté pour la simplicité radicale. La presse quotidienne nationale se fait à
Paris et nulle part ailleurs. Qu'importe si cette
presse de référence se résume aujourd'hui à cinq
ou six titres, et que les principaux — *Le Monde, Le
Figaro, Libération* — totalisent à eux trois guère
plus d'exemplaires vendus qu'*Ouest-France*, le
géant régional de la Bretagne, qui dépasse encore
aujourd'hui les 700 000 copies. Ces journaux de
province, réunis sous l'étiquette peu engageante
de PQR (presse quotidienne régionale), vendent
cinq fois plus d'exemplaires que les titres nationaux, mais ils constituent une nébuleuse impro-
bable, dont l'existence réelle n'est pas avérée.
La PQR ne s'occupe guère de politique nationale, sauf si celle-ci a une incidence directe sur la
région où l'un de ces quotidiens exerce un monopole. En contrepartie, la politique nationale

ignore la PQR. Les candidats à la présidence don-
neront des interviews exclusives au *Monde* ou au
Figaro, ou à des hebdomadaires nationaux comme
L'Express ou *Le Nouvel Observateur*. Ou à des quotidiens américains. En cours de campagne, ils
finiront par trouver un créneau pour accorder
une interview groupée à un pool restreint de journalistes de province, ou organiser une rencontre
plus large avec l'ensemble des titres. Tout cela
n'est pas bien grave d'ailleurs, puisque, on l'a dit,
la PQR ne s'occupe pas de politique sauf si elle est
locale. *Le Midi libre*, basé à Montpellier, a une
quinzaine d'éditions régionales. Son bureau de
Nîmes compte une quinzaine de journalistes,
celui de Sète une petite dizaine. Correspondants
de villages non compris. En revanche, ce quotidien qui vend 140 000 exemplaires et règne en
maître sur la moitié du Languedoc-Roussillon a
en tout et pour tout un « correspondant » à Paris.
L'agglomération de Marseille, qui compte un million d'habitants, pourrait avoir un quotidien de
type « national », comme en ont toutes les grandes
villes italiennes. Elle se contente d'avoir deux
journaux régionaux qui se font concurrence et
publient chaque jour la même succession de
pages et de nouvelles locales. Sans presque jamais
se donner la peine de proposer une opinion
— qu'on ne leur demande pas — sur les grands
dossiers du pays. Beaucoup de ces quotidiens
régionaux ont opté pour une solution pratique et
qui a le mérite de la clarté : on achète des chroniques à des commentateurs politiques parisiens
connus, Qui, eux, ont autorité pour s'exprimer sur

les sujets de portée nationale. La PQR, on l'aura compris, a une existence du deuxième type.

La France est donc — même à l'échelle de l'Europe — un cas unique où, à de rarissimes exceptions près, les grandes carrières et la lutte pour le pouvoir se jouent dans une seule et même ville, ou plus exactement sur un territoire de neuf kilomètres sur douze. Cette concentration absolue ne vaut pas seulement pour le domaine politique — ce qui serait concevable puisqu'il s'agit de la capitale —, mais pour toutes les formes de l'activité culturelle et intellectuelle, et pour la vie médiatique. Réussissez votre carrière aussi brillamment que vous le voulez à Lyon ou Toulouse, vous resterez une vedette locale, encensée par *Le Progrès de Lyon* ou *La Dépêche du Midi*. Avec éventuellement un hommage solennel du *Monde* en fin de parcours ou à votre mort. Réussissez à Paris, et vous aurez du même coup une stature nationale et peut-être votre page dans *Le Nouvel Observateur*.

La France est depuis toujours le pays le plus centralisé d'Europe, colbertisme et jacobinisme obligent. Un étranger pouvait s'étonner il n'y a pas si longtemps de voir que, pour assurer l'unité de la république, il fallait dépêcher depuis Paris des préfets en uniforme disposant de l'essentiel des pouvoirs dans les régions. Selon des légendes exagérées mais tenaces et significatives, tous les écoliers de France du même niveau ouvraient le même livre à la même heure. La centralisation politique et administrative était telle que les élus de province avaient toutes les raisons du monde ou en tout cas de bons prétextes pour passer les trois quarts de leur temps à Paris, car, disaient-ils à raison, c'est là que se prennent toutes les décisions.

Depuis le début des années quatre-vingt, une décentralisation modérée mais indéniable est passée par là. Donc, il arrive qu'une personnalité politique, même ambitieuse, se consacre principalement à son mandat local sans venir automatiquement passer quatre jours par semaine à Paris : c'est le cas de Gérard Collomb et de Pierre Cohen[1], respectivement maires de Lyon et de Toulouse. Ou de Michel Vauzelle, président de la région Provence-Alpes-Côte-d'Azur, tout de même réélu député en 2007. Il faut tous trois les créditer de ce qui reste en France une originalité : on les voit davantage dans leur fief respectif que dans les allées du pouvoir à Paris.

Il y a, comme dans le passé, des élus locaux, maires de villes moyennes ou présidents de régions, qui n'ont aucune ambition en dehors de leur fief et qu'on ne voit jamais près de la tour Eiffel. Après tout, comme le disait récemment à la télé le député socialiste René Dosière, qui s'est fait une spécialité

---

1. Le premier ne cumule, si l'on peut dire, « que » sa mairie de Lyon avec un poste de sénateur. Le second est resté député de la 3ᵉ circonscription de Toulouse après son élection à la mairie en mars 2008.

de dénoncer les gaspillages et les privilèges indus
au sein de la vie politique, il n'y a plus « que » 200
à 300 cumulards parmi les 577 députés que compte
l'Assemblée nationale. C'est-à-dire des élus qui ont
de lourdes responsabilités locales mais se font élire
à l'Assemblée nationale en espérant toujours un
poste ministériel. Des gens comme Jean-Claude
Gaudin, maire de Marseille et vice-président du
Sénat. Jean-Marc Ayrault, maire de Nantes et président du groupe socialiste à l'Assemblée nationale.
Christian Estrosi, maire de Nice et redevenu
ministre de l'Industrie. Alain Juppé, simple maire
de Bordeaux, mais pour la seule raison qu'il a
été battu aux législatives de 2007 et qui pourrait
bien revenir au gouvernement l'un de ces jours
prochains. Dans le monde anglo-saxon — et sans
doute en Allemagne — il est tout simplement
impensable de diriger une grande ville et de se
faire élire député. Impensable également au
Canada, aux États-Unis ou en Grande-Bretagne,
d'imaginer une situation comme celle de Dominique Strauss-Kahn, qui put se faire élire maire et
député de Sarcelles... et ne pas y élire domicile,
choisissant de rentrer tous les soirs dans les beaux
quartiers de Paris. Il est vrai qu'en son temps François Mitterrand avait donné l'exemple. Inamovible
député-maire de Château-Chinon, il n'y avait
jamais loué ne fût-ce qu'un pied-à-terre, et pendant
un quart de siècle occupa une simple chambre à
l'hôtel du Vieux Morvan lorsqu'il « descendait » en
province.

Dans la tradition française — qui n'est pas
morte —, les administrés ne se vexaient pas

d'avoir à leur tête un ambitieux qui n'avait même pas le temps de se louer un appartement chez eux, ils se réjouissaient au contraire de voir un grand monsieur parisien s'intéresser à eux. Les électeurs de la circonscription de Boulogne — particulièrement sinistrée sur le plan économique — sont paraît-il ravis d'avoir hérité d'un Jack Lang qui, délaissant brièvement sa place des Vosges, vient de-ci de-là leur porter la bonne parole de gauche. Comme il l'avait fait pendant une dizaine d'années à Blois.

Ce qui vaut pour les professionnels de la politique, on l'a dit, vaut pour tous les autres métiers nobles. Les carrières se font dans la capitale et nulle part ailleurs, puisque tous les autres candidats au podium s'y trouvent déjà. Cinéma, édition, arts plastiques, opéra, théâtre, carrières scientifiques et universitaires : tout se décide et tout se réalise à Paris. Sauf cas d'espèce, celui qui vise une renommée nationale ne peut élire domicile ailleurs qu'à Paris. D'une part parce que si l'on veut intriguer il vaut mieux se trouver sur les lieux mêmes des intrigues. D'autre part parce que, si vous avez atteint un certain niveau, les autres confrères et concurrents trouveront suspect que vous soyez resté à Lyon, Toulouse ou Bordeaux : on vous soupçonnera de mener une double vie inavouable, il se chuchotera que vous êtes déjà fini, ou que vous avez atteint votre degré d'incompétence et que vous n'irez jamais plus haut. Une sommité ou une quasi-sommité qui est restée scotchée à sa province natale ou d'adoption, c'est forcément suspect.

Il y a toujours des exceptions à la règle. Comme elles sont rarissimes, il est plus simple de com mencer par elles.

Dans l'édition, presque tout se fait à Paris, comme on le sait. Cela paraît tomber sous le sens, mais les grands pays européens ne fonctionnent pas de la même façon. Les grands éditeurs italiens se partagent entre Milan et Rome à tout le moins. En Grande-Bretagne, un parfait inconnu originaire du Canada, Yann Martel, remporta en 2001 le fabuleux Booker Prize pour *Life of Pi*, ce qui lui valut quelque deux millions d'exemplaires vendus dans le monde anglophone. Il avait été publié par un petit éditeur d'Édimbourg, comme il en existe un certain nombre en dehors de Londres. C'est-à-dire : des maisons d'édition de petite dimension mais aux ambitions nationales, et qui ne sont pas basées à Londres. On ne trouvera guère l'équivalent en France. Certes, dans l'agenda publié par *Livres-Hebdo*, vous trouvez près d'un millier d'éditeurs, dont les trois quarts sont installés en province : ce sont justement des éditeurs régionaux, qui publient, sauf rare exception, des auteurs régionaux, des monographies sur des sujets locaux, éventuellement des guides touristiques. Tous ouvrages dont la diffusion ne dépassera pas les limites du département, et qui atteindra dans le meilleur des cas la FNAC de la ville universitaire du coin, s'il y en a une. Un roman publié par l'une de ces petites maisons aura éventuellement droit à un article dans le journal régional ou, plus subtil, dans les pages locales du régional. Mais, sur le territoire national, il sera considéré comme non publié, à égalité avec les publications à compte d'auteur.

Comme il faut bien une exception à la règle, on trouve Actes Sud. Ce n'est pas tout à fait une maison d'édition de province. Mais plutôt le résultat de la fantaisie d'un éditeur belge, Hubert Nyssen, qui décida un jour de s'installer dans une merveilleuse petite ville du Sud, Arles, et de publier des ouvrages sur la Provence. Puis, grâce au succès phénoménal et inattendu d'un livre de souvenirs de Nina Berberova, puis d'un ouvrage de Théodore Monod, Actes Sud est devenu un éditeur national, parmi les quelque vingt plus importants du pays. Il connut la consécration avec l'attribution du Goncourt à Laurent Gaudé en 2004. Il y a longtemps qu'Actes Sud n'est plus un éditeur « arlésien », s'il l'a jamais été. Et son service de presse est — évidemment — basé à Paris.

Normalement, le théâtre est une forme artistique vouée à la décentralisation, puisque les infortunés amateurs dans de grandes villes comme Lyon, Marseille ou Toulouse ne vont pas chaque semaine faire le voyage à Paris pour voir une grande production de qualité. En Italie — toujours —, le plus brillant créateur de son époque, Romeo Castellucci, l'un des papes de l'avant-garde internationale, reste basé dans sa ville natale de Cesena, bourgade de 90 000 habitants située entre Rimini et Ravenne. On retrouve de grands noms du théâtre à Milan, Rome, Florence. Or, en France, il n'y a de théâtre prestigieux et de qualité qu'à Paris — ou consacré par la capitale. Il y avait jusqu'à tout récemment une brillante exception : Roger Planchon, dont le rayonnement national pouvait donner à croire qu'il avait été l'un de ces envoyés prestigieux de la capitale vers la province. Il n'en était rien : Planchon était bel et bien un produit local de Lyon et de Villeurbanne et il avait atteint la gloire sans jamais quitter sa terre natale. Mais Planchon était bien seul de son espèce. Dans le monde du théâtre, il n'y a de consécration que parisienne. Et ce sont par la suite de grandes vedettes parisiennes qu'on expédie à Strasbourg, Marseille ou Lille comme en terre de mission. Patrice Chéreau se retrouva ainsi — de 1971 à 1977 — à la tête du TNP Villeurbanne. L'hyperactif Jérôme Savary dut bien faire quelques « scènes nationales » provinciales — à Montpellier notamment — avant de revenir immanquablement à la tête d'une scène parisienne. Daniel Mesguich tâta de Lille. Un directeur un peu moins connu comme Gildas Bourdet avait commencé au Havre, à la tête d'une troupe amateur, bientôt devenue professionnelle. Il connut la consécration le jour où on lui accorda la direction du Théâtre national de Chaillot à Paris. Et put ainsi repartir en terre de mission provinciale, mais la tête haute. Quant au festival d'Avignon, son origine n'a rien de régionale : il fut fondé par de hautes personnalités théâtrales parisiennes, Jean Vilar en tête, et reste l'un des grands événements parisiens de l'année, pour lequel se déplacent en masse les principaux médias nationaux. Comme le festival d'opéra d'Aix-en-Provence. Et, à une échelle plus modeste, le festival de BD d'Angoulême ou le Salon du livre de Brive à la Toussaint, qui fut un jour décrété événement littéraire à ne manquer sous aucun prétexte : *Le Monde, Le Nouvel Observateur, France Inter* et tous les autres « grands » font rituellement le voyage. Il arrive que le Paris culturel ait la fantaisie de se déplacer, tel le roi qui en son temps allait visiter ses bonnes provinces reculées. Mais c'est toujours le roi qui attribue ses faveurs. Puis les retire.

François Mitterrand et Jack Lang, qui ne connaissaient rien à la musique ou à l'art lyrique et ne s'y intéressaient pas davantage, eurent un jour une idée lumineuse — à l'occasion du bicentenaire de la Révolution. Que faire avec cette place de la Bastille, hautement symbolique et chargée d'histoire, mais informe sur le plan architectural ? « Et si l'on construisait un opéra populaire ? » suggéra Jack Lang. Pierre Bergé poussa à la roue.

On sait que les opéras de Verdi et Puccini font partie de la culture populaire en Italie. Mais personne sur la terre ne sait ce qu'est un opéra populaire, ou plutôt tous les spécialistes savent que ça n'existe pas. L'opéra n'est pas plus grand public que la musique symphonique, et ce n'est pas le prix des places qui est responsable de cet état de fait : des jeunes venus de milieux bien désargentés déboursent autant et plus d'argent qu'au Palais Garnier pour assister à un concert de rock. En revanche, même à 50 euros, ils n'ont aucune

intention d'aller voir *Rigoletto*. Par ailleurs l'opéra
est l'art le plus lourdement subventionné qui soit :
même en vendant les billets 150 euros pièce, une
production de prestige ne couvrira pas la moitié
de ses frais. Lesquels ne seront jamais amortis en
multipliant les représentations, au contraire : plus
on jouera, plus cela coûtera de l'argent. Mitterrand et Lang ignoraient sans doute que Paris
n'avait nullement besoin d'un opéra supplémentaire. Il y a déjà le Palais Garnier, presque aussi
beau que la Scala de Milan. Le Théâtre des
Champs-Élysées, somptueuse salle Art déco de
1913. On donne également des spectacles lyriques
au Châtelet et à la salle Favart. Et quand on veut
épater le bourgeois, on réquisitionne Paris-Bercy
pour *Carmen*, ou le Stade de France pour *Aïda* et
ses éléphants.

Mais qu'à cela ne tienne. Jack Lang venait de
souffler l'idée de l'année à son président. Un grand
Opéra donnerait de la noblesse et une nouvelle
cohérence à une place de la Bastille jusque-là
abandonnée aux motards et aux mauvais garçons.
Construire un théâtre lyrique populaire sur les
lieux mêmes où éclata la révolution était un formidable symbole. Au diable l'avarice ! Le nouveau
théâtre coûta dans les trois milliards de francs de
l'époque, ce qui doit représenter bien au-delà d'un
milliard d'euros actuels. Sans compter les frais de
fonctionnement, qui sont colossaux et s'ajoutent
à ceux de Garnier. Depuis l'ouverture de Bastille,
selon Maryvonne de Saint-Pulgent[1], les subven-

---

1. *Le Syndrome de l'opéra*, Robert Laffont, 1991.

tions publiques accordées aux opéras parisiens engloutissent plus de 90 % du budget public consacré à l'art lyrique en France. Mais qui se soucie, dans les allées du pouvoir, du sort de l'opéra de Lyon, de Toulouse ou de Lille ? Rigoureusement personne.

Au cours des trois dernières décennies, il aurait pu arriver qu'un président de la République ait soudain cette fantaisie extrême, au moment de dénouer les cordons de la bourse et de commander un nouveau « chantier présidentiel », de faire une entorse à la règle et de choisir de l'installer ailleurs qu'à Paris. Après tout, le nouveau musée Guggenheim, qui fait courir les amateurs du monde entier, fut bien installé dans les années 1990 à Bilbao. Pourquoi Lyon ou Toulouse n'auraient-elles pas hérité — dans le désordre — de la Cité des sciences et de la technique, du musée d'Orsay, du musée des Arts premiers ? Pourquoi n'aurait-on pas installé l'Institut du monde arabe à Marseille ? La question n'a pas lieu d'être posée, car la décentralisation ne va pas jusqu'à toucher les grands-travaux-présidentiels. Les « GTP » et les milliards qui vont avec n'ont de sens que si on peut les admirer à Paris.

Plus encore que le théâtre, l'université est par sa nature même un réseau décentralisé. C'est une banalité qui se vérifie dans tous les grands pays occidentaux. Même si, bien entendu, on constate quelques distorsions dans le système. Les universités les mieux cotées se trouvent souvent comme par hasard à proximité des capitales ou des grandes villes. Mais, ni aux États-Unis, ni au Canada, ni en Allemagne, ces facultés prestigieuses ne se retrouvent concentrées au même endroit. Ni même toujours dans les grandes villes. L'éparpillement est la règle universelle.

La France réussit — presque — à échapper à cette règle. Indubitablement, elle compte des campus de grande qualité aux quatre coins du pays. Bordeaux, Aix, Montpellier, Toulouse, Lille ou Strasbourg possèdent des universités renommées. Par exemple la médecine à Montpellier ou le droit à Bordeaux. Et Nice fut pendant longtemps fière de son « école » de mathématiciens. Comme Toulouse de ses économistes. Entre autres.

Mais même dans ce domaine académique, le miracle parisien se reproduit. Paris et sa proche banlieue — ce qui en l'occurrence est à peu près l'équivalent — concentrent tout bonnement la totalité des institutions les plus sélectes du pays. Celles qui mènent directement au pouvoir ou à tout le moins aux emplois à vie bien rémunérés. Il y a de grandes écoles de commerce ailleurs qu'à Paris. Mais comme par hasard, c'est dans l'agglomération parisienne qu'on trouve HEC et l'ESSEC, sans compter, tout à côté, l'INSEAD de Fontainebleau. Ajoutons-y Paris-Dauphine. Il y a également des écoles d'ingénieurs bien cotées à Lyon ou à Toulouse. Mais la région parisienne abrite Polytechnique, l'école des Ponts et Chaussées et l'école des Mines. Ce qui n'est pas mal. Ajoutons à cette liste très incomplète l'École normale supérieure et Sciences Po. Pourquoi dans ces conditions le Conseil national de la recherche scientifique (CNRS) installerait-il ses quartiers généraux ailleurs qu'à Paris ? Il ne le fait pas. Et lorsqu'en 1991 la bouillante Édith Cresson décréta — pour le symbole — que l'École nationale d'administration, la prestigieuse ENA, pépinière des cabinets ministériels, déménagerait à Strasbourg, il y eut d'abord des hurlements face à une telle barbarie, l'équivalent du retour forcé de Louis XVI aux Tuileries sous la menace populaire. Et puis les larmes firent place à des sourires entendus. On avait bien ouvert des locaux et des services à Strasbourg, et les étudiants, professeurs et autres soutiens techniques étaient priés d'y faire un saut à quelques reprises dans l'année. Un petit gaspillage de plus, mais cette annonce ne faisait-elle pas un bel effet ? Pour le reste, inutile de s'inquiéter : l'ENA quittant vraiment Paris pour aller s'installer dans un coin perdu ? Bien entendu, il s'agissait d'une blague.

Contrairement à d'autres domaines où, au-delà du périphérique, on trouve un désert uniforme, une vie en modèle réduit, l'Université française a des lambeaux d'existence réelle ici et là en province. Mais c'est à Paris que se forment la grande majorité des élites du pays. C'est donc là que se font les belles carrières universitaires.

Bien sûr, on trouvera à Bordeaux de grands professeurs de droit[1] et à Montpellier de grands

1. À noter cette exception rare et importante : c'est à Bordeaux que se trouve l'école de la Magistrature.

patrons en médecine. Mais, quand on passe en revue les plus grandes sommités du pays, on les retrouve presque toujours à Paris. Les intellectuels les plus connus, ceux qui publient des œuvres marquantes, qui sont connus à l'étranger ou qu'on invite à la télévision, sont ou ont été dans la capitale. Fernand Braudel, François Furet, Edgar Morin, René Rémond, Emmanuel Le Roy Ladurie et tous les autres : ils naviguent ou naviguaient entre le Collège de France, l'École des hautes études en sciences sociales, Sciences Po et Normale Sup.

Sauf cas d'espèce — un professeur réputé qui préfère élever sa famille à Aix ou Toulouse, un Michel Onfray qui occupe vaillamment le créneau du rebelle en dirigeant une « université populaire » à Caen —, tous les jeunes universitaires un peu ambitieux ont un objectif et un seul qu'il faut atteindre dans les meilleurs délais : se faire nommer à Paris. Quitter au plus vite Lille, Rennes ou Toulouse pour décrocher un poste dans la capitale, à Paris-VIII ou Paris-Nanterre s'il le faut, même si ce ne sont pas les universités les mieux cotées. Une université moyenne à Paris vaut mieux que la meilleure université de province, du moins pour la plupart des carrières. Un poste de professeur ou même de maître de conférences à Tolbiac ou Censier, cela veut dire qu'on fait partie intégrante du véritable monde intellectuel français et de l'élite. Du monde du premier type.

21

Le nénufar ne passera pas

À la mi-janvier 2008, une bombe à fragmentation éclatait dans la cour de l'Élysée. Jacques Attali venait de remettre au président de la République ses 316 propositions pour « La libération de la croissance en France ». On était encore à l'apogée du sarkozysme conquérant et optimiste. Quelques mois plus tôt, Nicolas Sarkozy avait confié la direction de cette commission de travail à un homme classé à gauche, ancien « sherpa » de François Mitterrand, le M. 50 000 volts des idées sur tout et des spéculations bizarres, avec pour consigne de foncer dans le tas et d'aller vite.

L'impression qui prévalait encore dans le pays — semant la terreur à gauche et même quelques inquiétudes au centre et à droite — était que Sarkozy était parti pour réaliser à brève échéance une irrésistible révolution libérale, telle qu'après la tornade aucune chatte ne retrouverait plus aucun de ses petits dans l'Hexagone. Sur le marché du travail, la précarité serait devenue la règle. La semaine de 35 heures serait revenue à 41. Il n'y aurait plus de retraite avant l'âge de soixante-cinq voire de soixante-huit ans. La Poste serait privatisée aux trois quarts et le courrier confié à Federal Express. Sur des campus décimés, dont la population étudiante aurait été réduite du tiers, Total, Bouygues, Lagardère, LVMH et les compagnies multinationales auraient ouvert des bureaux d'embauche et dicté le contenu des programmes pour se faire fabriquer des diplômés sur mesure. À travers le pays, les pharmaciens, dépouillés de leurs privilèges, en seraient réduits pour survivre à transformer leur officine en supermarché, comme aux États-Unis, et à y vendre des jeux vidéo, de la papeterie et des aliments pour chiens.

Le rapport Attali, malgré l'étiquette de gauche de son très pragmatique signataire, apparaissait tout naturellement comme une pièce maîtresse dans cette entreprise de libéralisation à marche forcée. Une sorte de charge de la brigade légère, dont la mission était d'ouvrir la voie au gros des troupes. La commission Attali avait ficelé son rapport en quelques mois à peine. Et son président précisait avec aplomb que ces mesures — « à adopter en bloc » sinon rien — devaient être mises en œuvre dans les prochains dix-huit mois. La révolution était en marche.

Au milieu de ces 316 mesures — dont la plupart étaient trop abstraites et générales, ou trop techniques et pointues, pour frapper les imaginations —, deux avaient aussitôt fait la une des journaux. La première concernait les taxis parisiens, dont on triplerait le nombre. La seconde visait la

suppression des départements et leur regroupe-
ment au sein des 22 régions françaises. Deux propositions qui avaient le mérite de la clarté.

Les taxis parisiens : un problème concret, évident, dont chacun admet la réalité, à l'exception
des chauffeurs des véhicules en question. Il y a
aujourd'hui dans Paris intra-muros 15 300 taxis,
soit mille de plus qu'en 1937. Tous ceux qui ont
recours à ce mode de transport savent que la
situation parisienne oscille entre le drame shakespearien et la farce. De quelque manière que vous
envisagiez la situation, le fait demeure : il est trois
fois plus facile de trouver un taxi à New York, et
deux fois plus à Rome ou à Londres, qu'à Paris.
Un non-spécialiste peut difficilement déterminer
avec précision combien il en manque dans la
capitale française : la commission Attali proposait de tripler leur nombre, ce qui fournit à tout le
moins un ordre de grandeur. Il manque des taxis
aux heures de pointe, matin et soir, dans tout le
centre de Paris, que vous soyez à la Bastille, aux
Champs-Élysées ou à Saint-Germain-des-Prés. À
chaque tête de station, il y a généralement une
demi-douzaine de clients, et des voitures qui
apparaissent au compte-gouttes. Le vendredi soir,
période de petite transhumance hebdomadaire, la
situation est critique. Dans ces cas-là, il ne sert
plus à rien de faire le numéro d'une compagnie de
taxis, à moins de vouloir écouter pendant dix
minutes à vos frais le disque enregistré vous pro-
mettant l'intervention imminente d'une standar-

diste de la susdite compagnie. Le samedi soir
après minuit ou une heure, cela tourne à la scène
de crise : vingt personnes font la queue à la Bastille pour rentrer en banlieue ou à l'autre bout de
Paris. Des privilégiés — ou des malins qui ont
dérobé un numéro de client à Canal + — ont accès
à un service prioritaire, fort coûteux et qui fonctionne plus ou moins bien. Notons au passage que
l'étranger de passage ou le provincial ne souscri-
vent pas à un abonnement de taxi avant de venir
passer une semaine à Paris !

D'où la question que touristes et Parisiens se
transmettent de génération en génération : comment se fait-il que personne n'ait jamais réussi à
régler dans la capitale un problème aussi bien
identifié et relativement simple, et que même
Rome et Milan ont depuis longtemps résolu ?
Après tout, dans les grandes villes italiennes, les
taxis ont également des chauffeurs, êtres humains
tout aussi irascibles et bruyants, qui s'y entendent
à défendre leurs prérogatives.

Mais, à peine la proposition Attali rendue
publique, chacun sentit que ça n'irait pas de soi.
Qu'il s'agissait d'un verrou symbolique important.
Et donc résistant. À France Inter, l'économiste et
chroniqueur Bernard Maris donnait son diagnostic : « Pourquoi cette mesure est-elle centrale
dans ce dispositif ? Parce que c'est un signe. Si
cette mesure passe, le rapport passera[1]. » Si l'on
pouvait régler la question du taxi parisien, peut-

---

1. Chronique reprise sur le site Internet de l'hebdomadaire *Marianne*, le 22 janvier 2008.

être pourrait-on réformer la France. Et inversement : si l'on ne pouvait même pas régler ce problème, alors jamais on ne moderniserait le pays.

Bien sûr, toute réforme a des effets collatéraux. Sans doute les taxis parisiens gagneraient-ils tout aussi bien leur vie même après une augmentation massive de leur effectif, car le nombre de clients s'accroîtrait. Il restait cependant un problème réel : une licence de taxi se négocie aujourd'hui dans les 100 000 euros, c'est un véritable investissement et, en partie, une retraite complémentaire le jour où l'on arrête son compteur à jamais. Si l'on doublait d'un seul coup le nombre des voitures, le prix de la licence s'effondrerait. Mais était-ce vraiment un obstacle insurmontable, qui condamnait à l'avance toute réforme jusqu'à la fin des temps ?

La réponse ne se fit pas attendre. Une semaine après la sortie du rapport Attali, des centaines de taxis organisaient des opérations escargot dans divers quartiers névralgiques de Paris, deux jours de suite. Le 6 février, *Le Figaro* prononçait le verdict à la une : « Taxis : Fillon enterre le rapport Attali. » Devant la menace très réelle de blocages à répétition des rues de la capitale, le Premier ministre s'empressait de remiser la proposition Attali aux oubliettes. Au passage, le président de la Fédération nationale des artisans taxis, Alain Estival, fort de ses 55 000 adhérents (Paris et province), et pour laver l'affront commis par le rapport Attali, exigeait et obtenait un relèvement immédiat du tarif horaire de 3 à 4 % et quelques avantages marginaux supplémentaires. Avec cette assurance formelle que la profession ne serait pas déréglementée et subirait tout au plus quelques aménagements mineurs. Jusqu'à la fin des temps, il y aurait encore et toujours deux fois moins de taxis par habitant à Paris qu'à New York ou Londres.

Dans la classe politique, on poussa un grand ouf de soulagement. Il y a toujours des élections de ceci ou de cela en France, et des nuées de députés UMP faisaient déjà le siège de Matignon pour enterrer ce projet « politiquement suicidaire ». Seul un rêveur comme Jacques Attali ignorait qu'on ne doit pas s'attaquer aux taxis parisiens. Pas plus que sous la Fronde, au milieu du XVIIe siècle, les politiques sensés ne se mettaient à dos les mendiants de Saint-Eustache, si l'on en croit Alexandre Dumas[1].

Pour les départements, même si le sujet reste théoriquement à l'ordre du jour, ce fut plus expéditif.

On l'a dit plus haut[2] : les départements créés par Napoléon ne correspondaient sauf exception à aucune réalité historique ou géographique. Ces divisions artificielles sont devenues avec le temps des entités administratives et politiques réelles. Mais elles ne sont certainement pas constitutives de l'âme du pays. Lorsqu'on a créé les 22 régions « métropolitaines », avec des conseils régionaux

1. *Vingt après*, Calmann-Lévy, 1953, T. II, ch. 47.
2. Voir chapitre 18, « La guerre des tribus ».

élus au suffrage universel à partir de 1986, quelqu'un aurait pu avoir cette idée de génie de supprimer l'échelon départemental. Mais la mesure
aurait dérangé bien des habitudes au sein de la
population. Et, surtout, bousculé les plans de carrière des élus locaux. On a donc superposé les
deux structures : le plus gros du pouvoir budgétaire est resté aux départements, mais on leur a
quand même arraché quelques niveaux de com-
pétence pour les confier aux régions, de manière
à compliquer encore un peu plus la gestion des
affaires courantes.

Désormais, tous les cinq ans, il y a à l'échelle
du pays des élections régionales qui mobilisent,
sinon les foules et les médias nationaux, du moins
les notables, les militants politiques et les journaux locaux. Mais cette consultation n'a nullement supprimé les élections cantonales, autre
moment fort de la politique en province. Ce qui
nous fait deux assemblées distinctes, 22 conseils
régionaux se rajoutant à 95 conseils généraux. Il y
avait déjà dans chaque chef-lieu de département
un Hôtel qui rivalisait de somptuosité avec la Préfecture elle-même. S'y rajoute aujourd'hui — dans
les 22 « capitales » régionales — un Hôtel de
région qui, généralement, ne brille pas par sa
modestie, et qui a généré à son tour ses notables
avec voiture et chauffeur, son personnel abon-
dant, ses budgets de communication et ses notes
de frais. Même en Italie, où le *malgoverno* est
un art de vivre et une tradition populaire à
inscrire au patrimoine de l'humanité, on n'a pas
osé une telle extravagance. D'autant plus que ces

deux niveaux administratifs se rajoutent à un réseau local unique au monde : 36 500 communes, directement héritées de l'Ancien Régime, et qui contribuent à faire de la France le pays le plus « gouverné » de la planète. Avec des milliers de communes microscopiques, de 500 habitants et souvent beaucoup moins, qui se regardent en chiens de faïence[1]. Même l'Italie a ramené le nombre de ses communes à environ 8 000. Et la Grande-Bretagne à moins de 500[2]. Ajoutez en France les échelons du département, puis de la région, et vous avez un animal politique unique en Occident.

Il n'était donc pas besoin d'avoir autant de génie que Jacques Attali pour songer à la suppression des départements. On aurait même pu y songer depuis longtemps. Mais peut-être fallait-il être aussi inconscient que lui pour oser formuler la proposition avec tant de candeur. Depuis deux siècles, les citoyens ont pris l'habitude d'aller régler leurs affaires dans les villes de préfecture et de sous-préfecture. Pourquoi changer de si vieilles habitudes ? Mais surtout, une classe politique s'est constituée autour des structures locales et en particulier de ces assemblées départementales que sont les conseils généraux : leur suppression

---

1. Voir chapitre 18, « La guerre des tribus ».
2. Selon des chiffres officiels cités par Gérard Mermet dans *Euroscopie 1993*, la Grande-Bretagne, en 1991, comptait 476 communes, l'Allemagne 8 504, et l'Italie 8 074. Les communes comptaient en moyenne 7 200 habitants en Allemagne, 20 800 aux Pays-Bas, 4 900 en Espagne... et 1 500 en France.

pure et simple signifierait mise au chômage ou en tout cas perte de privilèges pour des centaines et des centaines de petits notables locaux, dévoués militants de l'UMP ou du Parti socialiste. D'où une très nette agitation au sein des troupes sarkozystes, chacun se souvenant que le général de Gaulle avait en son temps été déboulonné, lors du référendum du printemps de 1969, pour avoir voulu supprimer le Sénat, émanation des pouvoirs locaux.

Il fallait éteindre ce début d'incendie. Nicolas Sarkozy, que la gauche et une partie de la droite présentaient comme un impitoyable disciple de Margaret Thatcher et un probable fossoyeur du « modèle français », montra de quoi il était capable. Deux jours après la publication officielle du rapport Attali, il s'empressait, après avoir couvert de fleurs le président de la commission, de déclarer qu'il était d'accord sur tout... à l'exception de deux petites recommandations sans importance. L'une d'elles était bien sûr la suppression du département. Il ne fallait pas heurter la sensibilité des Français pour qui « les départements ont une légitimité historique ».

Par la suite, on apprit par des bruits de couloir que le gouvernement, instruit par les recommandations d'une nouvelle commission, dirigée celle-là par l'ancien Premier ministre Édouard Balladur, réfléchissait à une suppression de fait, mais progressive, de l'échelon départemental. Un processus indolore qui commencerait par le couplage des élections régionales et des élections cantonales, les nouveaux élus siégeant provisoirement

dans les deux assemblées, avant de se réunir définitivement au terme du processus au sein du
conseil régional, qui disposerait désormais de
l'ensemble des compétences précédemment exer-
cées par les départements. La méthode graduelle
aurait l'avantage d'éviter les traumatismes. Mais
présenterait le risque de reporter indéfiniment la
mise en œuvre réelle de la simplification administrative du territoire. Un mauvais esprit en conclu-
rait que cette réforme, qui ne touche pourtant
aucun service vital — contrairement aux réformes
de l'hôpital, de la justice ou de l'éducation —, a
été bel et bien reportée *sine die*. En tout cas dans
sa version radicale[1].

La France, dirait-on, a quelques problèmes
avec la réforme. Étant entendu que ce qu'on
entend par réforme, c'est un changement des
règles du jeu, une redistribution de cartes et une
adaptation — forcément douloureuse pour certains — à un monde en transformation. Si la
réforme consistait à ouvrir les caisses et à distribuer des milliards, cela se saurait — et ne pose-
rait pas de problème. L'Espagne post-franquiste a
basculé non seulement dans la démocratie, mais
aussi dans l'économie de marché : ce fut pour
beaucoup la fin de la stabilité du revenu et d'une
certaine sécurité d'emploi. Dans les quinze der-

1. Au tournant de 2009 à 2010, il semblait cependant que,
pour la première fois, on se proposait au moins de réduire
drastiquement l'imposant effectif des élus des régions et des
départements.

nières années, l'Espagne d'Aznar puis de Zapatero s'est attaquée avec succès à la dette — qui a été réduite de moitié — et au déficit budgétaire, qui a été ramené à zéro. Du moins jusqu'à la crise financière et immobilière de 2008 qui a frappé l'Espagne de plein fouet, plus sévèrement que les autres grands pays européens. À peu près à la même époque, le Canada avait fait de même : on avait supprimé des postes dans la fonction publique sans même attendre les départs à la retraite, coupé dans les budgets et les crédits, remboursé la moitié de la dette et ramené le déficit à zéro. Sans parler de brutales reconversions dans le secteur minier ou sidérurgique qui dans les années quatre-vingt avaient provoqué le dépeuplement de villes ou de régions entières. Ces dernières années, le Canada, mélange de social-démocratie et de libéralisme à la néerlandaise, où le taux de chômage est très inférieur à celui de la France, est partout cité en exemple pour ses capacités de réforme.

Il y a un petit mystère français : comment se fait-il que le pays ait besoin de dépenser l'équivalent de 53 % du PIB pour assurer les services publics et toutes les autres dépenses de l'État, alors que l'Allemagne ou les Pays-Bas assurent les mêmes services — d'un niveau équivalent — avec des « prélèvements obligatoires » dépassant à peine les 45 % ?

Depuis longtemps des organismes comme l'OCDE ou la Commission européenne — certes pas vraiment « collectivistes » — pointent du doigt cette incapacité de la France à contrôler le train de vie de l'État et du secteur public. Parfois, mis au pied du mur, les responsables français se sont résignés à l'inéluctable : en 1983, François Mitterrand a ainsi assumé politiquement la réduction drastique de la production du charbon. Il ne pouvait pas faire autrement. Vis-à-vis de la fonction publique, les décisions ont toujours été repoussées *sine die*, même si — on verra s'il tient longtemps sa promesse — Nicolas Sarkozy s'est engagé à ne pas remplacer un fonctionnaire sur deux partant à la retraite. Dans les vingt dernières années et jusqu'à tout récemment, alors que la population scolaire stagnait ou diminuait, le nombre d'enseignants a continué de croître sans qu'on voie des progrès flagrants dans le système éducatif. Lorsque le gouvernement Jospin a prétendu rationaliser la collecte des impôts de manière à réduire de moitié le nombre de fonctionnaires affectés à ce service, une grève des employés du fisc a suffi à le faire reculer, et le ministre de l'Économie a dû démissionner. Sur le régime général des retraites, on a laissé traîner le dossier une bonne quinzaine d'années avant de s'y attaquer. Le Premier ministre Rocard, en 1990, déclarait qu'il y avait là de quoi faire sauter trois gouvernements et n'a pris aucune initiative. Plus tard, François Mitterrand — qui avait tous les pouvoirs d'imposer des réformes — eut d'ailleurs l'audace de reprocher à Michel Rocard son immobilisme à cet égard. Pour obtenir finalement à la fin de 2007 l'alignement des régimes spéciaux de retraite dont bénéficiaient les salariés de la SNCF et de la RATP, on a prévu de coûteux aménagements dans le temps. Comme on le dit toutes les semaines au château de la Muette, siège de l'OCDE, comme à Bruxelles, « la France a pris beaucoup de retard dans les mesures de modernisation » de son économie et de son administration.

Contrairement à tous ses voisins — à l'exception de l'Italie, et de la Belgique, paralysée par ses conflits communautaires — la France n'a pas ou très peu réformé ce qui devait l'être. Mais les Français bizarrement donnent l'impression d'être déjà accablés par les réformes. Le mot « réforme », en tout cas, est synonyme dans l'Hexagone d'agression contre les pauvres gens.

Pour illustrer un débat que le journal avait organisé entre Xavier Bertrand, aujourd'hui patron de l'UMP, François Hollande, alors premier secrétaire du Parti socialiste, Jacques Attali et un autre expert, Philippe Corcuff, *Le Monde* publiait en 2008 les résultats d'un sondage, dans lequel, à la question de savoir à qui avaient profité « l'ensemble des réformes des quinze dernières années », 55 % des sondés répondaient : « aux privilégiés » ! De façon marginale, 8 % estimaient qu'elles avaient profité aux « défavorisés », 9 % « aux classes moyennes » et 12 % « à l'ensemble des Français ». Il ne s'agissait pas de telle réforme en particulier, ou seulement des réformes mises en œuvre par la droite, mais de *tout* ce qui avait été fait entre 1993 et 2008[1]. Le Français balance entre la méfiance et le scepticisme comme

---

1. *Le Monde*, 19 avril 2008, p. 20-21.

aucun autre peuple européen : « Depuis vingt-
cinq ans, commentait François Hollande dans le
même débat, on dit aux Français qu'il faut faire
des réformes [...]. C'était déjà douloureux. Et
maintenant on leur dit : "Vous n'avez rien vu, il
faut vraiment passer à la réforme"... »

La France est un pays où, à la manière de Josué
arrêtant le soleil, on attend de l'État qu'il commande à l'économie, décrète la baisse du chômage, garantisse la croissance économique, le
plein emploi et la hausse du niveau de vie. Un soir
de 1999, au journal télévisé, le Premier ministre
Lionel Jospin déclara à propos de la fermeture
d'une importante usine Renault à Vilvoorde en
Belgique : « Le gouvernement ne peut pas tout
faire dans le domaine économique. » Cette déclaration fit l'effet d'une bombe.

Les Français, on l'a dit, sont favorables aux
réformes. À la condition qu'elles ne touchent pas
aux 35 heures, aux cinq semaines de congés
payés, à la retraite à 60 ans pour tous, à 50 dans
l'armée et la gendarmerie, au statut des salariés
d'EDF et de la SNCF, non plus qu'à celui des pharmaciens, des notaires, des 34 000 buralistes, des
intermittents du spectacle, à la liberté du choix
des médecins pour les patients et à la liberté totale
de prescrire pour les mêmes médecins. Mis à part
ces droits acquis — et quelques autres —, les
Français sont partisans de toutes les réformes
qu'on voudra, à la condition supplémentaire, il
est vrai, qu'on baisse d'abord les impôts au profit
des plus modestes (dont eux-mêmes) et qu'on
embauche massivement à La Poste, dans les hôpi-

taux et dans l'Éducation nationale. Car, bien sûr, beaucoup vous diront que l'argent n'est pas un problème.

« Il y a beaucoup de gisements fiscaux inexploités », vous lance un leader syndical à la radio. Ici, les revenus du capital ne sont pas taxés. Là, on laisse les multinationales engranger à l'étranger de scandaleux « maxi-profits » sans rien prélever. Et puis, il y a « les 65 milliards accordés aux entreprises sans contrepartie », comme le disait Ségolène Royal pendant la campagne pour l'élection présidentielle de 2007. Et encore les paradis fiscaux. Et le bouclier fiscal. Il suffirait de manifester un peu de bonne volonté — et de volonté tout court — pour ponctionner tous ces gens, après quoi on aurait largement de quoi financer toutes les réformes du monde, c'est-à-dire distribuer à tout le monde sauf aux riches. Et améliorer le sort du peuple. Avant, bien sûr, de « raser gratis », selon une vieille formule très populaire.

On aurait dû s'en douter. Il n'est pas facile dans ce pays de supprimer ce qui a un jour existé. Ou de faire bouger les lignes dans quelque domaine que ce soit, puisque la plupart de ces lignes ont été fixées ou sont garanties par l'État.

Ainsi, prenons la réforme de l'orthographe proposée début 1991 par une Académie française qu'on n'avait plus vue aussi travailleuse et moderniste depuis l'abbé d'Olivet au XVIIIe siècle, qui avait mené à bien la première et principale réforme orthographique. Le projet se situait à des années-lumière de ces plans de réforme radicaux qui surgissent à intervalles réguliers. Il ne concernait que trois mille mots du dictionnaire et se limitait à supprimer quelques-unes des anomalies les plus flagrantes qui avaient survécu aux deux toilettages des XVIIIe et XIXe siècles. Pourquoi écrit-on porte-monnaie avec un trait d'union et porte-feuille sans trait d'union? Il n'y a aucun motif valable sinon que ces divergences avaient à l'époque échappé aux réformateurs. Même chose pour trappe et chausse-trape, pour charrette et chariot. Pour les verbes geler et ruisseler dont les déclinaisons sont restées différentes sans la moindre raison. Ces innombrables incohérences sont-elles vraiment constitutives de l'âme française?

Le jour même où les troupes de l'OTAN menées par les États-Unis attaquaient les forces irakiennes pour les forcer à se retirer du Koweït — le 17 janvier 1991 —, l'Académie française, elle-même harcelée de toute part, rangeait en catimini sa proposition de réforme aux oubliettes, tout en faisant mine de l'adopter officiellement. Celle-ci fut publiée ainsi au *Journal officiel*, mais le Larousse, qui s'apprêtait à intégrer cette mini-réforme dans sa nouvelle édition, fit machine arrière *in extremis*. Il avait suffi d'une poignée d'écrivains et de personnalités du monde culturel indignés pour condamner à mort une très modeste entreprise de modernisation qui aurait dû avoir lieu depuis longtemps déjà.

Dans un concert de pieuses bêtises, des plumitifs prétendirent qu'on assassinait le génie de la langue. Que les élèves de français, après cette réforme, ne pourraient plus lire Proust dans le texte. Il aurait fallu leur dire, au contraire, que sans les réformes des XVIIIe et XIXe siècles qui ont permis de nettoyer les versions originales de ces textes, les lycéens et tous les non-spécialistes auraient le plus grand mal à lire aujourd'hui Montaigne, Rabelais ou Corneille.

Le chanteur Renaud prétendit qu'on enlevait toute sa poésie au nénuphar en le rebaptisant nénufar. Qu'importe si à l'origine le mot s'écrivait avec un « f » car il était d'origine persane. Le nénufar ne passera pas! proclama Renaud, qui entraîna derrière lui la plupart des habitués de La Closerie des lilas.

Dans *Le Guépard*, Tancredo, le neveu du prince Salina, lui donne ce conseil désormais célèbre : « Il faut tout changer pour que tout reste pareil. » Moins subtils et moins compliqués que les Italiens, plus gaulois en somme, les Français se contentent de dire en chœur : « Il ne faut *rien* changer pour que tout reste pareil. » Un mot d'ordre qui a le mérite de l'honnêteté. Et de la clarté, qualité éminemment française.

22

L'erreur fatale

Cela fait partie de ces erreurs fatales, commises par inadvertance comme dans un mauvais rêve, et qu'on ne parvient jamais à rattraper tout à fait. Le 21 janvier 1793, dans un moment d'étourderie, la France a guillotiné Louis XVI. Et elle ne s'en est jamais remise.

Vingt fois, ou mille fois par jour, par la voix de ses hommes politiques, de ses commentateurs et de ses enseignants, la France psalmodie pour elle-même et proclame à la face du monde : oui, je vis en république ! oui, la république est la forme la plus accomplie de la démocratie !

Tout le monde aura compris qu'on n'est pas loin de la dénégation freudienne. Si les Français ressentent si fortement le besoin chronique de proclamer leur attachement à la république, forme suprême de la démocratie, c'est qu'ils ne sont pas sûrs d'être même tout simplement de vrais démocrates. Il suffirait d'un gros relâchement, d'un moment d'inattention, d'une cuite mal gérée, se disent-ils parfois, pour qu'une machine infernale à remonter le temps les déporte en juin 1789 pendant leur sommeil, que la prise de la Bastille ne se produise plus, et que des Bourbons de plus en plus gros et décatis se perpétuent jusqu'à la fin des temps sur le trône de France. À la plus grande satisfaction du bon peuple, de TF1 et de *Paris Match* — sans parler, bien sûr, de *Point de vue et images du monde*. La honte!

Le cauchemar risque-t-il de devenir réalité? Bien entendu, les Français eux-mêmes n'en croient rien. Le 21 janvier 1993, sur la place de la Concorde, c'est au milieu des embouteillages qu'une pauvre poignée de pèlerins est venue déposer des fleurs à l'emplacement supposé où l'infortuné Louis XVI a perdu la tête. Un attelage hétéroclite et bringuebalant où l'on retrouvait le vieux romancier Jean Raspail, le commissaire-priseur Maurice Rheims, l'ancien hussard des lettres Michel Déon, l'animateur d'émissions télévisées épicées Thierry Ardisson et — c'est moins sûr — l'académicien et ancien ministre Jean-François Deniau. Ce dernier, en tout cas, avait signé — avec quelques centaines d'autres nostalgiques — une pétition réclamant que le 21 janvier soit officiellement consacré au souvenir de Louis XVI. Vu la troupe famélique déployée ce jour-là non loin de l'obélisque — un jeudi soir pluvieux par-dessus le marché —, on se disait que la restauration n'était pas vraiment à l'ordre du jour dans un avenir prévisible.

Soit dit entre nous, on a rencontré dans l'His-

toire des dictateurs plus féroces que Louis XVI,
lui-même incapable de faire délibérément du
mal à qui que ce soit, fût-ce à une serrure. Les
historiens nous disent — sans que personne ne le
conteste — que l'Ancien Régime était vermoulu,
encore plus inefficace qu'injuste et que, pour le
coup, il fallait tout changer. Mais le système était
justement si décrépit, tellement dépassé par les
événements, qu'il était incapable aussi bien de se
réformer que de se défendre par la force. Jeune
reine, Marie-Antoinette se repaissait de Jean-
Jacques Rousseau avec ses copines. Avant elle,
Mme de Pompadour avait pris les encyclopédistes
sous son aile protectrice. On avait confié la charge
de la censure officielle à Malesherbes, qui proté-
geait les philosophes. En 1778, à la veille de sa
mort, Voltaire, formellement interdit de séjour à
Paris, était venu se faire acclamer à l'Académie et
à la Comédie-Française sans que Louis XVI manifeste d'autre réaction qu'un froncement de sourcil
étonné. Le régime était impotent, mais bien peu
sanguinaire. Et donc, deux siècles après les faits,
c'eût été un geste bien inoffensif de la part des
pouvoirs publics — du moins dans l'absolu — que
d'avoir une pensée charitable, non pas tellement
pour Louis XVI lui-même que pour cette décapitation qui, par la force du symbole, avait ouvert la
voie à la Terreur.

Une commémoration impensable, car une protestation immense aurait déferlé sur le pays
contre cette esquisse de restauration. Déjà, lors
du bicentenaire de la Révolution, pas mal de gens
s'étaient agités dans le pays — en tout cas sur la

rive gauche — pour réclamer la mise au ban de l'historien François Furet au prétexte qu'il refusait de considérer la Révolution comme un bloc et jugeait rétrospectivement la Terreur sans aucune sympathie. Vous croisez encore, dans des réunions d'intellectuels, des citoyens qui estiment scandaleux que Robespierre n'ait pas, outre sa station de métro à Montreuil, une magnifique avenue à son nom dans la capitale. Et une fois tous les dix ans, vous êtes interpellé par un étudiant boutonneux qui veut vous faire signer une pétition à cet effet[1].

À l'aube du XXIe siècle, vous pouvez encore être sèchement contredit si vous avancez l'idée que ce Robespierre était un gars pas bien sympathique, et même, par sa vision expéditive de la justice, un sale type. Certains autour de la table vous accuseront de souhaiter le retour des Orléans sur le trône. Plus embêtant, vous risquez de recevoir des messages de soutien de Saint-Nicolas-du-Chardonnet et de La Roche-sur-Yon, qui vous inscriront d'office dans leur club de catholiques traditionalistes et monarchistes. Plus de deux siècles après sa mort, Louis XVI reste un cadavre encombrant. Dans le sud de la France, j'ai déjà assisté à une engueulade monstre entre une amie d'extrême gauche et un jeune banquier du genre catholique « social » mais catholique tout de même, à propos de Marie-Antoinette. « Les

---

1. Pour être honnête, l'auteur doit admettre que la dernière rencontre de ce type, aux abords de la Cité des sciences de la Villette, date de vingt ans.

grandes révolutions qui réussissent, faisant disparaître les causes qui les avaient produites, deviennent ainsi incompréhensibles par leurs succès
mêmes[1] », disait Tocqueville. En France, on continue à s'étriper à table à propos de la Révolution.

Pour beaucoup, toute concession même anodine à propos de la pureté de la Révolution équivaut à ouvrir les portes à la réaction, peut-être
même aux jésuites. Mais le plus grand danger qui
menace, en vérité, ne serait-ce pas de faire resurgir
au grand jour cette vérité intolérable contre
laquelle il convient de lutter sans relâche, à savoir
que les Français sont des monarchistes honteux
mais incurables ?

Tant qu'à se retrouver pour de bon en république, autant en tirer quelques bénéfices moraux.
Voilà donc les fiers descendants de Danton et de
Robespierre qui promènent à travers l'Europe des
mines apitoyées et réprobatrices en observant
tous ces pays qui n'ont pas fait de « vraie révolution », décapitation du monarque et bain de
sang pour tous à l'appui. Et de fait, dans l'ancienne Europe des Quinze — en gros, l'Europe de
l'Ouest —, les monarchies sont la règle, et les
républiques le résultat des accidents de l'Histoire.
Les pays les plus paisibles et démocratiques du
continent — Pays-Bas, Danemark, Suède et autres
Norvège — ont à leur tête de vieilles familles

---

1. In *L'Ancien Régime et la révolution*, Gallimard, Foilio
Histoire, 2000.

royales qui règnent sans gouverner et dont on
n'entend rigoureusement jamais parler, sauf à
tomber sur le dernier *Gala* chez son dentiste.
L'Allemagne ne peut être qu'une république, pour
des raisons évidentes. Malgré la collusion de la
monarchie avec le fascisme, de 1922 à 1943, les
tenants de la république italienne ne l'empor-
tèrent que d'une faible marge au référendum du
2 juin 1946 : 10,7 millions d'électeurs votèrent
pour la monarchie, contre 12,7 qui se prononcè-
rent pour son abolition. En Espagne, à la mort de
Franco en 1974, on s'empressa de confirmer Juan
Carlos sur le trône, et la monarchie est repartie
pour quelques siècles.

L'objet de la plupart des quolibets, c'est la
Grande-Bretagne. L'occasion est trop belle de stig-
matiser l'ennemi héréditaire à ce chapitre : tandis
que la France purifiait son territoire et la moitié
de l'Europe de ses vieilles aristocraties, l'Angleterre s'empressait de ne jamais rompre avec son
Ancien Régime, crime inexpiable contre la Raison.
Car pour constater l'existence de la Révolution, il
faut pouvoir la dater, et mesurer son authenticité
au sang versé. Impossible de situer précisément
dans le temps le passage prétendu de la Grande-
Bretagne à la démocratie, pas le moindre petit
massacre de masse pour servir de repère, du
moins depuis le milieu du XVIIe siècle. C'est donc
que la rupture n'a jamais eu lieu. La preuve irréfutable : il y a une Chambre des lords, et les juges
portent encore des perruques ridicules.

Et pourtant les Britanniques longtemps s'y
entendirent à trucider leurs rois — voir à ce sujet

quelques épisodes des *Rois maudits* de Maurice
Druon. Ils étaient même extravagants. C'était sanguinaire et shakespearien. Mais sans esprit de
système. On pratiquait le meurtre et la terreur,
mais sans les théoriser. Barbe Bleue insatiable,
Henri VIII avait commencé sa carrière en faisant
couper le joli cou de sa femme et reine Ann
Boleyn, par ailleurs mère de la future Eliza-
beth Ire. En 1649, Charles Ier Stuart était décapité
à la hache sur ordre du dictateur Oliver Cromwell, malgré les héroïques tentatives des mousquetaires pour le sauver[1]. Cette exécution solen-
nelle précédée d'un procès en bonne et due forme
permit d'ailleurs aux Anglais d'expérimenter ce
qui ressemblait à une abolition de la monarchie,
juste pour voir, sans aller jusqu'à l'irréparable,
puis de tâter du totalitarisme moderne sous la
houlette du lord protecteur et de ses sanguinaires
Niveleurs, de quoi être vacciné. À la mort de
Cromwell et pour éviter une dynastie de précurseurs de Staline insulaires, on revint donc à la
vieille routine, c'est-à-dire aux Stuart, qu'on remit
sur le trône en 1660. Mais le ver démocratique
était dans le fruit depuis la Magna Carta de 1215,
et ce ne fut qu'une restauration en trompe l'œil.
La « glorieuse révolution » de 1688 chassa sans
effusion de sang le dernier monarque absolu, et
c'est au Parlement, désormais souverain, que la
Maison d'Orange dut son sacre, en échange de la
signature du Bill of Rights, qui accordait la réalité
du pouvoir à Westminster. La monarchie consti-

---

1. *Vingt ans après, op. cit.*, 1953, T. III, ch. 66 à 70.

tutionnelle était née, et le pays glissa tout doucement vers la démocratie représentative.

Les Français n'ont jamais manqué de se moquer
de cette monarchie replète et roulant carrosse
dans Londres. Non sans raison : à ces fins de race
vaguement hollandais ou allemands — ces
George III et autres Édouard VII — qui tenaient
entre leurs mains le sort des Britanniques, la
république pouvait opposer de fiers héros populaires, les figures altières de Félix Faure, Paul
Deschanel et Albert Lebrun. La Grande-Bretagne
vit sous la même monarchie depuis dix siècles,
nous Français, nous avons noyé la nôtre dans une
mare de sang il y a deux siècles. Pauvres Anglais !

Que la monarchie britannique soit un peu ridicule — et même de plus en plus ridicule — on en
conviendra volontiers. Mais elle a également quelques avantages. On a compris que les peuples
européens ont besoin de grandeur. Même — ou
peut-être surtout — les petits pays, lesquels se
sont empressés de conserver une monarchie
guindée, pacifique et familière qui les rattache à
un passé glorieux, ou au passé tout court. L'Angleterre sert de grand modèle, et feint de croire que
ses souverains sont de preux guerriers à la mode
de Richard Cœur de Lion. Mais ce fantasme inoffensif permet justement d'assouvir à peu de frais
les vieux rêves de gloire nationale. Sa Majesté
règne en ses châteaux, sans coûter plus cher aux
finances de l'État, on l'a vu, que la présidence de
la République italienne. Et pendant ce temps le

Premier ministre gouverne, bourgeois et besogneux. Comme la magnificence du royaume est
déjà assurée, il se promène en complet veston,
circule avec de modestes escortes, habite au 10,
Downing Street, non loin du Parlement de Westminster. Une petite maison, on l'a dit, qui a l'air
bien basse de plafond. Comme celle d'un rentier
prospère qui aurait pour préoccupation principale de passer inaperçu.

Les Français se vantent d'avoir trucidé le roi,
mais, depuis cette erreur de parcours, ils n'ont
cessé de le chercher pour le remettre sur le trône.
En France, le principal c'est l'emballage, c'est-à-
dire les textes : la Déclaration des droits de
l'homme et du citoyen est au rayon de la démocratie le texte le plus au point, le plus complet, le
plus définitif. Qu'importe si le Bill of Rights de
1689 en Angleterre disait l'essentiel sur le sujet et
fut suivi d'effets. La Déclaration de 1789 était
« universelle », ce qui change tout, et elle était
bien écrite, ce qui est encore plus important. Cela
permet aux Hexagonaux de se proclamer les premiers et les plus irréprochables démocrates
humanistes de l'Histoire moderne.

Mais justement. Il faut bien constater que la
patrie de la démocratie idéale a mis beaucoup de
temps à s'accommoder de la démocratie réelle. La
proclamation sublime aussitôt écrite, voilà qu'on
tombe dans Robespierre et la Terreur. Et, après
un bref intermède, dans Bonaparte, qui, détail
subalterne, n'était pas le plus fervent adepte du
suffrage universel. Après Napoléon, Louis XVIII.
Puis Charles X et Louis-Philippe. La révolution

de 1848 devait remettre le pays sur la voie de la société radieuse : le bon peuple vote pour Napoléon III, et nous voilà repartis pour deux décennies d'autoritarisme. À se demander si la France avait envie de se passer de chef suprême. Le désastre de 1870 amena la république, mais celle-ci n'avait en tête qu'une idée : restaurer la monarchie. Certes on n'en était plus aux temps de Louis XIII, et l'absolutisme n'était plus à la mode. On voulait seulement à la tête du pays une figure noble et ancestrale qui incarne le passé et rassure tout le monde. En 1873, le comte de Chambord se vit proposer le trône et promettre une entrée triomphale à Paris sous le nom d'Henri V, à la seule condition qu'il adoptât le drapeau tricolore. Et donc un rôle plutôt figuratif. Il prit la proposition de haut, refusa « d'abandonner le drapeau blanc d'Henri IV » et de se compromettre ainsi avec les « régicides » : il signa le deuxième et définitif arrêt de mort de la monarchie.

Ce fut pour le pays le début d'une longue errance, qui dura trois quarts de siècle : la IIIe République a laissé un souvenir presque aussi mauvais que la IVe. Faute de chef ou de monarque, la France plonge dans l'anxiété. De-ci de-là, un homme fort apparaissait dans le tableau — Ferry, Poincaré et surtout Clemenceau — mais il n'était jamais investi du pouvoir suprême et ne bénéficiait pas de la durée. Les scandales éclataient, les ministères tombaient, les barbus en haut-de-forme et redingote, tous interchangeables, défilaient sur le perron de Matignon, et la France était malheureuse. Les présidents de la IIIe République sont synonymes de médiocrité ou de honte, quand par extraordinaire on se rappelle leur nom. La IVe, n'en parlons pas : c'est rétrospectivement pour la France l'âge des ténèbres, la mer des Sargasses. La petite restauration de 1958 fut vécue comme une délivrance. Le monarque, mis au pouvoir à la faveur d'une crise majeure et d'un complot bien ficelé, acceptait de se soumettre au suffrage universel. Mais, une fois assuré d'une majorité au Parlement, il régenterait la justice dans les domaines sensibles, disposerait d'une police au-dessus des lois, dans les limites du raisonnable, et garderait le contrôle sur une partie des médias. De Gaulle avait réinventé le monarque éclairé, version deuxième moitié du XXe siècle. Les Anglo-Saxons, de passage en France, s'étonnaient sous son règne de l'impunité dont jouissait la police ou de la servilité de la radiotélévision. La grande majorité des Français, eux, trouvaient ça normal. Une vraie république doit avoir à sa tête un homme à poigne.

En mai 1974, un brillant jeune homme de la classe politique française était élu président de la République. Valéry Giscard d'Estaing n'avait que quarante-huit ans, l'équivalent de la prime adolescence en politique à Paris, surtout à cette époque. Il était le symbole de la modernité et inaugura d'ailleurs son septennat en imposant à sa propre majorité réticente le droit à l'avortement, le divorce par consentement mutuel et le droit de vote à dix-huit ans. La France basculait dans la vie contemporaine. L'autoritarisme du régime gaulliste allait bientôt appartenir au passé. N'avait-il pas été une parenthèse, un petit accident dû à la guerre d'Algérie et à la personnalité unique de De Gaulle ?

Les choses se gâtèrent assez vite. Giscard commença à se prendre pour Louis XV. On raconta qu'il avait abandonné l'accordéon et les visites aux éboueurs pour reprendre des manières distantes. Il s'installait à table dans un fauteuil à accoudoir, laissait les petites chaises à ses invités et se faisait servir en premier dans les dîners officiels, avant tout le monde. Au passage il avait quelque peu repris en main la télévision.

Un observateur étranger un peu candide, atterri à Paris au milieu des années soixante-dix, ne manquait pas de s'étonner de ce parfum monarchique flottant autour du chef de l'État, un cas unique en Europe. S'il abordait la question devant de simples Français de base, il s'entendait répliquer, soit — version de droite — que c'était normal, et que Giscard avait juste en plus l'obsession du sang bleu, soit — version de gauche — qu'il s'agissait des derniers sursauts de la bête de droite et que, bientôt, la gauche allait balayer ces miasmes de l'Ancien Régime.

François Mitterrand arriva au pouvoir en mai 1981, et le même observateur candide s'attendait à ce que, pour marquer la différence, le pouvoir décidât de rompre avec l'apparat et la pompe monarchiques. Le président aurait donc un mode de vie plus modeste et moins de gardes républicains autour de lui. Les dirigeants seraient

moins hautains. Il n'en fut rien. Il y eut encore et
toujours plus de pompe et de gardes républicains.
Le budget de l'Élysée, dont on critiquait les excès
sous Giscard, n'en finit plus de gonfler. Mitterrand
s'empressa d'organiser le premier G 7 de son
septennat au château de Versailles. « Je ne savais
pas qu'à Louis XV [Giscard] venait de succéder
Louis XIV », persifla un responsable socialiste.
Jusqu'en 1986, Mitterrand ne renonça jamais
totalement à influencer les nominations à la télévision de manière à s'assurer des journaux télévisés aussi complaisants que possible. Pour éviter
que le secret de polichinelle de sa « deuxième
famille » ne soit éventé par les médias, il mobi-
lisa d'impressionnants moyens de la police et de
l'État, en toute illégalité, fit mettre des dizaines
de personnalités sur écoute et pratiqua l'intimidation vis-à-vis de ceux qui menaçaient de l'ébruiter.
« Les méthodes utilisées à l'époque étaient un
peu limite », admettait dans un récent documentaire Gilles Ménage, ancien directeur de cabinet
de l'Élysée, « mais disons que nous ne sommes
jamais allés jusqu'à l'irréparable[1]. »

En 1986, on ne savait encore rien de ces
écoutes, mais on connaissait le reste. Les grands
travaux présidentiels à budget illimité qui se
multiplièrent et se décidèrent sur un claquement
de doigts du roi républicain : la Bibliothèque
de France, l'Opéra Bastille, le Grand Louvre. La
pompe et les fastes à l'Élysée. La suite personnelle
qui accompagnait Mitterrand dans ses voyages

---

1. *Enquêtes exclusives*, M6, août 2009.

officiels : une maîtresse suédoise par-ci, une Françoise Sagan par-là. Entre autres, puisque les
invités personnels du président avoisinaient généralement la dizaine. Dans un livre intitulé *L'Élysée de Mitterrand*, publié en 1986, le journaliste
Michel Schifres a établi la liste de ces invités.
Mais également brossé un tableau instructif de
ces mœurs monarchiques qui, dans la plupart des
pays occidentaux, auraient fait scandale. Le naïf
observateur étranger avait donc fait part de son
étonnement audit Michel Schifres : « Comment
se fait-il qu'un président de gauche ose se comporter de manière encore plus Ancien Régime que
Giscard d'Estaing ? » Réponse de l'auteur : « Parce
qu'en France c'est la seule manière d'imposer le
respect. S'il n'y a pas autour du pouvoir tout ce
faste monarchique, on ne le prend pas au sérieux. »

On pourrait penser au contraire que les présidents français se transforment en monarque dans
le but louable d'amuser la galerie et de fournir
une matière substantielle aux satiristes : jadis,
sous de Gaulle, André Ribaud et sa rubrique « La
Cour » dans *Le Canard enchaîné*. Ces dernières
années, les *Chroniques du règne de Nicolas Ier* par
Patrick Rambaud. La réalité est plutôt l'inverse :
un président qui a compris son rôle et sa fonction
doit forcément se transformer en monarque pour
combler les aspirations profondes des Français.
Ce n'est qu'après qu'il devient un sujet en or pour
les chroniqueurs et les caricaturistes. S'il ne suit
pas cette voie, c'est qu'il n'a rien compris à la vraie
nature de ses administrés, et il ne durera pas.

Rassurons-nous : jusqu'à présent, tous les présidents de la Vᵉ République l'ont bien compris et ne se sont pas fait prier pour revêtir le manteau d'hermine. À chacun son style. François Mitterrand faisait, on l'a dit et répété, dans le genre prince florentin ou empereur romain humaniste. Jacques Chirac était un croisement de Clovis, guerrier à la foulée volontaire et athlétique, et du roi Dagobert, amateur de bonne chère, débonnaire et quelque peu fainéant. On eut plus de mal à inventer une filiation de haut lignage à Nicolas Sarkozy. Mais le politologue Alain Duhamel réussit à lui trouver des traits de parenté avec Bonaparte[1] : il était aussi petit et agité que le modèle original et Cécilia avait été son « problème » comme Joséphine avait été celui de Napoléon. *Le Point* s'empressa d'emboîter le pas et fit sa couverture sur ce thème. D'ailleurs Sarkozy n'avait-il pas une morphologie et une allure qui le rapprochaient de son copain Christian Clavier, le Napoléon de la récente série télévisée à gros budget ? On venait de lui trouver les antécédents monarchiques sans lesquels un président français n'est pas tout à fait un président. Même si on n'y croyait pas vraiment, on fit semblant. Et tout le monde fut rassuré.

Faute d'avoir pu rétablir en temps utile la vraie monarchie, les Français veulent un président qui ait l'air d'une tête couronnée. Un monarque certes pas sanguinaire. Juste un peu abusif et autoritaire.

On peut être républicain et garder le sens du décorum.

---

1. *La Marche consulaire*, Plon, 2009.

ÉPILOGUE

Uniques au monde

Quand ils ne se considèrent pas comme une peuplade vouée au déclin, les Français se croient uniques au monde. Et ils ont raison. D'abord parce qu'il n'est jamais inutile d'avoir une haute estime de soi, surtout le matin quand on part travailler au bureau ou à l'usine. Ensuite parce que cette conviction n'est pas dénuée de fondement.

Bien sûr, les Français ne sont pas les seuls à être uniques, uniques dans leur genre. Mais ils le sont beaucoup plus que les autres. Nous n'en sommes plus au XVIIIe siècle, au temps où la France et les Français dominaient l'Europe, donc l'essentiel du monde développé. Les États-Unis depuis longtemps, hier l'URSS, demain la Chine et quelques autres, lui font, lui ont fait et lui feront une sévère concurrence, pour ne pas dire plus. Ces Français qui ne représentent plus qu'un pour cent de la population mondiale ont définitivement perdu, et depuis longtemps, leur place de géant regardant les autres depuis les hauteurs de la

planète. Et pourtant « France » reste un petit mot
magique et singulier qui trouve jusque dans les
coins les plus reculés de la terre une résonance
peu commune. Ne serait-ce qu'à travers le prestige inégalé de sa capitale.

De l'ouest de l'Irlande jusqu'à Oulan-Bator, de
la Laponie jusqu'à la Terre de Feu, les populations
les plus lointaines, dans tous les pays, ont entendu
parler de Paris. Même si bien peu, parmi leurs
ressortissants, seraient capables de situer la « ville
lumière » sur une carte géographique, c'est encore
et toujours la capitale mondiale des plaisirs, de
l'hédonisme et de la culture. Qui ne le sait : on y
trouve le Moulin-Rouge et l'Académie française,
le Louvre et les petites femmes de Pigalle, les
grands couturiers et l'amphithéâtre Descartes à la
Sorbonne. Et chacun l'a vu un jour dans son
magazine préféré ou sur sa chaîne de télé locale :
les Parisiens et quelques-uns parmi les millions
de touristes qui les visitent passent leurs journées
aux terrasses de somptueuses brasseries attablés
devant des plateaux de fruits de mer, regardant
passer de belles jeunes femmes habillées par Yves
Saint Laurent. Dans l'imaginaire mondial, Paris a
aussi cet avantage incomparable de posséder dans
une lointaine banlieue la plus célèbre station bal-
néaire du monde, baptisée Côte d'Azur, où défilent à longueur d'année les stars hollywoodiennes,
le Gotha européen, les richissimes du monde
entier, émirs du pétrole ou oligarques russes. Le
plus fastueux festival de cinéma du monde ne
saurait se dérouler ailleurs que sous les palmiers
de Cannes, à l'ombre du Carlton et du Majestic.

Sur tous les continents de la planète, on apprend à baragouiner l'anglais par nécessité. Mais quand on a des loisirs et de la culture, on se pique de parler le français. Et pas seulement si on est hispanophone ou italien, la parenté latine facilitant les choses. Pour beaucoup d'intellectuels new-yorkais, britanniques ou allemands, la langue française reste ce qu'il y a de plus chic au monde. Et en tout cas la langue de la culture par excellence. Les étrangers avertis, éduqués ou politisés, jusqu'au fin fond de la Russie ou du Brésil, savent que la France est le pays de la parole, des lettres et de la philosophie.

Même si cette appropriation est légèrement abusive, la France est également à leurs yeux « la patrie des droits de l'homme » : les Français ne les ont pas toujours franchement respectés, mais ils en parlent si bien ! Personne ne pouvait s'étonner, le 14 février 2004 — jour de la Saint-Valentin de surcroît ! —, de voir au Conseil de sécurité de l'ONU l'irrésistible et flamboyant Dominique de Villepin, surgi d'un tableau d'époque, croisement de Chateaubriand et du maréchal Ney, crinière au vent, engager le fer avec le Goliath américano-britannique sur le sentier de la guerre. *So French!* ont persiflé les Anglo-Saxons et quelques rares partisans de l'expédition militaire en Irak. Mais tous les autres, l'immense majorité des participants à cette réunion cruciale aux Nations unies, se sont spontanément levés pour acclamer un discours aussi beau et noble. Qui d'autre qu'un Français aurait pu s'exprimer avec autant de panache, de qualité littéraire et de romantisme? Le grand tribun Fidel Castro, à une époque lointaine où il n'était pas encore devenu un simple dictateur tropical bavard et discrédité? Peut-être s'il en avait eu l'occasion, mais ce n'est pas sûr. Un grand leader italien? Cela n'existe pas. Non, il n'y avait décidément qu'un Français pour jouer un tel rôle à la perfection.

Le monde entier a depuis longtemps pardonné à la France ses tardives errances coloniales, algériennes surtout, puis néocoloniales. Et aujourd'hui ferme les yeux sur ses activités de marchand de canon — après tout il faut bien vivre. On la voit surtout, de loin, comme la seule puissance occidentale capable de prendre parfois ses distances vis-à-vis de l'Oncle Sam. Au moins en parole. De Gaulle appelait les peuples à se dresser contre l'hégémonie américaine. François Mitterrand a laissé l'ancien guérillero Régis Debray lui souffler à l'oreille le discours de Cancun. Jacques Chirac, monarque impotent sur ses terres, a passé l'essentiel de son dernier mandat à prêcher la bonne parole écologiste et tiers-mondiste. Même Nicolas Sarkozy, face à la crise, est devenu sur la scène internationale un pourfendeur du capitalisme débridé et un apôtre de la refondation du système bancaire. Après bien d'autres, le Brésilien Lula, barbu, jovial, progressiste, mais réaliste et pragmatique, semble aujourd'hui avoir un faible pour les Français. Ce qui est une bonne recommandation. Quand ils n'agacent pas par leur prétention à faire la leçon à l'univers, les Français continuent donc de séduire. Ou plutôt, car les deux vont ensemble : les Français agacent mais séduisent. On ne les suit pas, mais on ne se lasse pas de les écouter.

Cette sorte de fascination ne connaît ni les frontières géographiques ni les frontières sociales ou politiques. Il y a de cela un gros quart de siècle, vers la fin du triste règne de Leonid Brejnev, je me trouvais en voyage en Union soviétique. À l'hôtel Intourist de Moscou, j'avais rencontré une jeune femme dans la vingtaine, obscurément salariée dans le monde culturel. Elle n'avait jamais mis les pieds en France, pas plus qu'en dehors de l'URSS. Mais elle parlait parfaitement le français, avec ces bizarreries de langage propres à ceux qui n'ont appris une langue étrangère qu'à l'école et avec des professeurs autochtones, eux-mêmes formés en vase clos par d'autres autochtones de la génération précédente. Peut-être parce qu'il aurait été mal vu dans sa patrie de se passionner pour la culture américaine — mais pas seulement —, elle ne jurait que par la France, connaissait par cœur les chansons d'Édith Piaf et avait, pendant un été, suivi une tournée d'Hugues Aufray. La France était pour elle « le » pays de référence, celui qui avait réussi à marier Révolution et Liberté. Les Français ne pouvaient être que des hommes galants et délicats, capables comme les Russes de réciter un poème pour conquérir le cœur d'une belle, mais sans être obligatoirement ivres morts[1].

1. « Les Français sont des gens extraordinaires, écrivait

Un peu plus tard lors du même voyage, à Tbilissi, en compagnie d'un journaliste grenoblois facétieux qui s'adressait aux inconnus et leur demandait systématiquement : « Il y a beaucoup d'agents du KGB par ici ? », nous avions abordé deux charmantes Géorgiennes qui déambulaient le soir sur le grand boulevard du centre-ville. L'une des deux était elle aussi une parfaite francophone, cultivant le rêve impossible de voir un jour Paris de ses propres yeux et pas seulement en photo ou dans de vieux films politiquement compatibles avec la dictature du prolétariat. Elle était bibliothécaire municipale, charmant métier digne d'un scénario de Truffaut. « Et que lisez-vous en littérature française ? demanda notre Grenoblois. — Les écrivains les plus demandés, répondit la bonne élève, sont Honoré de Balzac, Alexandre Dumas et Henri Barbusse. » Un distingué philosophe althussérien a déjà expliqué en son temps pourquoi Balzac était non seulement un grand sociologue, mais également un marxiste aussi impeccable qu'involontaire. D'où certainement la faveur dont il jouissait dans les cercles lettrés de Tbilissi. Pour Henri Barbusse, injustement tombé dans l'oubli dans l'Hexagone, on devinait sans peine quelle pouvait être la motivation soviétique : militant pacifiste, bien ancré à gauche, contempteur des guerres impérialistes, c'était un compagnon de route, presque un camarade. Mais il y avait aussi et surtout Alexandre Dumas. Certes,

l'humoriste américain Art Buchwald, ils sont capables de faire l'amour sans être saouls. »

les héros de Dumas n'avaient pas tout à fait le bon profil prolétarien, mais comme leurs aventures se passaient sous l'Ancien Régime, on leur pardonnait volontiers leur inconvenante mentalité réactionnaire. Même aux confins de l'Union soviétique brejnévienne, la France était forcément la patrie des mousquetaires et des galanteries, de l'intelligence machiavélique, du panache et des bons mots. Une réalité qui depuis toujours et pour l'éternité transcendait la sainte lutte des classes.

Notre bibliothécaire de Tbilissi avait-elle des idées aussi arrêtées sur l'Espagne et l'Italie ? Assurément non. Il s'agissait bien entendu, nous disait-elle, de pays séduisants, joyeux et ensoleillés. Mais pas de comparaison possible : ils étaient bien trop portés sur le farniente, les tapas, la *commedia dell'arte* et la séguedille. Bref, ils manquaient de fond. Pour elle Paris était une référence absolue, et la France un pays central et universel. On y avait fait, certes, une révolution sanglante, sans lésiner sur les exécutions sommaires, mais comment le reprocher au pays des bals musette, des bistrots à tous les coins de rue, des grands crus de bourgogne et des plats les plus raffinés au monde.

La France a su cultiver cette qualité singulière d'être tout et son contraire. Jadis grande puissance impérialiste et hégémonique, mais déjà patrie des élégances, des lettres et de la frivolité. Le Sud et le Nord bizarrement réunis, la cuisine au beurre et la cuisine à l'huile. Les femmes blondes des bords du Rhin ou de la Meuse, et les brunes capiteuses de la Méditerranée. Une capacité militaire somme toute encore honorable et les Folies Bergère. De Gaulle et Sylvie Vartan. La guerre d'Algérie et Bourvil.

Si les Français sont encore aujourd'hui uniques au monde, c'est que la France elle-même conserve une bonne part de cette universalité qui fut jadis sa marque de fabrique. Dans les années 1860 encore, alors que l'hégémonie britannique en Europe et dans le reste du monde s'affirmait à l'évidence, le philosophe Ralph Waldo Emerson écrivait, dans *Les Traits du caractère anglais* : « Il y a, entre Londres et Paris, cette différence que Paris est fait pour l'étranger et Londres pour l'Anglais. L'Angleterre a fait Londres pour son propre usage, la France a fait Paris pour le monde entier. »

Cette universalité de la France est un thème récurrent chez presque tous les auteurs qui y ont vécu. La France — et singulièrement sa capitale — demeure incontournable. On y vient pour y côtoyer une nomenklatura culturelle qui n'a pas de rivale sur la planète. Ou s'y faire consacrer, en tant que plasticien, cinéaste ou romancier. Pour les gens simplement cultivés, venus du monde entier, des États-Unis, du Japon, de Chine ou du Brésil, elle continue d'occuper une place à part. Et rien que pour goûter aux plaisirs de la vie, les riches hommes d'affaires et les diplomates de haut rang ne dédaignent pas de faire une halte au Plazza Athénée ou au Ritz, sur les traces de Francis Scott Fitzgerald.

Chacun a sa propre version de ce statut sans équivalent. Celle d'Henry Miller dans *Tropique du Cancer* en vaut bien d'autres :

Ce n'est pas un accident qui pousse des gens comme nous à Paris. De soi-même, Paris ne fait pas naître les drames. Ils commencent ailleurs. Paris n'est qu'un instrument d'obstétrique qui arrache l'embryon vivant et le dépose dans l'incubateur. Paris est le berceau des naissances artificielles. Doucement balancé dans le berceau ici, chacun glisse en rêve à Berlin, à New York, à Chicago, à Vienne, à Minsk. Vienne n'est jamais davantage Vienne qu'à Paris. Tout y est porté à l'apothéose. On peut lire ici sur les murs où vécurent Zola et Balzac et Dante et Strindberg et tous ceux qui jamais y furent quelque chose. Tout le monde y a vécu, à un moment ou à un autre. Personne ne *meurt* ici[1]...

Trois quarts de siècle après les déambulations d'Henry Miller à Montparnasse ou à Pigalle, Camus est mort, Sartre est mort et Lacan est mort, et le monde comme la France ne se portent pas si bien. L'Hexagone compte désormais 32 000 enseignes McDo, chaque ville sacrifie à la religion des zones piétonnes et chaque village à celle des ronds-points. La France n'est plus ce centre du monde qu'elle était sous Voltaire. Mais, de manière étonnante, elle demeure à bien des égards « la » référence. Et l'*Homo gallicus* une espèce animale un peu à part. Il a perdu de sa superbe, mais il n'a pas renoncé à se faire remarquer. Avec un certain succès.

1. *Tropique du cancer*, Denoël, 1945, p. 48. En italique dans le texte.

DU MÊME AUTEUR

Romans

LA RÉPUBLIQUE DE MONTE-CARLO, Denoël, 1990.

LE TESTAMENT DU GOUVERNEUR, Boréal, 1992.

LE ZOO DE BERLIN, Boréal, 2000, prix France-Québec.

LONG BEACH, Denoël, 2006.

Essais

ERREURS DE PARCOURS, Boréal, 1982.

PARIS, FRANCE, Boréal, 1989.

ET DIEU CRÉA LES FRANÇAIS, Robert Davies, 1995.

LE SALON DES IMMORTELS. UNE ACADÉMIE TRÈS FRANÇAISE, Denoël, 2002.

CES IMPOSSIBLES FRANÇAIS, Denoël, 2010 (Folio n° 5312).

LA CONQUÊTE DE PARIS : LA SAGA DES ARTISTES QUÉBECOIS EN FRANCE, La Presse, 2010.

Composition Cmb Graphic
Impression Grafica Veneta
à Trebaseleghe, le 19 septembre 2011
Dépôt légal : septembre 2011

ISBN : 978-2-07-044003-0 /Imprimé en Italie

178563